Vida

AUDREY CARLAN

TRINITY LIVRO 4

Tradução
Patricia Nina R. Chaves

2ª edição
Rio de Janeiro-RJ / Campinas-SP, 2018

VERUS
EDITORA

Editora
Raïssa Castro

Coordenadora editorial
Ana Paula Gomes

Copidesque
Lígia Alves

Revisão
Raquel de Sena Rodrigues Tersi

Capa e projeto gráfico
André S. Tavares da Silva

Diagramação
Daiane Avelino

Título original
Life

ISBN: 978-85-7686-644-2

Copyright © Waterhouse Press, 2016
Todos os direitos reservados.
Edição publicada mediante acordo com Waterhouse Press, LLC.

Tradução © Verus Editora, 2018
Direitos reservados em língua portuguesa, no Brasil, por Verus Editora. Nenhuma parte desta obra pode ser reproduzida ou transmitida por qualquer forma e/ou quaisquer meios (eletrônico ou mecânico, incluindo fotocópia e gravação) ou arquivada em qualquer sistema ou banco de dados sem permissão escrita da editora.

Verus Editora Ltda.
Rua Benedicto Aristides Ribeiro, 41, Jd. Santa Genebra II, Campinas/SP, 13084-753
Fone/Fax: (19) 3249-0001 | www.veruseditora.com.br

CIP-BRASIL. CATALOGAÇÃO NA FONTE
SINDICATO NACIONAL DOS EDITORES DE LIVROS, RJ

C278v

Carlan, Audrey
  Vida / Audrey Carlan ; tradução Patricia Nina R. Chaves. - 2. ed. - Campinas, SP : Verus, 2018.
    238p. : 23 cm.   (Trinity ; 4)

  Tradução de: Life
  Sequência de: Alma
  ISBN 978-85-7686-644-2

  1. Romance americano. I. Chaves, Patricia Nina R. II. Título. III. Série.

17-46628
                          CDD: 813
                          CDU: 821.111(73)-3

Revisado conforme o novo acordo ortográfico

Seja um leitor preferencial Record.
Cadastre-se no site www.record.com.br e receba informações sobre nossos lançamentos e nossas promoções.

Atendimento e venda direta ao leitor:
mdireto@record.com.br ou (21) 2585-2002

Para minha irmã de alma Dyani Gingerich.
Sem você, Maria De La Torre não existiria.
Sem você, eu seria uma irmã de alma sem
minha trindade da amizade perfeita.
Sem você, esta história de amor não teria sido escrita.

BESOS
Bound eternally sisters of souls (irmãs de alma unidas eternamente)

1

Eu não vou chorar. Não posso. Demonstrar dor seria sinal de fra-
queza, e eu me recuso a ser vista como fraca. Há dez anos eu era impotente, um fruto do meu meio. Hoje, cinco anos depois do pior trauma da minha vida, sou uma sobrevivente, alguém forte e confiante. Chutei meu lado fraco para o meio-fio no dia em que escolhi viver.

No dia de hoje, diante de centenas de pessoas de luto, minhas habilidades de sobrevivência estão a todo vapor. Por Tommy, eu vou conseguir. Mesmo com o coração despedaçado, a mente em turbilhão e o corpo funcionando no piloto automático... eu preciso me manter firme. Tommy iria querer que eu seguisse em frente e vivesse minha vida.

Uma vida sem ele.

O luto é uma merda de sentimento sorrateiro que não dá para esconder ou exterminar. Ele penetra como um ninja, dia e noite. Pode até ser considerado um monstro invisível que, com suas garras, envolve o coração de uma pessoa na calada da noite. Você está sonhando com a paz, e em vez disso é avassalada por um sofrimento devastador.

O sofrimento não me é um desconhecido. Neste exato momento eu o aceito e chego a acolher sua fisgada aguda e letal. Pelo menos o punhal em meu coração impede que eu me entregue à letargia na qual desejo tanto afundar. O alívio abençoado do vazio seria bem-vindo quando tudo à minha volta é o mais completo caos.

Para todos os lados que olho, vejo homens de terno preto e uniforme lotando mais e mais a igreja, os distintivos brilhantes refletindo as luzes e os raios de sol do meio da manhã. A bandeira vermelha, branca e azul sobre o caixão deveria me deixar orgulhosa. Um herói perdeu a vida, e o mar de homens presentes para prestar as últimas homenagens deveria me proporcionar um senso de desfecho. Mas não. Tommy está morto por minha causa. Morreu cumprindo seu dever, protegendo minha melhor amiga.

O pior de tudo é que eu não consigo imaginar outro cenário. Acredito que eu estava começando a me apaixonar de verdade por Tommy, sim, mas Gillian é minha melhor amiga, a única família que conheci na vida. E ele sabia disso. Se não soubesse, não creio que tivesse se colocado no meio da briga contra um assassino maluco. Ele salvou a vida da minha irmã de alma e, em troca, deu a sua.

Como sobreviver a isso? Não existe um livro que eu possa ler que amenize minha dor ou absolva minha culpa. Não há uma prece que eu possa fazer que mude o fato de que o homem que eu estava começando a amar, a acreditar que era o primeiro em quem eu podia confiar, já não está mais aqui.

Gillian aperta minha mão com força. Ela está sentada à minha esquerda... o lado do coração. Ela e minhas outras duas irmãs de alma são a única razão pela qual este órgão dilacerado ainda bate. Bree está à minha direita, a mão em minha perna, afagando fraternalmente num gesto de apoio. A outra mão está pousada sobre o ventre protuberante. Uma vida que se foi, outra que nascerá em breve. Uma pessoa supersticiosa poderia dizer que é assim que as coisas funcionam. Yin e yang. Vida e morte. Eu queria socar o *pinchazo* que inventou isso... Arrancar o que ele mais ama na vida e esfregar na cara dele.

Olho para meus dedos... entrelaçados nos de minha amiga... e me lembro da irmã de alma que não pode estar aqui hoje. Kathleen. Ainda no hospital. A outra pessoa com quem eu falhei. Se ao menos eu tivesse sido mais rápida, ela talvez não tivesse sofrido queimaduras tão graves... Provavelmente o pulmão não teria entrado em colapso, e ela poderia estar sentada aqui conosco, oferecendo seu apoio. Em vez disso, ela está em uma unidade de queimados, lutando por sua vida.

Passo a língua pela superfície ressecada dos meus lábios e penso naquela noite. Eu deveria estar lá... Apesar de ter empurrado com os pés as tábuas ao redor da janela do teatro para chegar até Kathleen, era tarde demais. Os cortes na sola dos meus pés ardem dentro das botas sem salto que estou usando. O desconforto é bem-vindo. Eles ainda doem à noite, e os ferimentos em meu abdome, por ter mergulhado pela janela quebrada para alcançar minha amiga, também ainda não sararam completamente.

Três semanas se passaram desde que o incêndio no teatro colocou Kat e a mim no hospital; duas semanas desde que o homem que eu amava foi empurrado pela janela da torre histórica para a morte, sessenta metros lá embaixo. Pelo que me contaram, mesmo enquanto voava pelo ar, meu Tommy disparou uma saraivada de balas, uma das quais atingiu o criminoso no pescoço, acabando de uma vez por todas com o reinado de terror e destruição de Daniel.

Um calafrio atravessa meu corpo quando me concentro no caixão à minha frente. Os pais de Tommy estão sentados do outro lado da nave, com os outros membros da família. Quando cheguei, eles me abraçaram como se eu fosse filha deles... não que eu saiba na verdade como é a sensação de ser abraçada como filha. A mãe dele até sussurrou no meu ouvido que eu seria sempre bem-vinda na família. O pai me levou até o banco da frente, onde uma esposa ficaria, como se eu merecesse essa honra. Nem de perto...

O padre se aproxima do altar, me trazendo de volta ao momento presente, e começa a celebrar a missa fúnebre em memória de Thomas Redding, Detetive de Polícia de San Francisco, filho, irmão... o homem a quem eu não tive chance de dizer que amava. Ele morreu sem saber a verdade, e pelo resto da vida eu vou ter que conviver com essa verdade.

Sinto alguém pousar a mão no meu ombro por trás enquanto olho fixamente para o caixão. Invejo a quietude. Eu me dou conta de que o espaço está vazio; todos foram para a recepção na casa da família de Thomas.

— Maria, *es hora de ir* — Chase fala em espanhol, minha língua nativa.

Aceno com a cabeça e me levanto. Uma pontada de dor sobe dos meus pés pelas pernas acima, por causa do peso do meu corpo sobre os cortes. O médico recomendou repouso e movimentos limitados na maior parte do tempo por três a quatro semanas, mas infelizmente eu não sou uma paciente obediente, portanto o tempo de recuperação vai ser mais longo que o previsto.

— Posso ficar sozinha um minuto?

Olho por cima do ombro. Chase Davis está segurando Gillian, minha melhor amiga, a seu lado. As lágrimas escorrem abundantes pelo rosto dela. Tenho a impressão de que ela não parou de chorar desde o incêndio. Está pálida, e os olhos estão fundos e opacos. Eu a encaro rapidamente da cabeça aos pés; ela recuperou um pouco do peso que perdeu ao longo dos últimos meses, quando o psicopata virou a vida de todas nós de cabeça para baixo, mas ainda está bem magra, praticamente pele e osso. Caramba, com exceção de Bree, que está grávida, todos nós emagrecemos além da conta. Os trancos da vida fazem isso com a gente.

Chase está com a mão espalmada nas costas de Gillian, logo acima da cintura. É um gesto protetor, mas ele é um homem extremamente possessivo. Aprendi isso do jeito mais difícil. Mesmo com seus defeitos, ele ainda é a melhor coisa que aconteceu na vida da minha amiga, e estou feliz por eles terem se conhecido. Eu esperava que todos nós fôssemos viver felizes para sempre, como nos livros de histórias: Gillian com Chase, Bree com Phillip, Kat com Carson, e eu com Tommy. Mas não... eu fiquei sozinha.

Chase deixa escapar um suspiro.

— É claro. Estamos te esperando lá fora. — Ele aperta meu ombro e eu fecho os olhos.

Depois de alguns segundos, eu me aproximo do caixão. Um banner com a foto de Tommy de uniforme, em tamanho real, está ali do lado. Coloco a mão sobre a bandeira e inclino a cabeça.

— Tommy, eu sinto tanto! Não era para acontecer nada disso. Não com você, nunca... — digo baixinho, com uma sinceridade que vem do fundo da alma.

A dor de perdê-lo é agonizante, me dilacera por dentro. Finalmente as lágrimas brotam dos meus olhos e deslizam pelo meu rosto, e eu cedo à pressão do pranto, incapaz de combater o sofrimento. Ele enterrou em mim suas garras cruéis e está tomando conta do meu ser. O esforço para me controlar se tornou pesado demais, e meu corpo treme enquanto dou vazão ao desespero. Cada lágrima que escorre pelo meu rosto cai como magma borbulhante, queimando o ar que eu respiro.

— Se eu pudesse, trocaria de lugar com você. — Afago o caixão, esperando que em algum lugar, de alguma forma, Tommy esteja me ouvindo.

— Ahhh, linda, isso seria uma pena... — Uma voz profunda, intensa e muito familiar me faz ter um sobressalto.

Eu conheço essa voz.

Essa voz esteve nos meus sonhos todas as noites nas últimas duas semanas. É a voz que ouço em minha mente, que me acalma quando a culpa e o sofrimento se tornam insuportáveis. É *ele*. Os pelos nos meus braços e na nuca se arrepiam, e eu engulo em seco, tentando remover o nó que se formou na minha garganta. Devagar, respiro e fecho os olhos enquanto me viro. *Por favor, Deus...*

Não é possível.

Não pode ser...

Ou pode...?

Tommy.

Pisco furiosamente contra o que acho que estou vendo. Ali está ele... vivo... *esplêndido*. Os olhos têm o mesmo brilho verde que conheço tão bem. Ele olha para mim e parece que está enxergando através da minha alma, está vendo a destruição interior. Meu coração dispara, batendo em ritmo alucinante, e eu junto as mãos no alto do peito.

— Não pode ser...

Eu me calo, paralisada. As lágrimas agora têm vontade própria, rolam em abundância pelo meu rosto e caem na blusa. Estendo a mão trêmula. Um halo de luz brilha em torno da cabeça dele, mas os cabelos são escuros e repicados, mais curtos dos lados. O quê? Pisco algumas vezes, tentando compreender o que estou vendo. Tommy não tinha cabelo.

— Você está bem? — ele pergunta, mas sua voz soa mais profunda. Não é exatamente o mesmo timbre que estou acostumada a ouvir.

Ele me segura entre os braços e me puxa para si, contra o peito sólido, no instante em que começo a oscilar e perder o equilíbrio. O peito ao qual estou colada é bem mais largo do que aquele ao qual me aninhei e que beijei e abracei ao longo do último ano.

— Ah, meu Deus! O que está acontecendo? — digo chorando enquanto seguro os braços tatuados.

Braços tatuados? Tommy não tinha tatuagem! Tento registrar e assimilar cada centímetro do que consigo ver. Meu corpo continua a tremer como uma folha no meio de um vendaval.

— Tommy? — Levo a mão ao rosto barbado. *Barba?*

O homem inclina a cabeça para trás.

— Tommy? Não... Ah, não. Moça, você está se confundindo.

— Mas... mas... é você, sim! Os olhos são os mesmos... o rosto... — Enxugo as bochechas e recuo nos braços dele, até que minhas costas colidem com o caixão. Simbolicamente, é o caixão de Tommy que me impede de cair para trás, enquanto eu balanço a cabeça. — Estou perdendo o juízo... de verdade, fiquei *loca en la cabeza!* — falo com a voz estridente, mal conseguindo me manter de pé, enquanto olho para o sósia de Tommy.

Ele levanta as mãos à frente do rosto, em um gesto de conciliação. Mãos iguais às de Tommy, um pouco maiores, talvez. Tudo neste homem parece enorme. Eu estou oficialmente enlouquecendo.

— Você não está louca. — Ele ri baixinho, e o rumor profundo de seu riso vibra no ar e faz meu coração se confranger. Parece a risada de Tommy, mas não é.

— Eu não entendo... Você morreu... e você não é você! — Inclino a cabeça para o lado e tento localizar as placas de saída ou algum de meus amigos. — Chase! Gillian! — grito com toda a força dos meus pulmões. Estou sonhando? Isto é outro pesadelo cruel do qual não estou conseguindo acordar?

Uma porta se abre nos fundos da igreja e um feixe de luz se infiltra para dentro, iluminando a silhueta do homem que ainda não sei ao certo quem é. O som de passos se aproxima atrás de mim, e à minha frente Tommy também dá um passo na minha direção.

— Você morreu. — Aponto um dedo para ele e balanço a cabeça sem parar.

— Eu não sou o Thomas — ele se apressa em dizer, e suas mãos pendem ao lado do corpo.

O som de passos no piso de madeira fica mais alto.

— Maria! — ouço a voz de Chase e juro que é como um bálsamo sobre minhas feridas reabertas.

Chase nos alcança, e eu avisto o cabelo ruivo de minha amiga a certa distância atrás dele.

— Ria! — ela grita.

Eu me jogo nos braços de Chase e choro copiosamente, encostada ao peito dele.

— Tommy! — balbucio, sem forças.

— Quem é você? — A voz de Chase soa como uma arma letal, exigindo resposta. — Meu Deus, você é igual a ele! — Ele olha boquiaberto para o homem de pé perto de nós, e eu não consigo desviar o olhar.

Gillian chega, um pouco trôpega sobre os saltos, e ergue os braços para se equilibrar. O homem estende a mão para ampará-la, e ela se segura no pulso dele e então também arregala os olhos ao reparar em seu rosto.

— Ah, meu Deus, é você... — Ela cobre a boca com a mão.

O homem meneia a cabeça.

— Eu estava tentando explicar antes de você surtar — ele diz, olhando para mim, eu ainda encolhida nos braços de Chase. — O meu nome é Elijah Redding, mas todo mundo me chama de Red.

— Mas... quem é você? — consigo formular a pergunta em meio ao medo e à ansiedade que me dominam.

Ele passa a mão pelo cabelo escuro.

— Eu sou irmão gêmeo do Tommy.

— Gêmeo! — exclamo, com a voz rouca, e me afasto do peito de Chase. Ele nunca me contou que tinha um irmão gêmeo.

Elijah acena com a cabeça.

— Gêmeos idênticos.

— Só podia ser — diz Gillian. — Você é mais ou menos como a versão Hulk dele. É estranho.

Chase se vira abruptamente para ela e a fita com a expressão quase brava.

— O que foi? Olhe para ele, baby. Ele parece muito com o Tommy, mas tem uns vinte quilos a mais de músculos, sem falar nas tatuagens fodonas.

Ninguém melhor que Gigi para dar uma descrição exata e sincera de alguém.

Chase me solta e vai até a esposa, enlaçando-a pela cintura e a trazendo para perto.

— Depois nós conversamos — resmunga, e então se volta para o irmão de Tommy. — Por que a Maria não te conhecia?

Exatamente a pergunta que eu faria se conseguisse coordenar as palavras e formar a frase. Mas no momento tudo que consigo fazer é ficar olhando para ele. Gillian tem razão. Ele é uma versão aumentada do meu Tommy. Mesma altura, mesmos olhos, mesma boca. O cabelo é diferente; Tommy era careca e não tinha barba, ao passo que Elijah tem o maxilar recoberto por uma barbicha. Ele poderia ter se barbeado para a ocasião, mas pelo jeito não está ligando a mínima, já que só agora resolveu aparecer.

— Eu fiquei afastado nos últimos anos. Acabei de voltar para a cidade — diz Elijah com os dentes cerrados. — Qual é a sua relação com o meu irmão? Eu vi você sentada lá na frente...

Olho para ele de soslaio. Sendo da família, como é que ele não sabia da minha existência? Tommy e eu estávamos namorando havia quase um ano. *Pelo mesmo motivo que você não sabia da existência dele.*

— Nós éramos namorados.

Elijah fecha os olhos, sorri e meneia a cabeça.

— Óbvio que ele pegaria uma coisinha como você. — Ao dizer isso, o olhar dele me percorre de cima a baixo, da parte superior do meu vestido preto até o bico das botas. — Eu deveria ter imaginado... — Passa o polegar pelos lábios. — Ele sempre deu sorte com as mulheres.

Cruzo os braços. Chase estende a mão para mim e eu a seguro. Ele me puxa para perto e passa o braço sobre meus ombros.

— Está pronta?

— *¿Lista para decir adiós?* Não.

Chase acena com a cabeça, a expressão triste, e Gigi estende a mão para afagar meu rosto.

— Nós nunca dizemos adeus de verdade, amiga. As pessoas continuam vivendo por meio de nós e daqueles que as amavam. — Então Gillian olha para Elijah. — Nós sentimos muito pela sua perda. O Tommy morreu para salvar a minha vida. É uma dívida que eu nunca vou poder pagar, mas, se você precisar de alguma coisa, qualquer coisa, o meu marido e eu vamos ficar honrados em providenciar.

Os ombros largos de Elijah se contraem e se aprumam.

— Talvez nós possamos nos encontrar em breve e... bem... daí você me conta como foi que ele salvou a sua vida — diz, cruzando as mãos à sua frente.

Minha Gigi dá um sorriso tão iluminado que é como se o paraíso estivesse brilhando diretamente sobre seu rosto.

— Eu adoraria contar como o seu irmão foi um herói.

Ao ouvir as palavras de Gigi, Elijah desvia o olhar, parecendo desconfortável.

— Sim, obrigado.

— Você tem um cartão? — Chase pergunta a Elijah, e a pergunta parece tão absurda que não consigo controlar uma risadinha.

Elijah ri e balança a cabeça. Pois é. Não imaginei que ele tivesse.

Chase franze a testa, naquele jeito familiar que já conheço bem. Enfia a mão no bolso interno do paletó e tira de lá um cartão.

— Aqui está o meu. Como a minha mulher disse, nós vamos ficar felizes em receber você para um drinque ou um jantar. Por favor, me ligue para combinarmos. Vai ser um prazer, e vai fazer muito bem para a minha esposa dividir a experiência dela com o irmão do herói que a salvou.

Ele estende a mão e Elijah a aperta. Rapidamente Chase se inclina para a frente, a uma distância segura de Gigi para que ela não escute, mas eu consigo ouvir as palavras.

— O sentimento de culpa pela morte do Thomas está sendo brutal para ela — ele murmura e recua alguns passos. — Por favor, ligue mesmo.

Elijah guarda o cartão no bolso de trás da calça jeans escura.

— Eu ligo.

— Muito obrigado — Chase diz, e então me oferece o braço. — Vamos?

Eu me viro para Elijah.

— Desculpe pela minha reação... — Levanto a cabeça e encaro seus olhos, olhos que conheço tão bem, só que em outra pessoa.

Ele coloca a mão no meu rosto.

— Tudo bem. Estou acostumado. — Elijah enxuga uma lágrima.

— Eu lamento muito pelo seu irmão. — Respiro fundo, mais uma vez contendo as lágrimas.

— Sim, eu também — ele diz, em tom solene, antes de retirar a mão.

Levo minha mão ao rosto para substituir o calor da mão de Elijah. O toque dele é tão parecido com o de Tommy, e no entanto tão diferente!

Chase me conduz ao longo da nave em direção às enormes portas de madeira em arco.

— Ei! — Elijah chama.

Nós três nos viramos.

— Qual é o seu nome?

— Maria. Maria De La Torre.

— Prazer em conhecê-la, Maria De La Torre — ele diz, antes de se sentar no primeiro banco.

Observo por um momento conforme ele se inclina para a frente, apoia os cotovelos nos joelhos e a cabeça nas mãos, como se tivesse o peso de uma bigorna nas costas.

— Vamos — Gigi me chama, mas alguma coisa me faz querer ficar, confortá-lo, conhecer melhor esse homem que se parece tanto com o meu Tommy.

O irmão gêmeo dele. Ainda não consigo acreditar que ele tinha um gêmeo idêntico e eu nem fazia ideia. Por que Tommy nunca me contou sobre Elijah? Por que a família também nunca comentou nada? Eu fui a tantos jantares *en la casa de la familia* Redding. Não faz sentido o nome desse irmão nunca ter sido mencionado. Nós passamos juntos o Dia de Ação de Graças e o Natal, e nada. Nem uma palavra.

Nada faz sentido. Só sei que, quando ele se aproximou por trás, eu pensei que fosse Tommy falando comigo do além. Então me virei e foi como ver um fantasma vivo, respirando... só que bem mais corpulento e com uma beleza mais máscula. Elijah parece ser do tipo de homem que não fica muito tempo em um único lugar. A julgar pela camiseta preta esticada sobre a parede de músculos do seu peito, ele sabe se cuidar; a calça jeans escura, as botas de motociclista e a postura, com as pernas ligeiramente afastadas, indicam que ele não liga a mínima para o que as pessoas pensam de suas roupas, porque não se veste para os outros, nem mesmo em um funeral. Quando todo mundo está vestido com sobriedade, o irmão do morto aparece de jeans e camiseta, *depois* que a cerimônia terminou. Não sei se abraço esse homem ou se mostro o dedo do meio para ele.

Quando chegamos ao lado de fora, Gillian me faz parar na frente da limusine.

— Caramba, Ria. Você está bem? — Ela segura meus braços e me encara com os olhos verdes feito esmeraldas.

Balanço a cabeça.

— Não sei. Sim... Não... Talvez. É foda...

Chase puxa as mangas, endireitando-as.

— Põe foda nisso... Você não sabia que ele tinha um irmão gêmeo?

— Não. Foi uma surpresa total. O Tommy e a família dele nunca tocaram no nome desse irmão, em um ano de convivência que eu tive com eles. Eu me lembraria se o meu namorado tivesse me contado que tinha um irmão gêmeo. Um gêmeo idêntico!

Gillian me abraça.

— Meu Deus, que dia... Quer ir até a cobertura beber alguma coisa?

Chase puxa Gillian para si, sussurra algo no seu ouvido e coloca as mãos na barriga dela. Por que será...? Ele não costuma agir desse jeito perto de mim, somente quando algum homem faz algum avanço inconveniente na direção de Gillian. Mesmo com os acontecimentos infernais dos últimos meses, o senso de proteção dele está assumindo proporções absurdas.

Gillian afaga as mãos dele e olha para mim, embora sua resposta seja para Chase.

— Ah, eu não estou no clima para beber, amor. Eu não bebo quando estou triste. Mas para a Ria e para você uma dose certamente faria bem. Que tal? — Ela sorri para mim com doçura e afasta uma mecha de cabelo para trás da orelha.

— Parece que eu vou passar um tempo em *la casa* Davis esta noite. Chase, é bom você me ajudar a me recuperar de *la buena mierda*.

— Foi um susto mesmo. — Ele sorri. — Vamos lá. Entre no carro e coloque o cinto.

Faço beicinho.

— Sempre mandão.

— Irmã, você não faz ideia. — Gigi suspira, sonhadora.

— Você pode me contar tudo quando eu estiver com um copo de tequila na mão — resmungo e abro a porta da limusine. Olho para trás, para a igreja onde nunca mais vou entrar. — Adeus, Tommy — murmuro, no mesmo instante em que Elijah sai.

Seguro a respiração quando nossos olhares se encontram. Então ele levanta a mão e acena para mim. Uma lufada de vento frio sopra meu cabelo, me esfriando até os ossos. Meus braços ficam arrepiados e meus dentes começam a bater incontrolavelmente. Olho mais uma vez para a igreja e aceno para a figura solitária antes de abaixar a cabeça e entrar no carro.

2

— ¿*Y entonces qué pasó?* — pergunto, olhando para dentro da minha margarita. Caraca, esse mordomo cozinheiro prepara drinques incríveis. Benty? Benito? Não, não... Bentley. Sim, esse é o nome dele. Ele é *increíble*.

Gigi dá um tapinha na minha perna.

— Em inglês! — ela reclama e solta uma risadinha.

Ops... não percebi que tinha falado em espanhol. Os drinques estão descendo rápido.

— Eu perguntei "E então, o que aconteceu?"

Minha melhor amiga dobra as pernas sob o corpo, ao meu lado no sofá. Chase dá um sorriso afetado, reclinado no encosto do outro sofá, de frente para nós. Normalmente Chase é calmo e imperturbável, mas, desde que Daniel McBride perseguiu e sequestrou sua amada Gillian e assassinou o meu Tommy, ele está definitivamente mais cauteloso, um pouco frio, até. Se bem que eu posso vê-lo se descontraindo aos poucos, à medida que o uísque faz efeito.

Gillian inspira o ar e olha para mim. Tenho a sensação de que sei o que ela vai dizer antes que ela responda à minha pergunta.

— A gente se casou! — ela exclama, em tom de voz estridente, quase pulando no sofá, a expressão iluminada pela felicidade.

Pisco algumas vezes, observando os efeitos de luz e sombra causados pelos movimentos dela. Ondas de calor se formam no meu corpo conforme a indignação preenche cada poro. Balançando a cabeça, dou um tapinha na perna dela.

— Eu sabia. Sabia! Sua *puta*! Você fugiu e se casou sem a presença das suas melhores amigas! Sem mim... ¡*No es legal!* — Faço beicinho e lanço um olhar fulminante para Chase. — E você... — Balanço o dedo para ele. —

Você planejou tudo. Você tem noção de que *karma es una puta y su nombre es Maria*!

Chase ri tanto que engasga com o drinque e bate no peito com o punho fechado.

— Caramba, Maria, você não deixa passar nada.

— Nunca deixei e nunca deixarei. *Você fugiu!* Com a minha melhor amiga... Como você pôde fazer isso? — Minhas palavras são diretas, mas não consigo disfarçar o tom deprimido.

Se eu estivesse mais equilibrada, não teria parecido uma criança chorosa. Infelizmente, depois de algumas margaritas, um funeral e várias horas sem comer nada... O que posso dizer? A criancinha de cinco anos vem à tona. Chase sabe que Gillian significa tudo para mim. *Ele sabe.*

Os olhos de Chase estão azuis como o mar do Caribe quando ele se inclina para a frente no sofá e segura minha mão. Ele nunca fez isso antes, mas ultimamente tem se mostrado mais acessível fisicamente. Me alegra que ele esteja se esforçando para se conectar comigo e com as meninas, como se agora nós fôssemos uma parte real da vida dele, talvez até da família.

— Maria, eu penso que a real questão é: como eu poderia não me casar com ela em segredo depois de todo aquele inferno? — Ele levanta uma sobrancelha escura com ironia.

O infeliz tem razão. Alguns meses atrás, era para Gillian e Chase terem se casado em uma cerimônia linda à beira-mar, em Cancún. O que aconteceu, porém, foi que o assediador de Gillian invadiu o quarto da noiva, cortou a garganta da mãe de Chase e sequestrou minha melhor amiga. Ele a manteve refém durante quatro dias, acorrentada em um abrigo de concreto, ela ainda usando o vestido de noiva. E tudo isso aconteceu antes de ele provocar o incêndio no San Francisco Theatre que mudou a vida de Kat e mais tarde acabou com a de Tommy.

Balanço a cabeça, deixando esses pensamentos desaparecerem com um gole gigante do meu drinque. O sal na borda do copo e a tequila com sabor de limão descem pela minha garganta com uma sensação de ardência, me lembrando de que ainda estou viva.

— Eu te perdoo. Mas chega de segredos. — Aponto um dedo para o peito dele e depois para Gillian.

As sobrancelhas de Gillian disparam e ela olha para Chase, depois para mim e para ele outra vez. Ele está comprimindo os lábios com dois dedos e sorrindo. O canalha sexy ainda está escondendo alguma coisa... Gillian passa a língua pelos lábios e mordisca de leve o inferior. Merda.

— Desembucha, *cara bonita.*

Ela amolece ao ouvir o apelido. Eu sempre a chamei de "rosto bonito", porque ela tem o rosto mais lindo que já vi. Mesmo com os hematomas arroxeados quando nos conhecemos, no primeiro dia da terapia em grupo, há mais de cinco anos, ela resplandecia como um anjo fragilizado e maltratado. Gillian tem uma pele linda, que lembra marfim perolado, cabelos cacheados castanho-avermelhados que caem sedosos sobre os ombros e os olhos verdes mais brilhantes que alguém pode ter. Com lábios cheios e bem delineados, ela é a fantasia de todo homem. Inclusive do marido, que constantemente olha para ela como se estivesse a fim de empurrá-la até a parede mais próxima e comê-la à vista de todos. Eu gosto disso em Chase. Ele não disfarça o afeto que sente pela minha querida amiga. Ela precisa disso... aliás, nós duas precisamos.

— Baby, conte para ela. A Dana e o Jack já sabem. — Ele faz um gesto cavalheiresco com a mão.

Gillian se vira para ele com a velocidade da luz e um olhar agudo. Se eu não a conhecesse, diria que aqueles olhos estão aflitos e que não expressam boa coisa. Ela franze a testa e suas narinas dilatam, como se estivesse com raiva.

Sinto vontade de rir... os drinques que bebi dificultam minha capacidade de conter o riso... mas realmente quero saber o que está escondendo.

— Gigi?

— Nós estamos grávidos! — ela exclama de repente, soltando o ar numa lufada.

— Seus merdas, *putos sagrados! ¡No puedo creer que usted guardó esto de mí!* — Eu me levanto, gesticulando e falando rápido em espanhol. Uma onda de calor atravessa meu corpo conforme assimilo a traição. Como assim?! Somos tão amigas!

— Em inglês! — Ela se levanta também. — Se é para gritar comigo, que eu pelo menos entenda!

Eu olho séria para ela e me aproximo. Ela cerra os punhos e estufa o peito, pronta para qualquer golpe da minha parte. Boa garota! Sabe enfrentar... Nós descobrimos juntas essa natureza combativa, ajudando uma à outra a se reerguer ao longo dos anos difíceis.

Chase também fica de pé e coloca a mão no ventre da esposa. A energia protetora que emana dele poderia eletrocutar qualquer um num raio de trinta metros. Pelo menos agora a atitude exageradamente possessiva de antes faz sentido.

— Maria, não estou gostando desse seu jeito ameaçador, especialmente minha esposa estando grávida — diz ele, sem meias palavras.

O Super-Homem Protetor está vindo à tona. Ótimo. Ele precisa estar pronto a todo momento. Não que eu fosse encostar um dedo na minha melhor amiga, nem em um milhão de anos, e nem que pudesse machucá-la de forma alguma. Mas ela precisa saber e compreender que fiquei magoada com essa notícia em um momento tão tardio.

Gillian se empertiga e empurra gentilmente Chase para trás.

— Sente aqui. Este assunto é entre mim e a minha amiga. Ria... O Chase e eu passamos por muita coisa. Nós não guardamos a notícia em segredo de propósito, mas com o Danny ainda perambulando por aí, e depois o incêndio... não dava para falar. E logo em seguida o Tommy... Não era a hora certa. — Os ombros dela pesam para a frente e as lágrimas começam a rolar pelo seu rosto.

Eu chego mais perto, coloco as mãos nos ombros de Gillian e encosto a testa na dela.

— Você pode sempre contar comigo, Gigi. Você sabe disso. Você... *sabe*... disso.

Ela acena com a cabeça.

— Eu sei, mas já não sou só eu. Tenho o Chase agora. — A voz dela treme e falha sob o peso da vulnerabilidade que está sentindo.

Chase. Ela tem Chase. E eu estou feliz por ela. Triste e incerta sobre meu lugar na vida dela agora, mas, ainda assim, desejo o melhor para Gillian, e Chase vai lhe proporcionar isso, assim que os dois puderem respirar um pouco. Eles não tiveram um segundo de paz desde que se conheceram, e merecem ter e vão ter, agora que Danny está morto.

Deixo escapar um suspiro e dou um abraço em minha amiga.

— Estou feliz com a notícia. Muito contente que você enfim esteja livre e possa viver sua vida com seu amor e seu novo *bebê*.

— Bebês.

Franzo a testa e recuo, o suficiente para me certificar de que meu cérebro saturado pelo álcool não tenha interpretado erroneamente o que ela disse.

— Mais de um? — Balanço a cabeça, tentando pensar com mais clareza, apesar do meu estado embriagado.

Ela acena com a cabeça e dá um largo sorriso, mostrando todos os dentes.

— Vamos ter gêmeos.

Meu queixo cai e eu percebo que preciso de outro drinque. Imediatamente!

— Você nunca se contenta com o básico, não é?

Atrás dela, Chase dá risada. Ri tanto que chega a bater nas coxas com o esforço.

— Vamos pedir mais drinques.

— *¡Sí, gracias!* — Balanço a cabeça e olho para minha melhor amiga. — Dois bebês?

Ela sorri, obviamente envaidecida, e seus olhos se inundam de lágrimas outra vez. Coloco a mão sobre a barriga de Gillian e sinto uma onda de frio e depois uma de calor. Desenho um círculo sobre o ventre dela, tentando verificar o que estou sentindo. Nunca me enganei ao adivinhar o sexo de um bebê. Nunca. Normalmente tenho uma sensação de frio para menina e de calor para menino. Sempre. Desta vez senti as duas coisas.

— O que foi? — Gigi coloca a mão sobre a minha.

— Não sei... Não tenho certeza se são meninos ou meninas.

Gigi franze a testa e morde o lábio.

— E se for um de cada?

Um de cada... claro, é isso!

— Exatamente! Você vai ter um menino e uma menina! Ah, que demais!

Gigi leva as mãos ao rosto vermelho.

— Você acha? Mesmo?

— Nunca me enganei. — Aperto de leve o nariz dela. — Nunca. Você vai ter um casal.

Chase volta para a sala, trazendo um copo de água gelada para Gillian e uma margarita para mim. Humm... Estendo a mão, ávida, abrindo e fechando os dedos até ele me entregar o drinque.

Gillian vai até ele, apressada.

— Baby, adivinhe! Nós vamos ter um menino e uma menina! — ela exclama e o beija na boca.

Ele retribui o beijo e a enlaça pela cintura com um braço. Quando ela se afasta, ele afaga seu rosto.

— Como você sabe? No livro diz que só é possível saber o sexo do bebê na ultrassonografia de vinte semanas.

É claro que o possessivo Chase Davis já teria lido alguma coisa sobre bebês. A esta altura ele provavelmente sabe mais sobre a gestação de Gillian do que ela mesma.

— Eu tenho sexto sentido para essas coisas. Nunca me enganei. Nunca — digo.

— Um de cada, é? Que ótimo! — Ele dá mais um beijo em Gillian e vai até a bancada para se servir de mais uísque. — Vou brindar a isso.

Chase ergue seu copo, e eu ergo o meu.

— Eu também!

— Nós três também! — exclama Gillian, batendo palmas.

Uma fisgada de dor se alastra pela minha têmpora. O incômodo rapidamente se transforma em um homenzinho do tamanho de uma formiga martelando meu lóbulo frontal conforme tento abrir os olhos. O quarto é alegre, todo branco e amarelo, e a cama é tão macia que tenho certeza de que foi feita pelo Homem lá de cima no oitavo dia, depois de criar a Terra, porque precisava de uma boa noite de sono. Só que Ele se esqueceu de avisar para uma pessoa não beber o próprio peso em tequila antes de dormir.

Meu Deus, já não sofri o suficiente? Esfrego as laterais da cabeça, enterrando os dedos nos pontos doloridos. Meu estômago ronca e revira, e não tenho certeza se é a ressaca ou a necessidade de comer. Seja o que for, preciso pôr um pouco de comida no estômago para me sentir pelo menos um pouco mais normal. Levanto a parte superior do corpo para uma posição quase sentada, afasto os cabelos dos olhos e sinto as mechas escuras caírem até o meio das costas.

Com muito cuidado, saio da cama, tocando o chão com a ponta dos dedos, depois com a sola do pé e então com o pé inteiro. Dou alguns passos cambaleantes e finalmente me equilibro me encostando na porta, onde há um robe de seda pendurado. Gigi deve tê-lo colocado aqui para mim. Mas decido sair do quarto só com meu top de ginástica e o short de algodão da minha amiga. Afinal, Chase já me viu dançar com menos roupa que isso, portanto não me dou o trabalho de vestir minha roupa do funeral. Na verdade, acho melhor queimar aquele vestido, apesar de ter ficado espetacular em mim. Toda vez que o vestir vou me lembrar de onde o usei pela primeira vez e a tristeza vai voltar. Eu me apresso sobre meus pés trêmulos, já que meu estômago parece estar subindo furiosamente até a garganta.

Chego ao banheiro a tempo, e no final escovo os dentes. Obrigada, assistente doméstica do Chase, por deixar escovas de dentes extras e um tubo de creme dental para os hóspedes. Passo a mão pelo cabelo, tentando desembaraçar os nós. Com uma das mãos no cabelo e a outra segurando a testa, vou até a espaçosa cozinha e paro de repente.

Sentados alegremente à mesa estão Gillian, já vestida com um jeans e um suéter, e Chase, usando seu melhor traje de golfe, com uma sobrancelha arqueada e os lábios apertados. Os dois não me surpreenderam... O que eu não esperava era ver o irmão de Tommy, Elijah, logo de manhã cedo. No dia seguinte ao enterro.

— Eu dormi uma semana e não sei? — resmungo, me apoiando no batente da porta. Meu robe está aberto, mas eu nem me importo.

Os olhos de Elijah me examinam dos pés descalços até a ponta dos cabelos e de volta aos pés.

— Jesus — ele murmura, sem afastar a xícara de café dos lábios, e desvia o olhar.

— O que você está fazendo aqui? — pergunto, tentando não soar irritada e falhando miseravelmente.

Ele inclina a cabeça para o lado e coloca a xícara na mesa; à sua frente está um prato ainda com metade da comida.

— Eu fui convidado. Bom dia, Pimentinha.

Pimentinha! Que raios...

— Ela é sempre assim de manhã? — ele pergunta a Chase.

Chase dá de ombros.

— Não sei. Com pouca roupa? Sim. — Lanço um olhar fulminante na direção dele e cruzo os braços, com o quadril empinado para o lado. — De ressaca? Não, normalmente não. Ontem foi um dia péssimo, compreensivelmente, para ela e para todos nós.

Bentley, o chef, me oferece uma xícara de café.

— Srta. De La Torre. Com um toque de canela e creme, como a senhorita gosta.

Dou um sorriso.

— Bentley, você é tão bom para mim! Primeiro as margaritas, e agora o café perfeito? Casa comigo? — Dou uma piscadela.

As bochechas do homenzinho gorducho se avermelham enquanto ele se afasta apressado.

— Bem, de volta a você... Eu posso ter bebido demais ontem à noite, mas quando fui dormir você não estava aqui. — Puxo uma cadeira e os dois homens se levantam por um segundo até eu me sentar.

Interessante.

Gillian sorri e segura minha mão.

— Dormiu bem? Teve pesadelos?

Faço uma careta e examino a mesa arrumada, não querendo fazer contato visual com ninguém.

— Não.

— Você costuma ter pesadelos? — Elijah pergunta, como se fosse normal, em uma conversa cotidiana, falar sobre algo tão profundo e pessoal.

Eu respiro fundo.

— Às vezes.

Eu não pedi, mas Bentley coloca um prato de comida na minha frente.

— De novo, casa comigo? — Olho para cima, ele dá uma risadinha e se afasta.

Homenzinho engraçado, mas um cozinheiro incrível.

Ovos, bacon, salsicha, batatas e um muffin inglês estão ali, como que olhando para mim. Começo a salivar quando espeto o garfo em um suculento pedaço de batata e o levo à boca.

— *Jesús dulce bebé. Tan bueno.* — Bom demais!

— E então, sr. Redding, quanto tempo vai ficar em San Francisco? — Chase pergunta.

Elijah cutuca os ovos com o garfo e suspira.

— Não sei bem.

— Por quê? — pergunta Gillian, abelhuda como sempre. Graças a Deus.

Ele exibe um sorriso triste.

— O Thomas deixou tudo o que tinha para mim. Casa, carro... tudo. — O queixo dele enrijece, e eu observo seu pescoço, que já tinha atraído minha atenção ontem e agora parece ainda mais atraente e másculo. Elijah passa a mão pelo cabelo e eu não posso deixar de reparar no gesto. Essa seria a aparência de Tommy se ele tivesse cabelo. Danado de sexy.

Mentalmente, eu me recrimino pelo pensamento. Este cara *não* é o Tommy.

— Você tem família em algum lugar te esperando? — pergunta Chase, sem rodeios.

Elijah balança a cabeça.

— Não, eu não tenho ninguém. Tenho alguns locais de apoio espalhados pelos Estados Unidos.

Dou uma gargalhada.

— O que você é, um nômade?

Os olhos dele parecem facas afiadas quando ele se vira para me encarar.

— Não, Maria. Eu sou um caçador de recompensas. O meu trabalho não deixa muito espaço para me fixar em um lugar. Fico onde dá para ficar.

Imediatamente um calor sobe pelo meu peito e pescoço até o rosto. Tenho certeza de que estou vermelha como um tomate.

— Desculpe — falo baixinho.

Ele ergue um ombro e depois relaxa.

— Sem problemas. Estou acostumado. Mas eu acabei de concluir um trabalho e não consegui chegar a tempo no funeral. Foi por isso que eu não estava lá.

— Mas isso não explica por que eu não sabia da sua existência. — Remexo minha comida com tanta força que o garfo retine contra o prato.

Elijah coloca os cotovelos sobre a mesa e apoia o queixo em uma das mãos fechadas.

— Não. Acho que explica mais sobre o seu relacionamento com o meu irmão — ele revida.

— Ah, não! Isso não é justo... — Gillian exclama antes que eu tenha tempo de dizer qualquer coisa. A ressaca afetou minha capacidade de reagir. Estou um pouco lenta.

— Talvez você não fosse suficientemente importante para ser mencionado. — Eu me levanto e empurro a cadeira para trás. — Obrigada pelo café da manhã. De repente perdi a fome.

— Maria, espere! — diz Gillian, enquanto saio para o corredor em direção ao quarto de hóspedes.

Eu me viro ligeiramente e aponto o dedo na direção da cozinha, respondendo em tom alto para minha amiga ouvir.

— Quem ele acha que é para me dizer isso? Ele não sabe nada sobre o meu relacionamento com o Tommy!

Gillian levanta os braços e balança a cabeça.

— Não, ele não sabe! Eu concordo... Vocês dois se excederam!

— Nós dois? — Será que estou ouvindo direito? Ela o está defendendo?

Minha amiga aperta os lábios, tensa, enquanto vem atrás de mim no corredor.

— Ria, você está chateada porque não sabia sobre o Elijah. Eu entendo. Mas, por outro lado, ele tem razão... Por que o Tommy não te contou sobre ele? Acho que essa é a questão principal.

Cravo o olhar no rosto dela.

— Você acha que ele escondeu de propósito? Que tinha um motivo para não me contar?

Ela dá de ombros.

— Bem, sim... isso é óbvio. Você não se relaciona com um cara por nove meses e depois descobre por acaso que ele tem um irmão gêmeo idêntico perdido por aí. Existe um motivo importante, e a única pessoa que conhece esse motivo está sentada ali, na minha cozinha.

Caio sentada na cama e apoio a testa nas mãos.

— Não consigo lidar com isso agora. Preciso ir para casa, ficar um tempo sozinha... pensar em tudo isso.

Ela se senta a meu lado e coloca a mão nas minhas costas. Com movimentos tranquilizantes, começa a deslizá-las para cima e para baixo e depois massageia meu pescoço. Deixo escapar um gemido e inclino a cabeça para a frente.

— Eu sei que magoa... e não é justo. O Tommy era um cara incrível, o melhor! Ele salvou a minha vida, e eu tenho uma dívida eterna com a família dele. Mas ele te amava.

Engulo em seco, tentando ignorar as emoções, mas meu estômago as empurra de volta à superfície.

— Eu nunca disse a ele... — As lágrimas que eu estava segurando até então rolam pelo meu rosto, traiçoeiras. Meu estômago se contrai num espasmo e eu sinto um gosto amargo na boca. Vou vomitar.

Eu me levanto em um pulo e corro para o banheiro, onde todo o conteúdo do meu estômago é expelido em espasmos gigantes, até que não sobra mais nada. Gigi segura meu cabelo para trás enquanto ponho para fora meus sentimentos, minha tristeza e o que me parecem ser vários litros de margarita.

Quando já não há mais o que sair, me encosto na borda do vaso sanitário, e Gillian me estende lenços de papel.

— Eu nunca disse a ele, Gigi — admito aquilo que tem me incomodado desde que aconteceu.

— Você nunca disse o que a ele? — Ela se agacha e enxuga meu rosto com uma toalha limpa.

Passo a língua pelos lábios e fecho os olhos.

— Eu nunca disse a ele que o amava.

Sua expressão se entristece, mas ela não deixa a peteca cair. É a vez de Gillian de ser forte, por mim. É assim que as coisas são entre nós. Gigi é a única pessoa para quem eu posso demonstrar fraqueza, porque já a ajudei nos piores momentos, e ela a mim.

— Meu amor, ele sabia... é claro que ele sabia! — Ela me abraça, e eu aninho a cabeça no seu pescoço, sentindo o perfume de baunilha e cereja. Eu me sinto em casa com Gigi, minha irmã de alma. Ela afaga meu cabelo e murmura repetidamente: — Ele sabia, ele sabia... pode ter certeza disso.

Mas a certeza que eu tenho é outra. Tommy me perguntou com toda a franqueza se eu o amava no dia em que morreu, e eu me esquivei de responder, meio brincando, como se o chamasse de tolinho, como sempre fazia. Lembro claramente daquele momento.

Quando entrei em seu apartamento, encontrei Tommy se arrumando para ir trabalhar.

— *Maria, preciso ir. Desculpe por esta noite.*

— *Tudo bem,* papi. *Vou estar aqui esperando quando você voltar.*

Os músculos no seu rosto se retesaram e ele suspirou.

— *Eu tenho um trabalho perigoso para fazer hoje.* — *Ele envolveu meu pescoço com uma das mãos, me puxando mais para perto.* — *Eu só quero que você saiba que eu te amo, se acontecer alguma merda.*

Eu o abracei com força, envolvendo seus ombros com meus braços. Beijei o pescoço dele e fui subindo até os lábios.

— *Você vai ficar bem.*

Ele balançou a cabeça.

— *Eu quero saber que você me ama, antes de eu ir embora. Diga...*

Meu estômago revirou, e uma sensação de pavor se espalhou pela minha pele, pelo corpo inteiro. Balancei a cabeça.

— *Não, não vou dizer... porque você vai voltar para casa. Para mim.*

— *Maria... eu...*

Eu o calei com um dedo nos seus lábios. Em seguida o beijei novamente, distraindo-o dos pensamentos negativos.

— *Volte para mim* — *exigi.*

Ele sorriu de leve e então me beijou com todo o ardor de que era capaz, antes de finalmente se afastar. Abriu a porta e olhou para trás.

— *Você vai estar aqui quando eu voltar?*

Soprei um beijo para ele.

— *A noite toda. Esquentando a sua cama.*

— *É assim que eu gosto. Te amo* — ele disse, fechando a porta.

Te amo. Foi a última coisa que ele me disse. E nunca mais voltou para casa. Recebi o telefonema de Chase no meio da noite. Gillian estava em prantos quando cheguei. Chorava tanto que não conseguia me contar o que tinha acontecido, mas segurou minhas mãos enquanto Chase descrevia a cena na Coit Tower, na noite em que Daniel McBride fez sua última vítima... meu namorado, Thomas Redding.

3

Meu apartamento está silencioso quando chego. Não tem ninguém para me dizer "oi". Vou até a secretária eletrônica. Nem uma única mensagem. Só o Tommy deixava mensagens para mim.

Clico no botão, sabendo que vou ouvir novamente a última mensagem, mas precisando disso.

— *Ei, linda. Pena que não te peguei em casa. Estou indo para o pub depois do jogo. Nós vamos ficar até tarde, mas me mande uma mensagem se quiser que eu passe aí depois para te fazer uma massagem.* — Ele dá uma risada e eu sinto meu coração rasgar. — *Te amo.*

Novamente, foi a última coisa que ele me disse. E eu nunca retribuí. Mesmo naquela noite, eu deixei que ele curtisse os amigos e não pedi que viesse para casa. Antes de ele morrer, fazia um mês que não transávamos. E agora faz um mês e meio desde a última vez em que fizemos amor. Eu estava ensaiando todas as noites no teatro, precisando compensar o tempo perdido, pois tinha me ausentado por causa do sequestro de minha melhor amiga. E então, claro, houve o incêndio, e uma semana depois ele se foi. Parece que faz séculos desde que senti o toque de Tommy.

Deixo escapar um longo e ruidoso suspiro quando entro na cozinha para beber um copo d'água. Meu corpo precisa de bastante líquido para combater a desidratação de uma noite de bebedeira e choro e uma manhã de vômitos.

Eu gostaria de ter pedido para ele vir naquela noite, depois que saísse do pub. Depois de tudo pelo que passei, tenho dificuldade para me lembrar do toque de Tommy. No quarto, ele era *muy caliente*, mas não conseguia acompanhar minha libido. Dou uma risadinha ao me lembrar de como ele tentava. Ah, como ele tentava! Mas eu não ligo, porque, quando ele fazia amor comigo, fazia com sinceridade e dedicação, e era sempre gratificante. Meu Deus, que saudade!

Apoiada na bancada da cozinha, pratico a respiração de ioga que Bree nos ensinou. Inspirar pelo nariz por cinco segundos e soltar pela boca por cinco segundos. Soltar... deixar ir. *Deixe ir, Maria. Você pode ficar aí sentada sofrendo, ou pode fazer alguma coisa, qualquer coisa.*

Minha melhor opção é uma chuveirada. Lavar o dia de ontem e recomeçar. Literalmente, preciso recomeçar.

Depois de tirar a roupa e ajustar a temperatura da água, entro debaixo do chuveiro. Meus joelhos e coxas ardem quando o calor os atinge. A dor tem aumentado com as infindáveis horas de ensaio, me lembrando dos fêmures quebrados que demoraram um ano de intensa fisioterapia e altas doses de determinação para sarar. Os médicos ficaram espantados quando voltei a dançar.

O problema é que essas feridas antigas doem e têm dado sinais de desgaste nos últimos anos. Por mais que eu abomine pensar nisso, não vou poder dançar para sempre. Tenho vinte e oito anos, o que para uma dançarina equivale a quase cinquenta. Em média as dançarinas se aposentam por volta de trinta e cinco, isso quando são perfeitamente saudáveis. Definitivamente, tenho de começar a pensar no que vou fazer daqui para a frente.

Com um sentimento de frustração renovada, fecho a torneira, o que não me ajuda a me sentir melhor. A dor de cabeça passou, mas a tensão e a dor inabalável da perda ainda pulsam dentro de mim. Cada passo é doloroso, faz meus nervos formigarem. Passar a adolescência com minha avó doente foi difícil, principalmente depois que ela morreu e eu tive de viver dois anos mudando de um lar adotivo para outro. Alguns foram bons, mas a maioria era horrível, lugares repugnantes que qualquer assistente social sensata e bem informada jamais consideraria. Não foi o caso, na minha experiência.

Abro a toalha e a enrolo no cabelo, comprido e molhado. Quando levanto a cabeça, tenho um vislumbre do meu reflexo no espelho. Seios grandes, não muito caídos para tamanho 48. Meu corpo está ótimo. Dançar no palco para mil pessoas quase todas as noites, sem mencionar os ensaios, garante a minha boa forma. No entanto, o corpo em formato de violão e a genética ítalo-espanhola me concederam uma bunda bem servida que não tenho como domar, por mais que eu me esforce.

Corro os dedos das mãos pela minha cintura. Grande parte dos cortes no abdome já cicatrizou, mas os cinco maiores ainda estão com os pontos. Toco alguns deles para me certificar de que estão firmes e de que a pele ao redor está cicatrizando. Está. Isso deveria ser um consolo, mas não é. Eu preferiria ficar com as marcas físicas; elas provariam que tentei salvar Kat.

Pensar em Kat me faz lembrar que preciso ir à unidade de queimados para visitá-la. Não fui ontem, mas não vou mais passar um único dia sem ir.

Uma batida na porta da frente me faz ter um sobressalto. É estranho, porque o edifício tem um porteiro que anuncia as visitas antes de deixá-las subir. Quando Gigi foi morar com Chase, eu me mudei para cá. Do meu ponto de vista, a mudança me permitiria pagar um aluguel mais barato. Como Chase se recusa a aceitar pagamento, guardei o dinheiro em uma poupança. Agora eu poderia destinar essa grana para financiar os estudos dos filhos deles, ou algo assim... não que eles precisem. Sinceramente, nem sei por que estou guardando esse dinheiro. Anos e anos precisando pensar em mim mesma devem ter incutido essa tendência em mim.

As batidas na porta se repetem. Pego um robe de seda estampado com flores de cerejeira brancas, as pétalas debruadas em vermelho sobre um fundo preto. Comprei em Chinatown. Corro até a cozinha, pego meu celular, digito o número da polícia e coloco o dedo sobre a tecla verde para discar.

— Quem é? — pergunto de trás da porta, com medo até de espiar pelo olho mágico.

— Oi, sou eu. Elijah Redding. Queria falar com você.

Elijah Redding. Que diabo ele veio fazer aqui? Instantaneamente, uma onda de raiva se espalha dentro de mim, conforme abro a porta de forma mais brusca do que o necessário.

— Por que você veio? Aliás, como foi que descobriu onde eu moro?

Ele não responde. Em vez disso, seus olhos me examinam de cima a baixo, do mesmo jeito que fizeram na hora do café da manhã. Pausam um pouco mais demoradamente nos meus seios evidentes sob a seda fina do robe. Meus mamilos enrijecem sob seu olhar intenso. Ele está a fim de mim... O irmão do meu namorado está a fim de mim.

— Meu Deus. — O maxilar dele se retesa e ele passa a mão pelo cabelo.

Fico olhando para ele com a expressão abobalhada. Insanidade. Essa é a minha vida.

— *No hay manera de mierda* — resmungo e tamborilo o dedo indicador na porta de madeira.

— Como assim, "de jeito nenhum"? De jeito nenhum o quê?

E então é como se minha cabeça se separasse do corpo, conforme ela é jogada para trás e bate na porta.

— Aiii! Cacete...

Antes que eu me dê conta, sou empurrada para dentro da sala, a porta é fechada com um pé e eu estou nos braços de Elijah. A expressão de seus olhos verdes é de preocupação quando ele tira a toalha da minha cabeça e esfrega meu couro cabeludo com a mão. Deixo escapar um gemido ao sentir os dedos dele massageando minha cabeça dolorida. Me entrego ao momento, segurando as lapelas do casaco de couro de Elijah enquanto ele afaga minha cabeça inteira com dedos supremamente talentosos. Ele cheira a couro e especiarias, duas fragrâncias que adoro.

— Você está bem? Foi uma pancada e tanto... — ele sussurra, com o rosto tão próximo que posso sentir o calor de sua respiração.

— Sim.

Mal controlo um gemido enquanto ele pressiona os dedos no meu pescoço. Pareço uma massa mole e flexível nos braços de Elijah, enquanto ele remove com os dedos a tensão dos meus ombros e pescoço. Desliza uma das mãos pelas minhas costas, enviando um jorro de excitação ao longo do meu corpo até o meio das pernas, me fazendo lembrar quanto tempo faz que não fico com um homem.

Percebendo o que está acontecendo, me afasto dele.

— *Lo sentimos, que no era una buena idea* — respondo, passando a mão pelo cabelo molhado antes de apertar o cinto do robe.

Ele sorri e se encosta na porta fechada.

— O que não é uma boa ideia? Você parecia estar gostando... precisando, até.

Eu me retraio e vou para a cozinha, tentando encontrar algo para fazer com minhas mãos trêmulas. Não me conformo com o modo como reagi a Elijah, e nem quero pensar nisso. Nunca mais. Mesmo porque não vai acontecer de novo.

— Aceita um chá? Água?

— Aceito uma xícara de café, se tiver. — Ele me segue até a cozinha e se senta no banco ao lado da bancada central.

Eu aceno com a cabeça.

— *Café, sí.*

Colocar cápsula na máquina. Encher a xícara de água e jogar no topo. Certo. Pressionar "ligar". Vou recitando mentalmente o passo a passo para mim mesma, ainda atordoada por causa do abraço, apesar de ter sido totalmente inocente. *Certo?*

Então me dou conta de que ele respondeu às minhas perguntas, mesmo eu tendo falado em espanhol.

— Ah, você entende espanhol?

Ele sorri, e naquele rosto másculo e barbado o sorriso fica ainda mais atraente. Esse homem é o sexo encarnado, e se não fosse irmão do meu namorado eu sem dúvida teria me interessado por ele. Teria até ido para a cama com ele antes de Tommy.

— No meu trabalho é necessário conhecer idiomas. Como eu trabalho bastante na costa Oeste, o espanhol é essencial.

Aceno com a cabeça e aperto os lábios.

— E então, se importa de me explicar por que veio aqui?

— Eu já disse. Vim para o funeral do meu irmão. Vim prestar a minha homenagem.

Coloco duas xícaras de café na bancada.

— Creme e açúcar? — pergunto, porque é como Tommy gostava do café.

Ele faz que não com a cabeça.

— Não. Puro.

Eles gostam do café diferente. Inadvertidamente, clareio a garganta com uma tossidela discreta.

— O que foi?

— Nada.

Ele coloca a mão quente sobre a minha.

— O que é?

Sorrio, pensando em Tommy.

— Você e o Tommy não gostam de tomar café do mesmo jeito. Ele gostava com creme e açúcar.

— Bem, Pimentinha, sem dúvida o meu irmão preferia que as coisas da vida fossem um pouco mais doces. Não que você não seja doce, porque olhando para você qualquer homem em seu juízo perfeito iria querer provar, mas você tem uma aresta afiada que eu ainda não entendi bem.

Um dos cantos da boca de Elijah se curva para cima, e ele faz questão de deixar claro que está comendo com os olhos o decote em V do meu robe. Chego a sentir meus seios se movendo para cima e para a frente, impotentes diante dos feromônios masculinos que emanam dele.

— O que está acontecendo aqui, Eli? — pergunto, dando um tapa na bancada na frente dele.

— Red — ele responde, impassível.

Franzo o nariz e inclino a cabeça para o lado.

— O quê?

— Red. Meu apelido. As pessoas me chamam de Red.

Reviro os olhos.

— Que pessoas?

Ele sorri.

— Todo mundo.

— Que pena. Eu não sou "todo mundo". Eu sou eu, e sendo assim eu te chamo do jeito que quiser. E é "Eli".

— Quente como fogo e ardida como pimenta.

Impressionante a cara de pau desse homem. Ele fala o que lhe vem à cabeça, e com sinceridade!

— É por isso que você me chama de Pimentinha? Não tenho certeza se é um elogio ou uma crítica...

— As duas coisas. Você é espevitada, e a ardência que deixa para trás não é amenizada por um mero gole de água. Mas você é o sonho de qualquer homem.

Mais uma vez ele me avalia de cima a baixo, e eu me pergunto o que será que ele vê em mim.

— Ha-ha. Vai me dizer por que veio aqui? — Aponto para a bancada. — Na minha casa, quero dizer. Da última vez que te vi, você estava com o Chase e a Gigi.

Os ombros dele se movem para cima e depois para baixo, vagarosamente, como se o peso do que ele quer dizer fosse enorme. No instante em que ele vai responder, o interfone toca. Levanto a mão e faço um sinal para ele esperar.

— *Un momento.* — Corro até o interfone e pressiono a tecla de atender. — Alô?

— Chegou uma encomenda, srta. De La Torre. Posso levar agora?

— Claro, obrigada.

Instantes depois, ouço o tilintar da porta do elevador se abrindo, e o porteiro me entrega uma caixa branca, comprida e estreita, do tipo que às vezes vem com rosas. Eu sei disso porque Gillian recebeu rosas do assediador várias vezes. Um calafrio de medo se espalha pela minha nuca enquanto aceito o pacote e agradeço ao porteiro. Coloco a caixa na mesa da cozinha e fico olhando para ela como se fosse uma bomba-relógio, me esquecendo completamente do meu visitante indesejável.

— Não vai abrir? — A voz dele me tira do devaneio.

O ar parece esfriar de repente, e eu cruzo os braços, desejando ter tido tempo para me vestir.

— Não.

Eli se aproxima e coloca a mão no meu ombro.

— Parece que você tem um admirador secreto.

Olho para ele e dou um passo para trás, me afastando da caixa.

— Ei, tudo bem. Eu posso ir embora. Volto outro dia para terminarmos o nosso papo. — Ele pega a jaqueta no outro banco.

Ir embora? Ah, Deus, não! Ele não pode me deixar sozinha... Pelo menos não até eu saber o que tem no pacote. E se forem as rosas e eu não tiver tempo de fugir antes de ele me pegar? Meu pensamento dispara, com vislumbres das flores que Daniel mandava para Gigi, as flores mortas que ele mandou depois de matar aquela menina no estúdio de ioga, as que chegaram no hospital depois que ela foi sequestrada.

Mais uma vez me sinto envolta por um par de braços fortes e sólidos. Eli esfrega minhas costas e minha cabeça.

— Ei, calma... Está tudo bem. Eu estou aqui. Você está tremendo.

Por um longo momento, fico abraçada a ele, apreciando a sensação de calor e segurança. Tommy também tinha o hábito de me abraçar assim, e eu me sentia segura quando ele me abraçava. Ele era policial, andava armado. Por alguma razão, nos braços de Eli é como se eu estivesse em Fort Knox. Ele é enorme, com a constituição ideal para capturar e punir bandidos. Nada passa por aquela muralha de músculos. Até nisso é parecido com o irmão, mas ainda assim diferente...

Preciso parar de comparar os dois. Não é saudável, nem vai me ajudar a superar a morte de Tommy. Respiro fundo algumas vezes e me afasto.

— Desculpe... É que podem ser rosas e... — Balanço a cabeça e aperto o cinto do robe. — Se importa de abrir, por favor?

— Claro, baby. Sem problemas... Sente-se aí.

Eu obedeço, como uma marionete guiada pelo mestre que manipula as cordinhas, e me acomodo no banco. Ele abre a tampa da caixa e franze o cenho. Cada milissegundo que se passa sem que ele diga alguma coisa é uma flecha invisível fincada no meu peito. Seguro a aba do robe e cubro os lábios com o tecido sedoso.

— O que é? — Minha voz soa fraca e trêmula, como se estivesse saindo da boca de uma criança.

A expressão de Eli é de perplexidade quando ele tira da caixa um objeto prateado. É metálico e comprido, parecido com...

Ai, meu Deus...

Abro a boca e fico olhando para o objeto, sem entender direito o que estou vendo, mas sabendo exatamente o que significa.

Eli se vira para mim, empunhando o negócio.

— Um bastão de beisebol? Alguém te mandou um bastão de beisebol.

São as últimas palavras que escuto antes de a cozinha inteira começar a balançar e se tornar embaçada, até escurecer completamente.

— Maria! Baby, acorde. Psiu... — diz uma voz muito parecida com a de Tommy, enquanto uma toalha úmida é colocada na minha testa.

— Não se atreva a encostar em mim! — falo por entre os dentes, ainda presa nas garras do medo.

— Maria... baby, sou eu, Eli. É o Eli! — ele fala mais alto, segurando meu pulso com as duas mãos e tirando minha mão do seu pescoço.

Eu me sento depressa e oscilo um pouco, ainda tonta.

— Ai, eu... ah, desculpe... — Eu me apresso a tirar a mão. — Eu te machuquei?

Ele arqueia uma sobrancelha.

— Não. Mas me assustou bastante. Você caiu feito uma pedra em água rasa. Quase não consigo te segurar antes de você bater a cabeça no chão.

Lentamente voltando a mim, esfrego minha cabeça e então me lembro. O bastão. Eu me viro bruscamente e olho ao redor, inquieta, tentando me certificar de que tudo está como deveria.

— Ele veio aqui? — sussurro, ao mesmo tempo que pulo para fora da cama e espio atrás dos móveis, dentro dos armários e no banheiro. Ele é do tipo que entraria no meu apartamento e ficaria me observando por um tempo antes de atacar. Colocaria escutas, ou câmeras, algo desse tipo. Ele sempre foi bom em eletrônica.

— Quem veio aqui?

— Ele! — repito, com um gemido, olhando em volta.

Eli segura meus braços e me força a me sentar de volta na cama.

— Vamos começar do início. Ele quem?

— O Antonio! Ele voltou! — Aperto os dentes com força.

— E quem é esse cara?

Ao tentar levantar, sou impedida pelas mãos fortes de Eli.

— Me deixe levantar! — As palavras soam como um comando, e de fato são.

— Não enquanto você não me disser por que ficou tão transtornada que até desmaiou... e quem é esse Antonio que causou todo esse pavor.

Respiro fundo e sopro o ar em cima dele.

— O Antonio é o meu ex. Ele me batia... O bastão é especial. Confirma que ele voltou.

— Eu pensei que o seu ex fosse o meu irmão...

— Não... — resmungo, impaciente. — Antes do Tommy, eu namorei alguns anos com um cara. — Empurro os braços dele. — Satisfeito? Agora me deixe. Preciso fazer alguma coisa... ir para algum lugar. Qualquer lugar!

Ele abre espaço para que eu me levante, mas se encosta na parede e cruza os braços e os tornozelos.

— Você não vai a lugar algum enquanto nós não resolvermos isto.

— Eu não tenho tempo! Se ele voltou, isso significa que vai vir atrás de mim, você não entende? — retruco, com a voz estridente. — ¡*Hombre estúpido*! Saia do meu caminho! — Puxo minha mala de dentro do armário e a jogo em cima da cama.

Eli agarra meu braço, me detendo.

— Você acha que esse homem vai fazer alguma coisa com você? — Seu tom é doce e amável demais para a situação. Não estou em condições de lidar com doçura e amabilidade neste momento.

Eu pisco, imaginando se esse tonto pode ser ainda mais idiota.

— Você não me escutou? Limpe os ouvidos! Sim, ele vai fazer alguma coisa comigo. Mais que isso: da última vez que eu vi esse filho da puta, ele jurou que ia me matar! Agora me solte. Eu tenho que sair da cidade!

— Você não vai sair da cidade. — Ele dá uma risadinha discreta.

— Ah, eu vou sim! Quem vai me impedir?

— Eu.

Dou um suspiro ruidoso.

— Você? Eu nem te conheço. Para ser franca, nem quero.

Dessa vez ele ri com vontade.

— Ah, bem... isso nunca foi empecilho para mim. Não vou deixar ninguém te fazer mal.

— E por que você iria querer me proteger? Para fazer um favor ao seu irmão? — As palavras saem sem pensar e atingem mais a mim do que o alvo pretendido.

— Mais ou menos isso. Mas primeiro você vai sentar aqui e me contar tudo sobre esse Antonio e por que ele ameaçou te matar.

Deixo escapar uma exclamação abafada.

— Isto não está acontecendo.

— Ah, está. E quer saber por quê?

— Porque você é um macho alfa estúpido que acha que pode controlar as mulheres? Pode fazê-las te obedecer? Quer saber...? Você não é nem um pouco igual ao seu irmão.

— Bem, é verdade. E não. É porque você não tem escolha.

Como se eu chupasse um limão, sinto meu rosto se contorcer em uma expressão azeda e zangada, aquela que amedronta a maioria das pessoas, inclusive os homens. Mas não este, pelo jeito.

— Ah, é?

Ele sorri. O babaca *sorri*.

— É.

Vou para a cozinha, pego meu celular e aperto a tecla de memória número cinco.

— Davis falando. *¿En qué puedo ayudarle, Maria?* — ele pergunta em que pode me ajudar.

Sorrio ao mesmo tempo em que lanço um olhar fulminante para Eli. Esse cara acha que pode tomar conta de mim... Não nesta vida.

— Olá, Chase! Estou com um probleminha e preciso de ajuda.

Chase diz que posso ir lá conversar quando quiser. Com Eli me observando, agradeço e desligo.

— O marido bilionário da sua amiga. Legal. Só que eu não vou sair do seu lado. Vou entender o que está acontecendo e garantir que você fique em segurança. O Tommy iria querer isso, e eu quero também.

— Por que você quer? O Tommy, tudo bem... Ele teria movido céus e terra para me salvar. Na verdade, ele fez isso uma vez — admito, em tom solene.

Eli arregala os olhos ao mesmo tempo em que me dou conta da verdade que deixei escapar.

— Ah, é? Como? — ele pergunta.

— Não é da sua conta. — Empino o queixo e nós ficamos nos encarando.

— Pimentinha, a partir de agora vai ser da minha conta, sim.

4

— *Ok, isso foi o que eu consegui averiguar com o chefe de polícia* — diz Chase, saindo do escritório da cobertura com o notebook na mão.

— Você tem contato pessoal com o chefe de polícia de San Francisco? — pergunta Eli, se intrometendo em nossa conversa.

Ele ficou encostado num canto até Chase desligar o telefone, para minha grande aflição. É como um inseto que não consigo afugentar. Um inseto bonito, másculo e sexy de quase um metro e noventa.

Chase faz uma careta.

— Sr. Redding... eu entendo que estava presente quando o bastão foi entregue, mas este é um assunto familiar, e minha equipe e eu podemos lidar com a situação. Os seus serviços, francamente, não são necessários. — A voz de Chase é dura e direta.

Um a zero para Chase. Quem sabe agora o irmão de Tommy vá embora e pare de se meter na minha vida.

Ele vai até Chase, ficando de costas para mim e Gigi no sofá, na saleta contígua ao escritório. Sem nem ao menos tentar baixar o tom de voz, explica:

— Sr. Davis, Chase... a srta. De La Torre estava na minha companhia quando a encomenda chegou. Eu estava lá e testemunhei como ela ficou apavorada. Ela até desmaiou.

Os músculos no maxilar de Chase se contraem e um deles pulsa nervosamente.

— Você estava lá para atendê-la? — ele continua. — Carregá-la até a cama, garantir que ficasse em segurança? Interrogar o porteiro que recebeu o pacote? Não. Eu estava. E quando uma mulher é ameaçada na minha presença eu faço questão de me envolver.

Chase comprime os lábios e enfia uma das mãos no bolso.

— Entendo. Estou certo em presumir que você está desenvolvendo afeição pela nossa Maria?

— Algum problema com isso? — Eli contrai o maxilar e cerra as mãos em punhos.

Chase olha para as mãos de Eli e sorri.

— Você tem noção de como os meus seguranças são rápidos? — ele pergunta e olha para a direita, onde Jack está parado, com a mão no cabo do revólver enfiado no bolso superior do paletó, e então olha para a esquerda, onde Austin, o segurança incumbido de tomar conta de Gillian, está na mesma posição.

— Pareço estar com medo? Eu reparei nos seus homens quando entrei. Militares, um deles de alta patente. Eu posso afirmar pela postura e pelo modo como ele avalia o ambiente. Está acostumado a proteger você. Seria capaz de se colocar na sua frente para impedir que fosse atingido por uma bala.

Tenho certeza de que ele se refere a Jack Porter, segurança de Chase há muito tempo, motorista e sempre disponível para qualquer outra função que seja necessária.

— O outro é principiante, mas tem um brilho intenso nos olhos. Tem algo a provar. Portanto, sim, eu tenho noção de que eles podem me derrubar, mas não sem luta. E sangrenta. Em vez de ficarmos marcando território pela Pimentinha aqui — ele move a cabeça na minha direção —, que tal trabalharmos juntos para pegar esse canalha? — Eli conclui.

Chase retorce os lábios, e por esse simples movimento eu sei que ele vai ceder. Ele admira um homem que seja protetor de sua mulher. Mas, cacete, por que eu?

— Eli, é sério. Nós estamos bem. O Chase e o Jack podem cuidar disso com discrição e cuidado, e só entre nós. Você não precisa se preocupar — tento, pela milionésima vez.

Ele se vira e apoia as mãos nos quadris. Seu jeans veste com perfeição, delineando uma protuberância considerável e pernas fortes.

— Me deixe perguntar uma coisa... Algum de vocês já tentou capturar um bandido?

Todos na sala assentem.

— E quanto tempo levaram? Meses, se as notícias que eu li estavam corretas, e só depois que algumas vidas foram perdidas e tantas outras destruídas, sendo uma delas do meu irmão. Eu imagino que vocês entendam o meu interesse em proteger esta mulher na ausência dele.

Mais uma vez ele acerta na mosca. Chase cruza um braço sobre o peito e esfrega o queixo, pensativo.

— Meu índice de captura é cem por cento. Pode mandar o seu pessoal verificar. Me surpreendeu não terem me chamado para pegar o McBride. — Eli se vira para mim, e seus olhos verdes se iluminam. — Mas faz sentido agora que eu sei que o meu irmão estava envolvido no caso... Ele apelaria para o diabo em pessoa antes de me pedir ajuda.

Essa é uma informação interessante, que vou discutir com ele mais tarde. Não saber que Tommy tinha um irmão, por todo o tempo em que estivemos juntos, me dá a sensação de que ele estava traindo minha confiança. Me faz pensar que todo esse tempo em que acreditei que estivéssemos cada vez mais próximos e caminhando para alguma coisa duradoura era só uma brincadeira. Que era sério apenas para mim; para ele não.

Chase deixa escapar um suspiro.

— Seja como for, eu prefiro que este assunto seja tratado com discrição. Aceito a sua ajuda, principalmente porque quero que a investigação transcorra na surdina e sem incidentes. Já passamos por muita coisa, todos nós. Você concorda, Maria?

Mordo a língua e empino o queixo, em uma resposta afirmativa. Alguma coisa me diz que vou me arrepender disso, mas Chase tem razão, e eu sou mulher o suficiente para admitir isso e sensata o suficiente para reconhecer quando um bom homem está tentando ajudar, mesmo que seja um homem meio esquisito que apareceu do nada.

— Sim, concordo.

— Muito bem. Então, voltando ao que eu descobri... um tal de Antonio Ramirez foi libertado do presídio de San Quentin depois de cumprir cinco anos de uma pena de dez. Originalmente, ele se declarou culpado por tentativa de homicídio em segundo grau. Foi um prisioneiro exemplar durante os últimos cinco anos e se destacou positivamente no programa de reabilitação. A audiência para a liberdade condicional foi há duas semanas, e a decisão pela libertação foi unânime. Segundo o delegado responsável, ele compareceu às reuniões semanais com o agente da condicional e já arranjou emprego no almoxarifado de uma loja de móveis.

— Qual é a loja? Vou verificar se é verdade e fazer uma visitinha para o canalha — Eli se prontifica.

Chase acena com a cabeça.

— O Austin vai ajudar o Jack a fazer algumas investigações adicionais daqui mesmo. Jack, você vai ficar de olho na minha esposa o tempo todo. Maria, você deve ficar conosco até isto se resolver.

Balanço a cabeça e me levanto.

— De jeito nenhum. Não posso.

Gigi também se levanta e segura minha mão.

— Ria, por favor...

— Não, me desculpe... Não posso permitir que vocês corram mais risco... você, o Chase e os bebês. Além disso, já abusei demais da hospitalidade de vocês nos últimos meses. — Balanço a cabeça com veemência. — Nós precisamos de espaço. Todos nós.

Os lábios de Gillian se comprimem numa linha fina, e seus olhos escurecem numa expressão que eu interpreto como tristeza.

— Eu nunca preciso de espaço de você.

Inclino a cabeça para trás e dou risada.

— *Cara bonita*, você é um doce, mas não é bem assim. — Afago o ombro dela e a envolvo com um braço, puxando-a para mim. — Prometo que vou ficar bem. Tem porteiro no edifício, e o Antonio não sabe qual é o meu apartamento, só sabe qual é o prédio. Aliás, como ele descobriu é um mistério para mim, já que não estou cadastrada em nenhuma lista oficial.

— Não tem problema. Você vai ficar comigo. — A voz de Eli é áspera e irritante como a lâmina de uma serra cortando metal.

Novamente uma risada sonora me escapa da garganta, enquanto inclino a cabeça para o lado. Chase, Jack e Austin me olham como se eu tivesse ficado *loca* de repente. Talvez eu tenha... Tudo isto é demais para mim. É demais mesmo.

— Escute, *Red*... — enfatizo o apelido que ele prefere. — Eu não sou problema seu. Seu desejo de garantir a segurança da *mujercita* em favor do seu irmão é admirável, mas não é necessário fazer isso. Já lidei com o Antonio antes e sobrevivi.

— Por pouco — retruca ele, sarcástico.

O simples comentário me irrita tanto que eu perco as estribeiras.

— Vá se ferrar! Você não me conhece, não sabe nada do meu passado! E, até onde eu sei, você provavelmente nem conhecia o Tommy!

Ele não espera nem um segundo para dizer o que pensa.

— De certa forma você tem razão. Mas eu conhecia o meu irmão. Caso você tenha esquecido, nós somos gêmeos. A gente compartilhava tudo até alguns anos atrás. Acho que vinte e cinco anos sempre juntos e inseparáveis conta alguma coisa. Sem dúvida, conta mais do que uma aventura de nove meses.

Será que é possível o sangue de um ser humano perfeitamente saudável chegar a ponto de ebulição? Ah, chega! E, quando eu digo "chega", quero dizer que estou a ponto de enlouquecer completamente e pular em cima dele.

— Como se *atreve*?! Eu adorava o Tommy!

Eli dá um passo na minha direção. Dá um passo, depois dois, até ficarmos frente a frente, a centímetros um do outro.

— Eu sei que ele te amava. Isso é óbvio. Até eu consigo ver isso na sua bravata e na atitude de desafio. Acabei de conhecer você e já seria capaz de me atirar na sua frente para evitar que você fosse atingida por qualquer perigo. Mas, baby, você não saberia o que é amor verdadeiro mesmo que ele batesse na sua cabeça com uma marreta.

Meus olhos ardem conforme as palavras dele atingem o alvo. Os pelos da minha nuca se arrepiam, e sinto o nariz arder também.

Eu não vou chorar. Eu não vou chorar. Eu não vou chorar.

— Você não me conhece! — Minha resposta é rápida e emotiva.

Ele se retrai por um instante e então move a cabeça para a frente, de modo que sua boca fica a uns dois centímetros da minha orelha.

— Eu te conheço melhor do que você pensa. Nós somos iguais, você e eu, e vai ser bem divertido provar isso.

Levanto os braços e empurro a sólida muralha de músculos. Ele recua alguns passos.

— Você quer ir até a sua casa pegar as suas coisas, ou quer ficar aqui? São as únicas opções, Pimentinha. Escolha uma.

Dou alguns poucos passos, pego minha bolsa, dou dois beijos no rosto de Gigi e abraço Chase.

— *Gracias por tu ayuda* — agradeço.

— Sempre, a qualquer hora. Você sabe disso, né?

Dou um ligeiro sorriso.

— Eu sei. Cuide da minha amiga.

— Com a minha vida — ele promete.

Que homem digno, admirável. Dou uma piscadela e dobro meu casaco sobre o braço.

— Pronta? — pergunta Eli.

— Que fique claro que eu te odeio.
Ele ri baixinho.
— É o que todas dizem.
— Não me surpreende nem um pouco.

Com Eli dirigindo, atravessamos o centro de San Francisco até chegar à frente do Parque Golden Gate. Durante todo o trajeto, fiz questão de não trocar uma única palavra com esse homem irritantemente exibido, chato e mandão. Em vez disso, preferi olhar pela janela, pensativa. Não era nada disso que eu tinha planejado fazer da minha vida depois de enterrar meu namorado. A maioria das pessoas estaria amargando o luto, chorando, revendo fotografias antigas para relembrar os bons tempos. Eu não. Eu me vejo direto no meio de babacas que querem controlar minha vida ou acabar com ela. Um recém-surgido do nada, o outro um fantasma do passado.

Eli clica em um botão no painel de seu GMC preto último modelo, cheio de recursos. Mais à frente, cerca de umas quatro casas adiante, o portão de garagem mais minúsculo que eu já vi começa a levantar. A casa é incrível.

— É sério que você mora aqui? — pergunto, admirando a linda construção vitoriana.

Deve ter sido construída há pelo menos cento e cinquenta anos, a julgar pelo telhado em formato de cone e pelas torres circulares como as de um castelo. Sua cor amarelo-clarinha me lembra um pintinho recém-nascido. A guarnição em volta das janelas e outros itens decorativos são todos impecavelmente brancos. Entre o amarelo e o branco, as telhas pretas apontam para o céu estrelado como a grafite de um lápis número dois.

A casa é simplesmente linda, o oposto de onde eu imaginava que moraria um caçador de recompensas casca-grossa. Honestamente, achei que ele fosse me levar para a casa de Tommy, já que é dele agora. Se bem que estou contente por ele não ter me levado para lá. Não estou preparada para entrar no apartamento dele ainda.

— ¿*Está soplando humo por el culo?* — Solto uma exclamação abafada, admirando a bela construção histórica.

Ele ri.

— Não estou te enganando. Ou soprando fumaça na sua bunda, como se diz em espanhol. Posso pensar em várias coisas interessantes para fazer com essa bundinha linda, mas soprar fumaça não é uma delas.

Puxo meu cabelo para um lado, sobre o ombro.

— Escute só... Se você encostar na minha bunda, eu quebro os seus dedos.

Ele sorri.

— Você é quem manda, Pimentinha. Mais cedo ou mais tarde as coisas vão ser do meu jeito.

— Você tem noção de que eu estava transando com o seu irmão há seis semanas?

Eli entra na garagem, passando por um Mercedes prata, desliga o motor e me encurrala com os braços. De repente o espaço dentro do carro fica apertado, com a presença de um gigante.

— Seis semanas? Ele passou um mês e meio sem te comer? Vocês estavam com problemas?

Dou um suspiro irritado, que ele ignora.

— Não. Não que seja da sua conta.

Ele olha para mim em silêncio por alguns segundos, como se analisasse cada traço do meu rosto antes de deslizar o olhar pelo meu corpo de um jeito que parece uma carícia física. Meus mamilos empinam e se alongam sob a blusa conforme tomo consciência do significado desse olhar.

— Eu só sei de uma coisa... Se você fosse minha mulher, eu não conseguiria manter as mãos longe de você. Um mês é tempo demais. Caramba, um dia já seria insuportável...

Uma onda de calor percorre minhas veias, e eu sinto uma dorzinha latejante entre as pernas. Engulo em seco e umedeço os lábios, sem saber o que fazer com o desejo que cresce dentro de mim na presença desse homem.

— Caramba — ele repete baixinho antes de dar uma última olhada intensa e sair do carro, tão rápido que não tenho tempo nem de piscar.

Então percebo que ele está abrindo o porta-malas e pegando minhas sacolas e mochilas. Ele joga tudo por cima do ombro como se pesassem o mesmo que uma pluma. O silêncio é opressor quando entramos na casa, depois da conversa estranha dentro do carro. Com Eli eu nunca sei nada, não sei o que é em cima, embaixo, na frente ou atrás. Minhas emoções, minha libido e meu bom senso rodopiam como um vórtice ao redor de um homem que é tão familiar, e ao mesmo tempo não é.

Quando entro, fico estática, estupefata. A decoração da casa é impecável, digna de uma revista. Os sofás de couro na sala de estar são exuberantes e convidativos, fazendo qualquer um querer afundar ali e se aconchegar por um bom tempo. A cozinha é o sonho de qualquer chef. Não que eu cozinhe, mas aprecio uma decoração de bom gosto quando vejo. Utensílios pretos lustrosos de última geração estão dispostos sobre as bancadas de granito cinza. As luminárias de vidro fosco preto e as lâmpadas embutidas em pontos estratégicos concedem ao lugar uma sensação de classe e aconchego.

— Você mora aqui?

Eli coloca as chaves em um recipiente sobre a bancada da cozinha.

— Sim. Está surpresa?

Olho em volta e gesticulo, estendendo os braços.

— Um pouco, sim... Você disse que tinha pontos de apoio, mas não um lugar que fosse seu. Isto aqui me parece um lar.

Ele sorri.

— Só porque eu aterrisso aqui quando estou na costa Oeste, não significa que não possa ser confortável.

— Você é um caçador de recompensas.

Eli vai até a escada e eu subo atrás dele.

— Sim.

— Um caçador de recompensas que ganha a vida capturando criminosos.

— Sim, baby. E...?

— Então, como é que você consegue ter uma casa como esta, no coração de San Francisco, em uma das zonas mais clássicas?

Eu o sigo por um corredor. Do meu lado direito vejo uma porta dupla aberta para uma sala que só pode ser um centro de comando. Paro ali por um instante e então entro como se tivesse sido convidada. Uma parede inteira contém monitores de diferentes tamanhos. Vários computadores estão dispostos em uma superfície lustrosa de vidro fumê. A parede à esquerda é dominada por um quadro branco touch screen, do tipo que a gente só vê naqueles programas de investigação de alta tecnologia.

— *Mierda*. Você é o Batman! — sussurro, passando um dedo pela superfície de vidro fumê. — O que é isto tudo?

Eli se encosta no batente da porta numa pose relaxada, com um sorriso nos lábios que o faz parecer mais gentil e afável.

— Maria, eu tenho doze caras espalhados pelo mundo trabalhando para mim. Tenho que acompanhar esses homens, onde quer que estejam.

— Doze? Caçadores de recompensas?

— Alguns, sim. Outros são especialistas em tecnologia. Trabalham por aí até eu precisar deles em um lugar específico para algum trabalho de segurança máxima.

Eu mordo o lábio.

— E o que seria um trabalho de segurança máxima?

— Se eu te contasse, teria que te matar — ele retruca, sem expressão no rosto.

Reviro os olhos e deixo escapar um gemido.

— Ah, tá bom... Eu não vou sair desta sala enquanto você não me contar.

— E se eu fizer você sair? — Ele arqueia uma sobrancelha escura, com ar de indagação.

Eli não me parece ser do tipo de cara que blefa.

— Conte logo — insisto, sorridente.

Ele respira fundo.

— Um trabalho de segurança máxima seria um sequestrador experiente, um terrorista, um mafioso, um membro de cartel... criminosos de alto escalão. Mas eu só aceito essas incumbências se tiver tempo e homens disponíveis. E só aceito porque eles pagam muito bem, o suficiente para comprar coisas como estas. — Ele gesticula na direção do equipamento e ao redor, indicando a casa toda. — O dia a dia mesmo são os transgressores medianos. Procurados pelo FBI, CIA e outros órgãos oficiais da lei e militares.

— É estranho que eles precisem de ajuda já que há tantos oficiais da lei que poderiam trabalhar juntos.

Ele aponta um dedo.

— Ah, mas isso custaria caríssimo para os pagadores de impostos e iria sobrecarregar os funcionários. Nós trabalhamos em parceria, ajudamos na captura. E também tem os serviços externos.

Estremeço de leve.

— Serviços externos?

— Aqueles que não estão exatamente dentro dos parâmetros da lei.

— Você pega bandidos para os bandidos?

Ele dá de ombros.

— Quando é necessário, sim.

— E quando é que é necessário?

— Quando o preço compensa.

Balanço a cabeça.

— Justamente quando estou começando a achar que você é um cara do bem, você me prova o contrário. Parabéns. Onde é o meu quarto?

Por um longo momento, Eli fica olhando para mim, e uma centelha de tristeza cruza seus olhos, uma expressão que não sei identificar, nem quero.

Tommy olhava para mim com essa expressão quando dizia que me amava e eu não respondia. Ele sempre tinha um apelo doloroso no olhar que eu fazia de tudo para não ver.

— Venha. — Eli gesticula com a cabeça na direção do corredor.

Sou levada para o que parece ser um quarto de hóspedes, com uma cama simples de casal, uma cômoda com espelho e um móvel baixo onde ele coloca minha bagagem.

— O banheiro é aqui. — Ele indica uma porta. Meu quarto fica no final do corredor. Não tem muita coisa na geladeira, porque eu não tive tempo de fazer compras. Vamos fazer isso amanhã. O que você acha de uma pizza com cerveja?

Sinto a boca salivar só de pensar. *Quando foi a última vez que comi?*

— Pizza, sim! Cerveja, não. *Gracias.*

— *De nada.* Fique à vontade enquanto eu faço o pedido.

Aceno com a cabeça e o observo sair do quarto. Suspirando, me sento na cama e testo a maciez do colchão. Igual ao da cama de hóspedes de Chase e Gillian, macio e confortável. Talvez eu precise providenciar uma cama nova para mim... Parece que todo mundo tem uma melhor que a minha.

Enquanto estou arrumando minhas coisas, ouço meu celular bipar. Pego o aparelho da bolsa e leio a mensagem.

> Pode fugir e se esconder, mi reina. Mas eu vou te encontrar.
> T

Um pavor de gelar o sangue me percorre dos pés à cabeça. Meu estômago se contrai dolorosamente, e eu olho em volta, a visão embaçando conforme tento me lembrar de onde estou. Preciso sair daqui antes que ele me encontre. Antonio *sempre* me encontra.

Eu me dirijo para a escada, numa carreira desabalada.

Eli está falando ao telefone enquanto desço os últimos degraus alucinada, mas não consigo distinguir o que ele diz. Minha meta é clara: chegar até a porta, sair, pegar um táxi e cair fora. Já.

— Ei, Pimentinha, eu pedi meia pepperoni e meia muçarela. Não sabia se você...

Corro para a porta da frente.

— Eu tenho que ir... Preciso fugir! — Meus dedos escorregam sobre as múltiplas trancas da porta, tentando freneticamente abri-las.

— Baby, o que foi?

Um braço forte circunda minha cintura e me ergue no ar, me afastando da porta. Eu grito com toda a força dos meus pulmões. Eli cobre minha boca com a mão, e eu finco os dentes na palma grossa até o gosto de sangue se espalhar pela minha boca.

— Puta merda! — Ele urra como um animal ferido e tira a mão.

— Me deixe sair! — Tento correr para a porta mais uma vez.

Tudo à minha volta está turvo e oscilando. Meu coração bate com tanta força que parece que vai pular pela boca. Então, ouço as sirenes.

— Pare! Pare e respire, Maria... Respire, pelo amor de Deus!

Não são sirenes. É Elijah. A voz de Elijah, berrando na frente do meu rosto. As mãos dele estão segurando as minhas contra a porta, e sinto um líquido escorrendo pelo meu braço. Olho para ver o que é... É sangue, mas não meu. É dele.

— Isso, baby... respire... inspire, expire.

Sigo o padrão de respiração dele até me dar conta de onde estou. O corpo sólido de Eli me imobiliza contra a porta, e ele segura meus pulsos acima da cabeça, olhando para mim.

— Pronto. Bem-vinda de volta ao mundo dos vivos. Posso saber o que desencadeou esse ataque?

5

Engulo a bile que sobe à minha garganta. O rosto de Eli está a poucos centímetros do meu, sua respiração quente na minha pele.

Ele me olha como se eu fosse um animal ferido. Eu me encolho o máximo possível. Não é assim que eu quero que ele me veja. Me concentrando por alguns segundos, inspiro e expiro, determinada a recuperar as forças pouco a pouco. Não sou uma mulher fraca... Antonio não deveria conseguir exercer tal controle sobre mim. O problema é que o medo está vencendo, e não posso negar que estou apavorada. Muito apavorada, com medo de ele me encontrar e terminar aquilo que prometeu fazer anos atrás.

Fecho os olhos e tento juntar as migalhas que sobraram do meu orgulho.

— O que aconteceu? — A voz de Eli é suave, mais gentil do que em todas as vezes que o ouvi falar desde que o conheci. — Pode me contar. Mais do que isso: pode confiar em mim.

"Confiar." Uma palavra tão simples, mas que significa mais do que qualquer outra. Será que posso confiar nesse desconhecido? Só porque ele é irmão de Tommy, não significa que automaticamente tenha carta branca na esfera da confiança. Tecnicamente, ele é o irmão cuja relação com Tommy estava *estremecida*. Mas não expresso em voz alta esse meu pensamento e passo por baixo do braço dele para me afastar um pouco. Parece que quando Eli está muito próximo eu fico totalmente *idiota*. Sempre fui uma pateta diante de um rosto bonito, e Eli ganharia fácil um prêmio de beleza facial. E corporal também, aliás.

Cruzo os braços e me sento no sofá.

— Me conte por que você e o seu irmão não se falavam.

Eli ri baixinho.

— Isto aqui não é uma troca de confidências. Não sou eu que tenho alguém do passado me ameaçando com violência, Pimentinha, é você. Que tal me contar o que te assustou tanto para que eu possa saber o que fazer?

Reviro os olhos e vejo a estante, que forma um ângulo reto com o sofá. As prateleiras estão repletas de livros até a borda, tantos que alguns estão deitados em cima dos que estão em pé. É uma coleção e tanto, e variada, com títulos de todos os gêneros.

— Você gosta de ler — deduzo.

Eli suspira e passa a mão pelo cabelo escuro, fazendo-o cair em camadas desalinhadas. Uma mecha cai sobre a testa, e minha vontade é afastar aquele cabelo para o lado e passar o dedo sobre as linhas de preocupação que aparecem ali.

— Sim, baby, eu leio bastante. Por quê?

— Por nada. Foi só uma observação. Gosta de suspense e biografias?

— E...? — A voz dele está carregada de impaciência, mas eu me mantenho firme.

— Nada. — Deixo escapar um suspiro.

— Em que isso está te ajudando a esclarecer por que você correu feito uma louca para a porta, como se os seus pés estivessem pegando fogo?

Dessa vez eu inspiro fundo e expiro devagar.

— Estou tentando te conhecer melhor, tá bom? Você quer que eu abra o diário do meu passado e solte os demônios, mas não quer me contar nada a seu respeito.

Ele dá um sorriso sarcástico.

— É isso, então? Você quer mais informações sobre mim? Não tem muito o que contar. Eu trabalho, durmo, trepo, me alimento, leio... e trabalho mais um pouco.

Lanço um olhar intenso para ele.

— Você não é tão sem graça assim. Todo mundo tem alguma coisa interessante que goste de fazer. Eu, por exemplo, gosto de dançar... gosto de sair com as minhas amigas, ou de ficar em casa com elas assistindo a um filme, esse tipo de coisa. E você, o que gosta de fazer?

— Dançar? — ele repete.

— É mesmo? — Eu não imaginava que ele fosse o tipo de cara que gosta de balançar o esqueleto, mas o mundo é cheio de surpresas. — De qual ritmo você gosta mais?

Ele ri e se senta na poltrona em frente ao sofá. Sigo seus movimentos com os olhos e mudo de posição, só para fazer alguma coisa, dobrando as pernas sob o corpo e me reclinando para trás.

— Eu não gosto de dançar, baby. Mas me interesso pelo que você gosta... — Os olhos dele assumem um tom de verde mais escuro.

Engulo a frustração.

— Você realmente não sabe nada sobre mim, não é?

Ele meneia a cabeça.

— Não. Nada.

— E ainda assim você entrega tudo... seu trabalho, seu sono, suas trepadas, suas refeições, suas leituras... para me proteger de um homem sobre o qual você também não sabe nada. *¿Porqué?* — Admiração e surpresa permeiam meu tom de voz enquanto retorço nervosamente uma mecha de cabelo ao redor do dedo.

Ele comprime os lábios.

— Tem alguma coisa em você que me atrai, que me faz querer ficar por perto. Talvez seja porque você era tão próxima da única pessoa que era mais importante para mim do que qualquer outra. Talvez porque, quando eu vi você olhando para o caixão do meu irmão, parecia que o peso do mundo inteiro estava nas suas costas, sem ninguém para te ajudar a aliviar o fardo.

Meus olhos ardem com as lágrimas que querem escapar, mas eu respiro fundo e lentamente para contê-las.

— Além disso, você é linda... linda mesmo, não bonita. Eu conheço mulheres bonitas, já trepei com muitas. Mas você é o tipo de mulher que leva um homem a gastar todo o dinheiro que tem para fazê-la feliz, a fazer qualquer coisa por ela, suar a camisa e trabalhar até criar calos nas mãos para sustentar os gostos dela. Houve um tempo em que eu achava que tinha justamente isso na minha vida... e estou procurando isso outra vez, desde então.

Merda.

— Eli... *Dios mio*, que jogo é esse? — murmuro, contornando o nó na minha garganta.

Este homem é direto mesmo. Se quer falar alguma coisa, não passa vontade.

— Quem disse que eu estou jogando? — Ele sorri no instante em que a campainha toca. — Fique aqui. Não quero que ninguém te veja.

Mesmo que eu quisesse, não conseguiria me mover. As palavras de Eli me deixaram atordoada, num silêncio pensativo.

Após alguns minutos ele volta, trazendo três caixas de pizza nas mãos.

— *¿Tres pizzas?*

Ele meneia a cabeça.

— Não. Uma caixa é de asinhas de frango.

Tenho certeza de que, se olhasse no espelho neste instante, eu veria meus olhos saltarem das órbitas.

Ele coloca as três caixas na bancada da cozinha, levanta a tampa de uma delas, pega uma fatia coberta de queijo derretido e com uma única mordida come quase metade.

— Não tem prato?

Ele franze a testa.

— Você é uma mulher exigente, Pimentinha? Essa vai pra coluna dos contras.

Viro a cabeça para trás abruptamente, como se ele tivesse dito que é casado, que tem mulher, filho e um cachorro chamado Sparky.

— Coluna dos contras? E o que seria a coluna dos prós?

Ele sorri, e é o sorriso mais sexy que já vi no rosto de um homem. E olhe que eu me considero profissional em matéria de avaliar os atributos sexuais masculinos. O sorriso dele é especial. O canto da boca se curva para cima, fazendo o lábio inferior se projetar sedutoramente. No lado esquerdo do rosto se forma uma covinha, que para mim tem o mesmo efeito de um bife suculento para um cão esfomeado. Puro tesão.

Eu me ajeito no banco e pego uma fatia.

— O gato comeu a sua língua?

— Não. — Ele continua mastigando e sorrindo. — Eu te dou a lista completa depois, quando tiver tudo catalogado, pode ser?

Eu me certifico de manter uma distância segura entre meu banco e o de Eli, para que nenhuma parte do meu corpo toque no dele. Não há necessidade de cutucar a onça com vara curta, por mais que eu tenha vontade de fazê-lo. Uma vontade desesperada mesmo... Qualquer coisa para afastar a sensação nauseante que acompanhou a mensagem do meu ex perverso, Antonio. Por fim, entrego os pontos e empurro meu celular sobre a bancada na direção de Eli, lhe mostrando a mensagem de texto.

Ele lê, e eu noto seu maxilar enrijecer. Quase posso ouvi-lo rangendo os dentes antes de ele me perguntar a última coisa que eu imaginava ser possível ele me perguntar depois de ler o que Antonio escreveu.

— Por que ele termina a mensagem com um T?

Pego uma fatia de pepperoni, me dando alguns momentos para decidir se minto ou digo a verdade.

— Eu o chamava de Tony Tigre. — A sinceridade vence.

Eli para e me olha antes de engolir, em seguida inclina a cabeça para trás e começa a rir com força. Ri tanto que começa a tossir. Ele pega um guardanapo para limpar a boca, e seus olhos chegam a ficar marejados, tamanha a intensidade da risada.

— Sério? *No es* legal.

Ele continua a rir para valer, e eu dou uma mordida generosa no meu pedaço de pizza. Acho que exagerei na mordida, porque o pedaço se aloja na minha garganta e eu me curvo para a frente, tentando fazê-lo voltar. Eli percebe meu sufoco.

— Droga, você engasgou? Merda... — Ele bate com força nas minhas costas até que o pedaço de pizza se solta e eu cuspo no meu guardanapo.

Eli esfrega minhas costas com movimentos lentos e hipnotizantes, enquanto me entrego a um silêncio reconfortante. Preciso do toque de um homem tanto quanto preciso de ar para respirar. Minhas defesas começam a desmoronar, assim como minha postura. O estresse de tentar me segurar depois de dois dias tão difíceis de tristeza, medo e ansiedade é mais do que eu consigo aguentar.

Sem pensar muito, eu me amoldo ao calor da mão de Eli, que me envolve em seus braços. Aninho o rosto no seu pescoço. Estar aqui, nos braços dele, parece tão certo, tão perfeito, mais do que senti com qualquer outro homem. Até mesmo com Tommy.

Meu Deus... Tommy.

O que Tommy pensaria de mim agora, aceitando que seu irmão me conforte? Ficaria zangado, decepcionado, arrasado como eu ficaria se o visse sendo abraçado por outra mulher? Mas isso não vai acontecer, porque Tommy se foi. Morreu e nunca mais vai voltar. Nunca mais vai me abraçar, me beijar, fazer amor comigo. Tudo o que nós tínhamos se foi pela janela com ele.

As lágrimas e a dor me cortam por dentro como uma motosserra no tronco de uma árvore, e eu soluço aconchegada a Eli. Então os soluços se intensificam, a tristeza se misturando com a raiva. As lágrimas escapam dos meus olhos e rolam pelo meu rosto.

Eu recuo e me afasto.

— Não é justo! O Tommy era bom... gentil... tudo o que eu não sou. Ele nem deveria estar lá. Ele fez aquilo por mim... por mim! Porque sabia que eu não podia viver sem a única família que me restou — choramingo, enquanto ele me puxa de volta para junto de seu peito.

— O Thomas era um homem bom. O melhor que já existiu, eu concordo. Mas ele não iria querer que você se sentisse culpada. Ele escolheu a vida de policial porque tinha honra e coragem, queria ajudar a tornar o mundo um lugar melhor. E eliminou aquele criminoso junto quando deu o último suspiro. Não há razão para tristeza ou pesar. Ele morreu fazendo o que amava, protegendo quem amava... você.

Pisco várias vezes, me esforçando ao máximo para conter as lágrimas, mas não consigo.

— E agora? Agora o Antonio está de volta. Para se vingar? Depois de cinco anos! Por que agora...?

Eli meneia a cabeça.

— Baby, eu não sei. Tudo o que eu posso fazer é prometer que vou fazer o que estiver ao meu alcance para te proteger. Mas você precisa ser sincera comigo. Me conte o que desencadeou tudo isso.

Engulo em seco e passo as mãos pelos cabelos que caíram sobre meu rosto.

— E que importância tem o que desencadeou? Ele quer me matar, e ele é paciente. Afinal, esperou *cinco años*. O que são mais alguns dias, semanas ou meses?

— Algo me diz que ele não vai esperar tudo isso. — O maxilar de Eli enrijece, formando um ângulo com o pescoço que aumenta ainda mais o apelo de bad boy. As tatuagens gêmeas nos braços completam em cem por cento o visual.

Essas tatuagens me hipnotizam, e eu passo um dedo sobre o ramo tribal que sobe do pulso dele pelo antebraço.

— Por que você acha isso?

Sua expressão continua tensa enquanto ele esfrega o queixo e a boca com uma das mãos.

— Porque, baby, se eu tivesse você, acho que não me conformaria em não ter mais.

Essas palavras me fazem deslizar para a outra extremidade do sofá.

— Me fale sobre você e o Tommy. Por que eu não sabia que ele tinha um irmão gêmeo? — Minha voz treme como uma folha seca em um graveto. — Se você me contar, eu falo. *¿Bueno?*

Ele se reclina no sofá de couro, parecendo confiante e seguro de si. Estica um braço sobre o encosto e levanta uma perna, apoiando-a no outro joelho. As meias dele são imaculadamente brancas, não têm uma única marquinha, o que significa que ele deve ser cuidadoso com as botas, mantendo-as limpas por dentro também. Por alguma estranha razão, os pés dele me fascinam.

— Tudo bem. Quando nós éramos pequenos, o Thomas e eu éramos inseparáveis. Éramos os gêmeos Redding. Fazíamos questão de ser iguais, de falar igual, de fazer as mesmas coisas. Isso nos possibilitava aprontar com os adultos... Sabe como é, coisa de garoto.

Dou um sorriso, dobro os joelhos na altura do peito e apoio o queixo entre eles.

— Só que, quando entramos na adolescência, ficou claro que não tínhamos os mesmos gostos. Eu adorava motos, rock, meninas... mexer no motor dos carros... — Ele sorri também.

— Posso imaginar! E o Tommy?

Ele abre um sorriso largo.

— Mais certinho, impossível. Melhor aluno da classe do primeiro ao último ano. Nunca tocou em uma garota até o baile de formatura. Eu dei o cano na formatura para ir beber com uns amigos e ficar com as meninas. O Tommy, não... Ele namorou a mesma menina desde o ginásio, e com dezessete anos pegou uma grana que tinha economizado, reservou um quarto num hotel de categoria e levou ela para lá, para proporcionar a noite da vida dela. Os dois perderam a virgindade juntos, eram supercomportados e certinhos durante todos os anos de colégio.

— Uau...

Lembro como demorou para Tommy me levar para a cama. Foram semanas de namoro até ele finalmente decidir que tinha chegado a hora, apesar de eu ter feito algumas tentativas. Ele dizia que queria que fosse um momento especial quando déssemos um passo adiante no relacionamento. E foi mesmo.

— Eu vejo o Tommy exatamente assim... um rapaz doce, respeitador. E depois, o que aconteceu?

Eli pega um pedaço de pizza e devora metade em uma única mordida. Por alguns segundos ele mastiga, com o olhar perdido e pensativo, antes de finalmente beber quase toda a cerveja de uma vez, a garrafa praticamente pendurada entre seus dedos enquanto ele a inclina.

— A menina acabou indo para uma faculdade em outra cidade. Ele ficou arrasado... Demorou muito para confiar numa garota de novo. Mas então o Thomas me levou com ele para fazer inscrição na academia de polícia.

— Você foi policial? — pergunto, atônita.

Ele dá risada.

— Por quê? Não pareço de jeito nenhum um policial?

Avalio as tatuagens dele, o visual não muito convencional, o corpo em perfeita forma, e meneio a cabeça.

— *No, en absoluto.*

— Tudo bem... na verdade eu não fui feito mesmo para ser um representante tradicional da lei e da ordem. — Ele inclina a cabeça para o lado e retorce os lábios.

Antes que ele possa continuar, eu interfiro.

— E por que não?

Ele engole em seco e, mais uma vez, evita o contato visual.

— Simplesmente não sou. Mas deixa pra lá. Bem, nessa ocasião, o Thomas e eu tivemos uma... há... divergência sobre uma determinada situação. Ele não concordou com o modo como eu lidei com a coisa, e eu não concordei com a reação dele. Então nós brigamos. Eu desisti da carreira policial e fui cuidar da minha vida. Nos últimos anos nós trocamos alguns e-mails, e só. No último e-mail que recebi dele, há alguns meses, ele não mencionou você. Sinto muito, Pimentinha.

Ele não me mencionou... O que isso significa? Ele dizia que me amava e era mentira, ou o relacionamento com o irmão era tão amargo que ele não queria dar nenhuma informação? Perguntas para as quais eu nunca vou ter resposta. Não que faça alguma diferença agora.

— Sua vez. Pode falar — ele ordena.

— Minha história não é bonita.

Ele dá um sorriso torto, porém simpático.

— Elas raramente são.

Abraço meus joelhos com mais força contra o peito. A dor nas pernas aumenta com a pressão, mas eu não me importo.

— Quando eu tinha dezoito anos, consegui entrar numa companhia de dança conceituada. Eu tinha batalhado muito para fazer um teste, e fui escolhida. O Antonio também foi. Eles estavam contratando dançarinos do mundo inteiro, e ele veio do Brasil. Para mim, foi a oportunidade da minha vida de me lançar na carreira que eu queria.

— Ah, então você é dançarina mesmo... do tipo que dança no palco, não em volta de um mastro.

Franzo a testa.

— Você achava que eu era stripper?

— Se eu achava? Não. Se eu esperava que sim? Talvez. — Ele dá um daqueles sorrisos do gato da Alice.

— *Cerdo repugnante* — murmuro entredentes.

Ele ri baixinho.

— Porco nojento? Tudo bem, acho que a carapuça serve. Continue a sua história. Nada disso explica por que esse canalha está atrás de você. Pelo que você me contou até agora, ele me parece um almofadinha, isso sim.

Eu sorrio com as lembranças.

— No primeiro ano o nosso relacionamento foi um sonho. Eu não tive muito amor na infância e adolescência. Nenhum, para ser sincera. O Antonio gostou de mim, e eu dele. Nós logo começamos a namorar. Eu me sentia no céu! Tinha o emprego dos sonhos, viajava pelo mundo com um belo namorado estrangeiro que sussurrava palavras doces em português quando fazíamos amor.

Eli revira os olhos.

— E...? — Ele gesticula, impaciente.

Eu olho brava para ele.

— Você acha que é fácil para mim? Reviver o passado? Não é, não.

Ele se aproxima um pouco no sofá e coloca a mão no meu joelho.

— Desculpe, eu fui grosseiro. Continue, por favor.

— O que eu ia dizer é que, depois de um ano, ficou tudo uma merda. No começo foram coisas pequenas. Ele me olhava com uma expressão desagradável... Em pouco tempo os olhares antipáticos se transformaram em ofensas verbais, gritos e até um empurrão aqui e ali. Quando empurrar já não era suficiente, ele começou a me dar uns safanões, e de vez em quando o meu rosto aparecia um pouco inchado. Normalmente as brigas entre casais se restringem a bater portas e sair do quarto pisando duro. No meu caso, não. — Minha voz soa trêmula e dissonante conforme a emoção cresce, e eu aperto ainda mais as pernas contra o corpo.

— Tudo bem... Eu estou aqui. Não vai te acontecer nada. — Eli chega mais perto e passa a mão pelo meu cabelo, segurando minha nuca. — Continue.

Projeto o lábio para a frente e o olho nos olhos.

— Aí ele começou a me bater. Eu achava que me socar na barriga era a pior coisa que poderia acontecer... mas não. Ele tinha várias maneiras de me atingir, física e mentalmente.

— Por exemplo?

Um flash de lembranças aflora.

— *Não foi nada disso, Tony, eu juro! Ele não passou a mão em mim quando me levantou! A coreografia exigia que ele segurasse a minha coxa com a palma da mão.*

Os olhos pretos de Antonio brilhavam de raiva, e sua voz tremia.

— *E você amou cada segundo, não é?* — *ele acusou em português, sua língua nativa. Eu já entendia o suficiente para me comunicar com ele.*

Neguei com a cabeça, recuei e me afastei em direção à parede azulejada do banheiro. Eu estava enrolada em uma toalha. Os ensaios daquele dia tinham sido fatigantes, e eu só queria mergulhar na banheira antiga com pés de metal que ficava no centro do banheiro do nosso apartamento, no condomínio que a companhia havia alugado para nós na Inglaterra, como fazia em todas as turnês.

Antonio e eu ficávamos no mesmo apartamento, já que éramos um casal. Normalmente ficavam quatro pessoas em um apartamento, mas, como Tony era um dos dançarinos principais, e eu também tinha certo destaque no grupo, ficávamos só nós dois. Naquele momento, porém, tudo o que eu mais queria era que tivéssemos colegas hospedados conosco.

— *Tony, eu não gostei! Juro, por tudo que é mais sagrado... Foi profissional. Ele teve que me levantar!*

Ele rangeu os dentes, cuspiu no meu rosto e me empurrou contra a parede.

— *A mão dele passeou,* mi reina.

Ele me chamava de "sua rainha" em espanhol. Eu achava uma graça o esforço que ele fazia para aprender espanhol, mais até do que inglês. Só que naquele momento a expressão carinhosa foi expelida em tom de sarcasmo e acusação.

— *Aquele garoto tocou uma parte sua que tinha que ser só minha! Ok?*

Eu balancei a cabeça.

— *Ele não fez isso!* — *Eu tentava desesperadamente dizer alguma coisa que abrandasse a raiva de Tony. Pensando rápido, enlacei o pescoço dele amorosamente com os braços, do jeito que ele gostava.* — *Tony, meu tigre, eu só quero o seu toque... sempre, para sempre!*

Os lábios dele se retorceram como se ele fosse rosnar.

— *Sim. E eu vou provar que esse corpo é meu e só meu.*

Engoli em seco e arregalei os olhos. Normalmente essas palavras que indicavam posse eram proferidas entre os lençóis e me enlouqueciam, mas o modo como ele falou naquele momento não remetia a romance e sexo tórrido.

Quando eu ia perguntar o que ele tinha em mente, ele segurou meu braço, arrancou a toalha do meu corpo e me empurrou na direção da banheira. Então me jogou na água e me forçou para baixo. Eu me debati e esperneei, segurando a respiração o máximo que podia. Tudo o que eu conseguia enxergar acima de mim eram as ondulações da água e a expressão brava e disforme do rosto dele. O ódio e a exaltação nos olhos de Antonio queimavam tanto quanto a água na minha garganta e pulmões, conforme eu engolia.

A dor era excruciante. A água entrava pela minha boca, pelo nariz e garganta, como uma onda invadindo a praia. Senti o instante em que meu corpo começou a ficar mole e minha vista escureceu, e logo em seguida fui puxada para fora da banheira e debruçada sobre a borda, quando então Tony começou a socar minhas costas até eu vomitar a água no chão de ladrilhos.

— Pronto... está vendo, mi reina? *— Ele me estreitou nos braços e começou a beijar minha pele molhada, beijo após beijo, enquanto eu botava para fora as últimas golfadas de água que estavam no meu estômago e nos pulmões. — Está vendo...? Está vendo como você precisa de mim? Viu só? A sua vida está nas minhas mãos.*

— Que diabo... — Eli se levanta e começa a andar de um lado para outro. — Ele tentou te afogar nesse dia?

Dou de ombros e enxugo os olhos. As lágrimas estão fluindo outra vez, e eu me dou conta de que contei a história toda.

— Nesse dia? — Tento dar risada, sem sucesso.

— Você está me dizendo que ele fez isso mais de uma vez? — Os olhos dele são dois círculos verdes de pura revolta.

Olho para a estante. Abraham Lincoln. Hellen Keller. Martin Luther King. Obras que este homem que conheço tão pouco gosta de ler. Ele deve gostar de conhecer a vida de pessoas que fizeram a diferença no mundo, que moldaram a civilização americana. Talvez tenha planos de um dia moldar a maneira como vemos o mundo.

— Responda! — ele esbraveja.

— Por quê? Para você virar o machão enfurecido?

Ele franze a testa e vem se sentar a meu lado. Bem do meu lado. Sua perna encosta nos meus pés, e eu enfio os dedos embaixo dela para aquecê-los.

— Não... Porque, quanto mais eu souber, mais preparado vou estar para pegar esse filho da puta desgraçado.

Umedeço os lábios e olho para meus dedos. O esmalte que passei há poucos dias está lascando nas pontas, o rosa-claro revelando as unhas ressecadas e quebradiças por baixo.

— É, ele gostava de brincadeiras na água — respondo, seca.

— Por quê?

Este homem enxerga longe. Ele ganha a vida caçando criminosos. Como é que não consegue entender o desejo de um homem de controlar uma mulher usando os meios que forem necessários? Por outro lado, pode ser que Antonio pertença a uma raça rara do mal.

Pisco algumas vezes e comprimo os lábios.

— Por razões óbvias.

— Que são...?

— A principal é porque a tortura na água não deixa marcas.

6

Acordo com o som de uma voz profunda e ressonante. *Abro os* olhos e vejo que o quarto ainda está escuro, apesar da sensação de ter dormido por umas dez horas. As persianas blackout são fenomenais. Definitivamente, preciso providenciar uma dessas para a janela do meu quarto.

Assim que desperto completamente, me sento na cama e tento escutar o que está sendo dito no escritório, em frente ao quarto de hóspedes onde passei a noite. O relógio na mesinha de cabeceira indica que são sete da manhã. Eli deve ser do tipo madrugador.

Livro-me das cobertas e caminho na ponta dos pés até a porta de madeira, que está apenas encostada. Costumo dormir com a porta fechada, mas ele deve ter vindo dar uma espiada no meio da noite, embora eu nem me lembre de ter vindo me deitar. A ideia de que ele veio me espiar enquanto eu estava dormindo e indefesa deveria me dar medo, mas tudo o que sinto é aconchego e felicidade por ele ter a consideração de se interessar por saber como eu estava.

Abro a porta alguns centímetros e encosto o ouvido na fresta para escutar.

— A minha equipe me mandou o relatório policial da última vez que a Maria viu Antonio Ramirez. Estou mandando por fax agora. — O tom de voz de Eli é brusco e severo.

Lembrar daquela noite horrível me deixa ansiosa e com medo.

Escuto o bipe do fax enquanto Eli envia o tal documento que sua peculiar equipe de combatentes do crime conseguiu.

— Recebeu? Ótimo. Não é bonito, cara. É bem feio, na verdade. — Ele suspira. — O meu irmão meteu duas balas no sujeito. No quadril e no joelho, depois que o canalha quebrou as pernas dela com um bastão de beisebol e tentou afogá-la na banheira, que pelo que sei não foi nada comparado com a primeira vez. O Thomas quase não conseguiu chegar a tempo. Ela teve a sorte de que não só um, mas dois vizinhos deram queixa do barulho, acreditando que a mulher que morava na casa estava em perigo. O cara é perigoso.

Alguns momentos de silêncio se passam, e eu saio do quarto, vou até a porta entreaberta do escritório e fico espiando. Eli está caminhando pelo cômodo com o telefone no ouvido, usando apenas uma calça de pijama xadrez.

Dios mio. El es guapo.

O cós da calça está apoiada abaixo da cintura, nos quadris masculinos mais atraentes que já vi. As tatuagens cobrem toda a extensão dos braços, dos pulsos aos ombros, envolvendo músculos que parecem esculpidos em granito. Ele se vira de frente, e sou presenteada com uma visão capaz de fazer os anjos ajoelharem e clamarem por misericórdia. Um tórax largo, com peitorais definidos, e um abdome liso, mas sem parecer aquele tanquinho exagerado cheio de gomos. Um corpo perfeito, simplesmente.

Mordo o lábio enquanto continuo observando. Não é que eu não queira parar de olhar. Eu quero! Quero mesmo, mas não é todo dia que vemos algo tão magnífico.

— Ele cumpriu cinco anos. Desses, um foi de recuperação na terapia física do presídio, reaprendendo a andar, antes de passar o resto da pena servindo lavagem nos pratos dos presos três vezes por dia. Diz aqui que ele se envolveu em algumas brigas com membros de gangues que pertenciam aos Red Devils. — Ele fez uma breve pausa. — Davis, eles são uma gangue de rua sediada em Oakland. De qualquer forma, parece que se reconciliaram, porque ele saiu vivo da cadeia.

Então, Antonio se envolveu em brigas na prisão. Não me surpreende nada. Ele sempre achava que tinha direito a tudo.

— Sim, eu vou lá hoje. Vou visitá-lo no local de trabalho, conversar com o patrão dele. Abalar um pouco as estruturas dele, deixar bem claro com quem ele está se metendo.

Eli acena com a cabeça e se senta na cadeira da escrivaninha. Parece um super-herói da vida real, um deus dourado, tatuado, trabalhando em sua central de comando. Volto para a porta do quarto e me encosto no batente, imitando a pose em que ele normalmente fica. Ele não me vê de imediato, me concedendo alguns momentos para observá-lo em seu elemento.

Observar um homem trabalhar pode ser gratificantemente sexy, quase um precursor de rolar abraçados no feno, ou pode ser o oposto. Me ajuda a definir que tipo de homem ele realmente é, o que, na minha experiência, com exceção de Tommy, não foi agradável. Elijah se movimenta, fala e tem uma postura de autoconfiança e força. Ele é preciso, não deixa espaço para interpretações quando o assunto é importante.

O mistério é: por que eu sou o alvo de toda essa atenção? Tudo bem, ele diz que é porque eu era próxima do irmão dele, mas deixou claro ontem à noite que está fisicamente atraído por mim. O fato de eu ter sido namorada do irmão dele não parece ser um problema. Na verdade, eu diria que ele está me paquerando. Não que eu tenha intenção de corresponder.

— Tudo bem, Davis. Obrigado. — Eli inclina a cabeça para a frente e esfrega o cabelo de novo. — Sim, ela está bem, na medida do possível. Eu vou cuidar dela, cara. — Ele escuta por alguns segundos. — Eu disse que vou cuidar dela... — O tom de voz é sério. É nesse instante que ele levanta a cabeça e seu olhar encontra o meu, e a expressão de seu rosto se transforma ligeiramente, com um arquear de sobrancelhas e um meio sorriso. — Ótimo. Nos falamos mais tarde. — Ele aperta uma tecla no telefone e o coloca sobre a escrivaninha. — Dormiu bem?

— Como uma pedra — respondo, com um sorriso. — Eu nem me lembro de ter ido deitar.

Na verdade eu não me lembro de nada além de soluçar no peito dele como uma dama desamparada e em apuros.

— Sim, você chorou no meu ombro até pegar no sono. Eu te trouxe para cima e te coloquei na cama.

Eu me encolho.

— Você me carregou e eu não acordei? *Mierda*. Acho que eu capotei mesmo...

Ele sorri.

— Está se sentindo melhor?

Dou de ombros.

— Não estou certa de como me sinto.

— Bem, eu estou com fome. E você?

Nesse exato momento, meu estômago ronca. Comi bem pouco da pizza que ele pediu ontem, e quase não tinha comido nada o dia inteiro. Caramba, não me lembro da última vez em que fiz uma refeição decente.

— Eis a resposta. Vamos lá, Pimentinha, vamos colocar um pouco de substância nesses ossos.

Faço uma expressão sarcástica.

— Como se eu não tivesse o suficiente!

Eli para no meio do caminho, vira o rosto para olhar meu traseiro e depois devora descaradamente meus peitos com os olhos.

— Eu gosto de mulheres com bastante enchimento. Esmerilar osso não é comigo. Pode colocar um pouco mais de carne aí que você ainda vai ser o sonho de qualquer homem.

— *Cerdo!* Você é sempre imundo desse jeito?

Ele sorri e me conduz pela escada em direção à cozinha.

— Por que você acha que eu sou imundo só porque falo o que penso?

— Olhe, *cazador*, por mais que você pense o contrário, não são todas as mulheres que gostam de ouvir que são o sonho de qualquer homem. Francamente, é vulgar, e dá a entender que a mulher em questão não é exatamente uma dama.

Eli ri baixinho.

— *Cazador?* Vai me chamar de caçador agora?

Eu ergo o queixo.

— Sim, por quê?

Ele meneia a cabeça, pega uma frigideira dentro do armário e depois procura ovos e bacon na geladeira.

— Por nada... Acho que combina comigo.

— Você cozinha? — Gesticulo na direção da frigideira.

— Eu me viro sozinho há trinta e um anos. Um homem precisa se alimentar. Por quê? Quer fazer as honras?

Balanço a cabeça com veemência.

— *Yo no cocino.* Sou perita em deixar a comida queimar.

Ele suspira.

— Beleza, inteligência, um corpo perfeito... mas não sabe cozinhar. Eu sabia que tinha que ter alguma coisa errada com você além dessa boquinha sabichona. Mais uma para a coluna dos contras.

— E as outras coisas? Estão na coluna dos prós? — brinco.

Ele estala a língua e esfrega a barbicha no queixo, e eu sinto um calafrio na espinha. Muito sexy. Eu adoro barba por fazer... Um rosto barbeado é bonito, mas uma arestazinha em um homem faz meu coração acelerar e me enche de tesão, confesso.

— Ah, sim, a sua lista de prós está crescendo também — diz ele.

Afasto o cabelo para trás e me sento em um banco para vê-lo preparar o café da manhã.

— Ah, bom. Que alívio... E eu preocupada que você não me achasse bonita.

— Eu já disse que você é mais do que apenas bonita. Você sabe que é linda e tira proveito disso. Bastante. Não adianta se fazer de tímida comigo e pestanejar esses olhos azuis. Você não me engana, baby.

Lanço um olhar intenso para ele e traço com a ponta do dedo as veias no topo de granito da bancada. Eli está certo. Eu de fato já tirei proveito da minha aparência, mais de uma vez. Quando você cresce sem ter nada, usa qualquer carta que tenha na manga para seguir em frente sem levar na cabeça. Minha habilidade atlética, aliada ao meu rosto e ao meu corpo curvilíneo, me renderam incontáveis testes. E eu nunca precisei pagar um drinque sequer num bar, a vida inteira.

Em vez de concordar com ele, eu mudo de assunto.

— Então, eu escutei você falando com o Chase no telefone. Você pretende visitar o Antonio hoje?

Eli quebra alguns ovos dentro da frigideira. Eles chiam e começam a borbulhar instantaneamente. Num piscar de olhos, o cara vira as fatias de bacon, dourando um dos lados até atingir o ponto de crocância perfeito. Em seguida coloca duas fatias de pão na torradeira.

— Sim.

— Eu quero ir com você.

Ele para, segurando a espátula, e se vira para mim tão vagarosamente quanto mel escorrendo pela casca de uma árvore.

— Você não vai chegar perto daquele homem. Nem de longe! Entendeu? — O timbre grave de sua voz penetra nos meus poros e parece derreter meus ossos.

— Eli, essa briga é minha...

Antes que eu possa dizer mais alguma coisa, ele desliga as duas bocas do fogão, contorna a ilha central da cozinha, afasta minhas pernas e se posiciona entre elas. Segura meu rosto entre as duas mãos e inclina minha cabeça para trás. Seus olhos vagueiam pelo meu rosto, como se ele não soubesse onde fixar a atenção. Por fim, ele me olha com firmeza.

— Nem pense em chegar um quilômetro perto desse homem. Você entendeu?

Faço cara feia, mas novamente sou impedida de falar porque ele coloca o polegar sobre meus lábios.

— Você pode ter sido namorada do meu irmão, mas você mesma admitiu que já fazia um mês que vocês não transavam. Isso, para mim, significa que as coisas entre vocês estavam mudando, por mais que você não queira admitir. Eu estou te dando um tempo para assimilar o que está começando a acontecer entre nós, mas esse tempo tem um limite. Além do mais, vamos deixar uma coisa bem clara... Quando se trata da sua segurança, eu dito as regras.

Deixo escapar um riso abafado bem na cara dele.

— *Você* dita as regras? *Você* dita as regras? — Meneio a cabeça. — E que história é essa de "nós"? Vamos deixar duas coisas bem claras, ok? Primeira, eu sei me cuidar... e segunda, não existe "nós". *Comprende?*

— Ah, existe, baby. — A expressão dos olhos dele se suaviza, e Eli aproxima o rosto do meu.

Engulo o nó que começa a se formar na minha garganta com a proximidade dele, ao mesmo tempo que um arrepio de antecipação se espalha nas minhas costas abaixo da cintura. É o primeiro lugar do meu corpo que dá sinal quando estou numa situação excitante.

— Faz dois dias que eu enterrei o seu irmão.

Eli apoia as mãos na bancada atrás de mim e encosta o rosto no meu pescoço. Consigo sentir a respiração dele.

— Caramba... Normalmente eu sinto perfume de flores, mas neste momento você tem cheiro de cerejas no final do verão. Doces, maduras... Bem que eu gostaria de dar uma mordida suculenta em você agora mesmo, baby.

Com esforço, espalmo as mãos no peito nu dele. Ele ainda está sem camisa. Uma parte minha me manda me encostar nele, do jeito que me encostei ontem à noite, me esbaldar na segurança que ele está oferecendo, mas a mulher independente quer ir na direção contrária. Me esforçando ao máximo, empurro o peito dele com força, mas ele nem se move.

— Você não ouviu o que eu disse?

Ele esfrega o rosto no meu pescoço e eu fecho os olhos, apreciando o contato de pele com pele.

— Ouvi, Pimentinha. Mas uma coisa não exclui a outra.

— Você é doido?

— Não que eu saiba, se bem que eu já levei algumas pancadas na cabeça.

— *Dios mio. Voy a matarte* — digo, no instante em que os lábios dele tocam meu pescoço.

Por mais que eu queira negar, o simples toque provoca uma explosão de desejo em cada terminal nervoso do meu corpo, culminando com uma crise de excitação entre as pernas.

Ele abafa uma risadinha com a boca em meu pescoço, onde deposita mais um beijo molhado.

— Não, você não vai me matar. Quanto antes você entender que eu não vou recuar, mais cedo nós vamos ficar numa boa.

— E o que significa ficar numa boa? — pergunto, com um suspiro.

Não, não, não. Isto não é certo. Não o encoraje, Maria.

— Nós dois. Nus. Você deitada de costas e eu em cima de você, te possuindo centímetro por centímetro, até você gritar o meu nome. Não o *dele*. Porque, quando eu te levar para a cama, Pimentinha, não vai ter substituto, não vai ter nada entre os lençóis além de você e eu.

— *Detén*. Pare, *por favor*. Eu não posso. — Enterro os dedos nos músculos peitorais dele.

Eli desliza os lábios pela lateral do meu pescoço até que eu prendo a respiração ruidosamente, e em seguida levanta meu queixo com as duas mãos. Se eu fosse uma vidente, diria que ele vai me beijar. Com o que me resta de dignidade, afasto a cabeça, apenas o suficiente para deixar clara a minha posição.

Não aqui. Não agora.

— Em breve, Pimentinha, você vai aceitar tudo o que eu tenho para te dar e ainda pedir mais.

Ele se inclina para a frente e beija minha testa. Em seguida se afasta, contorna a ilha de volta e continua a cuidar do café da manhã. Ainda sinto a presença dele junto ao meu corpo, bem como um anseio absurdo de que ainda estivesse aqui, entre minhas pernas, me pressionando. Retomo o ar com um som alto e não muito gracioso.

— *Señor, dame fuerzas* — sussurro, tentando subjugar a reação indesejável do meu corpo.

Eli enche os pratos e coloca um na minha frente.

— Coma. Você tem um longo dia de tédio pela frente enquanto eu me entendo com o seu ex.

Longo dia, meu *culo*. Se Elijah pensa que algumas cantadas vulgares e um ronronar masculino no meu cangote vão me segurar na sua Batcaverna, está redondamente enganado. Mas eu não sou tonta... sei o risco que estou correndo, por isso, em vez de chamar um táxi, ligo para Gigi e peço para ela vir me buscar.

Eu espero Austin, agora que ele está recuperado depois de ser nocauteado por Danny no México. A dose de etorfina que Danny injetou nele quase o matou, mas graças a Deus ele foi encontrado a tempo e recebeu o antídoto. Só que não foi Austin que apareceu.

A alongada limusine preta parece óleo deslizando no concreto enquanto para no meio-fio. Jack Porter, o cara a quem Gigi chama de sr. Brutamontes, sai do carro. Ele caminha até a entrada da casa de Eli, olhando para a esquerda e para a direita conforme sobe os degraus. Abro a porta, depois de espiar pela janela. Quando dou um passo para sair, Jack segura meu braço e me puxa na direção do carro, descendo os degraus mais rápido do que sou capaz. Antes que eu me dê conta, sou empurrada para dentro da limusine, tentando entender o que está acontecendo.

Gigi está elegantemente sentada no banco de trás. Quando Chase não está, ele prefere que ela vá sentada na frente, mas, como eles vieram me buscar, ela está na parte de trás.

— Onde está o Austin, *cara bonita*?

Ela revira os olhos.

— Vigiando meu marido. Infelizmente.

— Por que infelizmente?

Gillian retorce os lábios e fala baixinho:

— Porque o Austin é mais discreto. Ele respeita minha privacidade. O Jack fica em cima de mim o tempo inteiro. É exaustivo.

Eu sorrio, feliz por finalmente estar de volta onde quero estar. Onde só posso estar, com *mi família*.

— Aquele seu marido já é superprotetor. Agora, então, com os bebês... eu posso imaginar mais ou menos o que você tem pela frente.

Ela suspira e apoia o queixo em uma das mãos.

— Ria, você não tem ideia... O Chase não quer que eu trabalhe, que eu faça ioga, que faça esforço, ou seja, tudo o que eu quero fazer. Ele diz que não é bom para os bebês. — Ela revira os olhos novamente.

— Pelo menos ele se importa com você... Isso vale muito.

— Será que já aconteceu de uma mulher matar o marido porque ele era cuidadoso demais com ela? — Ela leva o dedo indicador aos lábios, a unha perfeitamente esmaltada.

Meneio a cabeça.

— Não, *lo siento*. Eu acho que a maioria das mulheres reza todas as noites pedindo a Deus um homem assim.

— Pena. — Ela boceja e sorri.

— Está cansada?

— Eu estou sempre cansada. O médico diz que é normal até o fim do terceiro mês, ainda mais sendo gêmeos. — Ela dá outro bocejo.

— Como está a Kat? — pergunto, receosa de ouvir a resposta.

Logo antes do funeral de Tommy ela ia passar por uma cirurgia extremamente dolorosa, uma espécie de restauração da pele. Eu estava tão atordoada com a morte do meu namorado que nem tive condições de me informar melhor sobre o tipo de cirurgia.

— Ela vai ficar melhor quando finalmente vir você — diz Gigi.

— Eu ia lá todos os dias, até o funeral. Nunca a encontrei acordada. — Cruzo os braços, com uma expressão de desalento.

Gigi coloca a mão no meu joelho.

— Eu sei, amiga, e ela sabe também. Ela perguntou de você ontem. Disse que gostaria de poder ter ido ao funeral, mesmo com dor.

Lembro de novo que não consegui alcançar Kat a tempo, na fumaça espessa que escapava pela janela do teatro onde quase esmaguei meus pés descalços ao chutar as vigas de madeira que não deveriam estar ali. Meus pés ainda doem. Aquele canalha infame do Danny sabia exatamente o que estava fazendo. Ele fez questão de garantir o pior resultado possível trancando Kat no ateliê e bloqueando a janela para dificultar a passagem, tanto para ela sair como para entrarmos. Mesmo eu tendo entrado, ela sofreu queimaduras severas no lado direito do corpo e no braço. O prognóstico ainda é incerto.

— Eu tenho fé que ela vai sair dessa ainda mais forte. Depois do que todos nós passamos, depois do que o Danny fez... — A voz de Gigi treme um pouco. — Senão, não haveria esperança para nós, né?

Encosto a cabeça no banco de couro.

— Não sei, Gigi. Como nós podemos saber qual é o plano de Deus? Por que nós passamos por tanta coisa e outras pessoas têm uma vida tranquila, sem maiores preocupações?

Ela sorri e entrelaça os dedos nos meus.

— Quem pode saber? A única coisa que nós podemos fazer é viver cada dia ao máximo. Dar o melhor de nós para aqueles que amamos e nunca esquecer que aquilo a que sobrevivemos fez de nós o que somos hoje, embora não nos defina. Essa é uma lição que o Chase tem tentado me ensinar. E sabe de uma coisa?

— O que, *cara bonita*?

— Ele tem razão. Você, eu, a Bree, a Kat, o Phillip, o Chase... somos todos sobreviventes. É um laço que nos une, e eu não quero desfazer esse laço de maneira alguma.

— Você passaria por tudo novamente?

Ela sorri e olha para a frente, para um ponto distante.

— Claro que eu preferiria não ter vivenciado toda essa tragédia, as mortes... a mãe do Chase, o Tommy, aquelas pessoas na explosão da academia, a Charity... — Gigi cobre o ventre com a mão, num gesto de proteção dos dois bebezinhos que crescem a cada dia ali dentro. — Só que, por outro lado, nós compreendemos que existe sempre um yin e yang, altos e baixos, o bem e o mal. Se tudo isso não tivesse acontecido, eu talvez não tivesse encontrado o Chase, não teria me casado com ele e não estaria esperando estas crianças. Talvez até mesmo as piores coisas aconteçam por uma razão, e a melhor coisa que me aconteceu neste último ano foram estes dois seres pequeninos aqui.

— Assim espero! Mas agora tem essa situação se criando com o Eli.

— Eli?

— Eu disse Eli? Não, eu queria dizer o Antonio...

Gillian abre um sorriso tão largo que seu rosto inteiro se ilumina.

— Você disse Eli. Quer dizer que tem mais do que eu pensava nessa história com o irmão do Tommy. Não quer me contar?

— Não. Quer dizer, não tem nada de especial.

— Ria, não se atreva a me deixar na curiosidade. Eu estou grávida, sobrevivi a um ano doido, você tem que compartilhar comigo porque nós somos irmãs de alma e não temos segredos uma com a outra. Não sobre as coisas boas, pelo menos.

Eu me encolho no banco do carro.

— Não há nada para contar. Quer dizer, é estranho... Ele está a fim de mim.

Gigi franze o nariz, e, conhecendo-a há cinco anos, sei que isso significa que ela não está entendendo.

— Ele fica fazendo uns comentários, umas gracinhas, sabe... como se estivesse atraído por mim e nem um pouco preocupado com isso.

Ela então solta uma exclamação abafada.

— Está brincando! O irmão do Tommy está dando em cima de você?

— Não exatamente, mais ou menos... sim. O pior, e que vai me fazer ir para o inferno numa cesta especial de entrega, é que eu também estou atraída por ele. Não é o fim da picada?

— Por que o fim da picada? Ria, você não pode controlar por quem sente atração. Você não acordou numa bela manhã e disse "Vou sentir atração pelo irmão do meu Tommy". Na verdade eu ficaria surpresa se você não se sentisse atraída por ele... O cara é uma versão supersexy e bad boy do Tommy! Sem críticas ao Tommy, você sabe como eu gostava dele, e sei que você gostava muito também. Mas, amiga, eu nunca achei que você e o Tommy combinassem. Quer dizer, vocês eram tão diferentes, e você sempre gostou de homens mais... *cafajestes*, no bom sentido, é claro, se é que você me entende. O Tommy era o oposto do tipo que você curte. Era todo certinho, desde o modo de se vestir até o jeito de pensar e agir. Tudo bem que fisicamente ele era o seu tipo, bonito e atraente. Então é natural que você sinta atração pelo irmão gêmeo, que é igual a ele, só que não. Entendeu?

— Então você não acha esquisito?

Ela balança a cabeça.

— Nem um pouco. Eu acharia esquisito se você não sentisse nada pelo cara. Veja bem, ele é gêmeo idêntico do Tommy, só que mais charmoso, sensual, moderno... do tipo motoqueiro.

— Ele disse mesmo que gosta de motos.

Gigi faz uma dancinha no assento.

— Está vendo?!

Dou risada e deito a cabeça no ombro dela.

— Eu não estou preparada para superar a ausência do Tommy. Não sei quando vou estar, mas isso não significa que a minha libido esteja dormente. Não está... O Tommy e eu tivemos um período de seca antes de ele morrer.

— Quanto tempo? — A voz dela se reduz a um murmúrio gentil.

— Mais de um mês.

Gigi vira a cabeça tão bruscamente para me olhar que fico com medo de que tenha deslocado o pescoço.

— O quê? Sério? Vocês ficaram mais de um mês sem transar? Estavam brigados? Não estavam se entendendo?

Por que todo mundo pensa isso?

— Não. Só estávamos muito ocupados, e abalados também, com toda aquela história do Danny.

— Ah... bem... como eu posso dizer isso sem parecer uma bruxa insensível? Minha querida, eu não consigo imaginar você passando um mês sem dar ao menos uma trepadinha. Eu tive um período de seca, e você não me deu sossego enquanto eu não saí com você para pegar alguém, para a minha pepeca não ficar coberta de teias de aranha. Caramba, você fez esse mesmo discurso quando eu conheci o Chase naquele bar em Chicago, lembra?

— Ah, *diablos*. Tem razão...

Passo a mão pelo cabelo, tentando lembrar por que Tommy e eu não tivemos intimidade no mês anterior à sua morte. Tudo bem, ele estava trabalhando muito, eu com os ensaios, mas isso nunca tinha sido empecilho antes. Eu tenho uma libido escandalosamente ativa, tanto que, nos nove meses em que ficamos juntos, Tommy e eu passávamos semanas a fio transando todo santo dia. Nunca ficávamos saciados.

Pensando bem, será que estávamos nos distanciando? Antes que eu possa enveredar mais profundamente nas reminiscências do passado, a limusine para na frente do Centro de Queimados Bothin do Hospital Memorial St. Francis. Nossa irmã de alma Kathleen Bennett passou as últimas semanas aqui, depois de ter alta da UTI, onde ficou internada após o incêndio. Olho para as portas de vidro e a fachada branca. Parece um edifício de legos imaculadamente brancos, com janelas escuras empilhadas uma em cima da outra.

Yin e yang. Preto e branco.

De qual lado a Kat vai estar quando eu finalmente me encontrar com ela?

Respirando fundo, seguro a mão de Gigi e deixo o sr. Brutamontes nos conduzir para dentro do hospital.

7

—*Vá embora... Você está me sufocando!* — *A voz de Kat soa áspera* e estridente quando Gigi e eu nos aproximamos pelo corredor. — Eu preciso de espaço, Carson. Me deixe lidar com o que está acontecendo. Eu não consigo nem levantar o braço, quanto mais assinar o meu nome! Pare de me perguntar qual é o problema. *Tudo* é problema, é *só* problema! — ela grita.

Ouvir nossa amiga chorando tão desolada fez nós duas nos apressarmos a entrar no quarto. O namorado de Kat, Carson, está andando de um lado para o outro, passando a mão pelo cabelo loiro.

— Kat, eu preciso ficar aqui! Quero ajudar — ele diz, antes de se dar conta da nossa invasão em um momento constrangedor.

— Digam para ele ir embora! — Kat soluça.

Minha amiga não quer ver o namorado neste momento. Pois é o que vai acontecer. Ponto-final. Ela vem em primeiro lugar. Minhas irmãs de alma vêm sempre na frente. Vou até Carson, que está balançando a cabeça, num misto de frustração e raiva.

— Car, *mi amigo*, ela precisa de um tempo para processar tudo isso.

A boca do cara fica branca quando ele olha para Gigi, que está tentando fazer Kat parar de chorar.

— Já faz um mês! Estou cansado da Kat evitando falar comigo! — ele dispara entredentes, em tom de voz alto o bastante para que a namorada escute.

O choro dela aumenta de volume. Eu seguro o braço de Carson e o levo na direção da porta e para o corredor.

— Maria, aquela mulher... — ele aponta para dentro do quarto — é tudo para mim. Eu preciso ficar do lado dela.

— Mesmo que ela não queira você do lado dela? — digo exatamente o que sei que ele não quer ouvir.

Ele olha para a porta com expressão aflita.

— Eu não entendo por que ela quer me afastar. Antes de acontecer tudo isso nós estávamos tão bem... Estava tudo ótimo mesmo. Eu quero ficar com ela para sempre, Maria. Para sempre. Quero me casar e ter filhos com ela... A coisa toda, entende? Por que ela está fazendo isso? — Os olhos dele cintilam e ele se vira para o outro lado, novamente despenteando o cabelo com os dedos.

Com cuidado, coloco a mão nas costas dele.

— Você precisa dar tempo a ela para assimilar e digerir a situação. Ela está perdendo tudo... o uso do braço, a capacidade de costurar, a carreira. Neste momento ela não sabe como vai ser o futuro.

— E me rejeitar é a solução? — O corpo dele estremece com a adrenalina que imagino estar bombando em suas veias.

Meneio a cabeça.

— Não, não é. Mas agora ela precisa de um tempo para pôr a cabeça em ordem. Dê alguns dias a ela... Você acha que consegue fazer isso?

Ele respira fundo, retorce os lábios e assente com um movimento de cabeça.

— Está bem. Mas tentem colocar um pouco de bom senso na cabeça dela, porque ela está forçando a barra. Não sei até onde vou aguentar. — O ar exala dos pulmões dele ruidosamente.

Fecho os olhos e faço que sim com a cabeça.

— Eu vou tentar, prometo. E, Carson, pode desabafar comigo. Eu sofri uma grande perda também, você sabe.

A cabeça dele e os ombros parecem se curvar numa postura de derrota. Então, Carson me puxa para si e me estreita nos braços.

— Eu sinto muito, Maria. O Tom era um cara muito legal. O melhor. Ele não merecia o que aconteceu com ele. Nenhum de vocês merecia nada disso. Meu Deus, eu queria... queria que as coisas fossem diferentes.

Fico sentindo os batimentos do coração dele por alguns instantes, encontrando certo conforto no ritmo constante.

— Eu também, Carson... eu também.

Ele dá um passo para trás e enfia as mãos nos bolsos traseiros da calça.

— Tome conta dela para mim, está bem?

Eu sorrio.

— Claro. Sempre.

Ele acena com a cabeça, se vira e se afasta pelo corredor do hospital. Eu respiro fundo para me acalmar e volto para o quarto de Kat. Ela está enxugando as lágrimas com a mão esquerda. O braço direito está inteiro enfaixado, do ombro até a ponta dos dedos.

— Como está a minha *gatita*?

Ela dá um breve sorriso.

— Na pior... claro.

Gigi se senta na beirada da cama e coloca a mão sobre o ventre.

— Ah! Eu sei de uma coisa que vai te animar! — exclamo sorrindo e desfilo em volta da cama.

Os olhos cor de caramelo de Kat se iluminam.

— Por favor... É o que eu mais preciso agora, ouvir alguma coisa animadora!

— Gigi...? — Olho para a barriga dela e depois para Kat, e de volta para a barriga de Gigi e de novo para Kat.

Gigi franze o nariz daquele jeito charmoso e inocente como sempre faz.

— O quê? — ela pergunta.

— Uma coisa que você tem para contar para a Kat... — Mostro dois dedos. — Duas coisas, na verdade. Duas surpresas... — Cutuco o ombro dela.

Gigi arregala os olhos.

— Ah, é... claro!

Ela segura a mão esquerda de Kat e concentra toda a atenção em nossa amiga. Coitadinha, tão abatida... Os cachos loiros antes brilhantes agora caem sem vida sobre seus ombros; os olhos castanhos expressivos estão fundos e opacos, e até a pele normalmente bronzeada perdeu o viço. Também, ela está confinada entre as paredes de um hospital há mais de um mês.

Gigi se empertiga e olha para Kat.

— Bem, você sabe que o Chase e eu nos casamos enquanto estávamos na Irlanda.

Kat faz uma careta, meio séria, meio brincando.

— Eu sei, e ainda estou brava, mas entendo por que vocês fizeram isso. E o que isso tem a ver com a tal surpresa?

— Surpresa? Que surpresa? — Bree irrompe alvoroçada dentro do quarto, a barriga proeminente, trazendo um ramalhete de girassóis.

Ela coloca as flores sobre a mesa e olha em volta. Se eu não a tivesse visto há poucos dias, diria que sua barriga cresceu pelo menos uns cinco centímetros.

— A Gigi tem uma novidade para contar — diz Kat.

— Sim, a danada se casou sem a gente por perto. Novidade nenhuma... — Ela dá um sorriso deliberadamente falso. — Ainda vamos dar uma festa ou algo assim para comemorar, quando a Kat sair daqui. De jeito nenhum nós vamos ficar de fora do casamento da nossa melhor amiga! — ela afirma.

— *Cara bonita...* — Faço um sinal para Gigi contar logo.

— Que tal se, em vez de uma festa de casamento, a gente fizer um chá de bebê? — ela sugere.

— Bem, esta bebê vai precisar de muita coisa, portanto, já que você é nossa melhor amiga, pode oferecer o chá! — Ela sorri e desliza a mão pela barriga.

O barrigão de Bree é como um ímã para mim, um símbolo de amor, lar e família. Contorno a cama e coloco as mãos sobre a protuberância, e Bree deixa, como sempre; ela sabe que nenhuma de nós consegue ficar longe dessa barriga linda. É fascinante... Não vejo a hora de Gigi ficar barriguda também, e me pergunto se vamos conseguir sentir cada bebê separadamente.

Gigi dá uma risadinha.

— Não, eu estou falando de um chá de bebê para mim e os gêmeos que estou esperando, mas claro que vou ficar feliz em dar um chá de bebê para você... Ai! — Gigi afasta a mão da de Kat e a agita.

— Você está grávida? De gêmeos?! — O lábio inferior de Kat treme e seus olhos ficam marejados.

Olho para Bree, que já está em prantos.

Gigi acena com a cabeça.

— Nós descobrimos logo depois do incêndio e... Bem, foi tanta coisa acontecendo ao mesmo tempo... Vocês sabem como é.

Bree praticamente se joga em cima de Gigi para abraçá-la.

— Os nossos filhos vão crescer juntos e ser melhores amigos! — ela exclama, com a voz embargada. — Estou tão feliz!

Envolvo minhas amigas com os braços e nós quatro nos abraçamos meio desajeitadamente, encontrando conforto na única coisa que nos dá força para seguir em frente: novas vidas.

Depois que Gigi e Bree saem para comer alguma coisa na lanchonete do hospital, eu me sento na poltrona ao lado do leito de Kat e seguro a sua mão.

— Qual é o problema com o Carson?

Ela deixa escapar um gemido e vira o rosto para o outro lado.

— Não sei...

— Não vem com essa, Kat. Para cima de mim, não. — Dou um sorriso, mas ela continua séria.

Kat se vira de novo para mim, se deitando sobre o lado esquerdo para me olhar melhor.

— Promete que não vai ficar brava? — ela murmura.

— Não. — Meneio a cabeça.

As feições dela se contorcem em um misto de sorriso e careta.

— Não posso deixar que ele passe por isso comigo.

— Por quê? — pergunto, surpresa.

— Ele não me ama. — A resposta é simples e direta, mas não é a que eu esperava ouvir.

— Por que você diz isso?

Ela pisca e funga, e seus olhos se enchem de lágrimas outra vez. Levanto a mão e afago seu rosto, tentando confortá-la enquanto ela compartilha comigo algo que obviamente lhe é doloroso admitir.

— Durante todos esses meses, ele nunca disse que me ama. Eu já disse para ele inúmeras vezes, mas ele não disse, nem uma única vez.

A infelicidade de Kat me atinge como um caminhão de duas toneladas. Eu também nunca disse a Tommy que o amava, mas amava. Do meu jeito. Talvez não do mesmo jeito que amo essas meninas, ou como eu achava que amava Antonio, mas sem dúvida alguma eu gostava muito dele.

— Você perguntou a ele por quê?

— Sim, acabei perguntando. Logo antes da cirurgia de enxerto de pele, quando tiraram pele das minhas nádegas e coxas para cobrir as queimaduras mais graves.

Eu estremeço e aperto a mão dela ao tomar consciência do que essa menina passou.

— Sabe o que ele disse?

Eu prendo a respiração, incapaz de falar qualquer coisa.

Kat continua, arfante:

— Ele falou que gosta mais de mim do que de qualquer outra mulher com quem já se relacionou, mas em nenhum momento disse as três palavrinhas. E o pior é que ele não me conta por quê...

— Kat...

Ela balança a cabeça, dando vazão às lágrimas.

— Não... Eu sei exatamente por que ele não consegue dizer. Porque ele não é mentiroso e jamais diria que sente alguma coisa que não sente. Ele é um homem digno, admirável.

Olho para o corpo de Kat, que parece estar cheio de bandagens por toda parte.

— Talvez ele apenas não tenha conseguido dizer as palavras. — Engulo com dificuldade e afago a mão dela.

— Quando você ama uma pessoa de verdade, quando está apaixonada, tem necessidade de dizer! Parece que alguma coisa dentro de você vai explodir se não falar. A necessidade de declarar esse amor é muito forte, é como uma fogueira intensa. Quando a gente realmente ama alguém, como eu amo o Carson, a gente não consegue segurar. É como a Gigi com o Chase e a Bree com o Phillip. Elas não conseguem se conter, nem eles. Falam abertamente o que sentem.

As palavras dela raspam em um buraco semicicatrizado no meu coração. Tommy não conseguia se conter. Ele dizia que me amava... mas eu nunca disse para ele uma única palavra nesse sentido.

— Eu não quero ser o prêmio de consolação dele, Ria... A mulher marcada com quem ele continua só por lealdade ou pena.

Droga. Fecho os olhos e tento me concentrar, enquanto meu coração sangra por ela... e por Tommy também, merda.

— O que você vai fazer? — pergunto, por fim, minha voz modificada pela emoção.

Ela fecha os olhos e afunda o rosto no travesseiro.

— Não sei. Eu o amo, mas não posso permitir que ele fique aqui agora. Não posso. Talvez no futuro, quem sabe...

Ah, não...

— Você vai terminar com ele?

Ela firma os lábios mas não abre os olhos. Uma lágrima sai de cada um dos olhos e rola pelas bochechas dela.

— Vou.

— *Gatita, no, mi amiga.* Não faça isso agora. Você não está raciocinando com clareza, e isso não é algo que dê para reverter facilmente.

Kat empina o queixo, enxuga os olhos e reforça sua resolução.

— Eu preciso.

— Você precisa do quê? — Bree pergunta, entrando, os cabelos loiros soltos formando uma cascata perfeita e sedosa atrás das costas.

A criatura está grávida de sete meses e poderia estar desfilando em um concurso de beleza.

— Dormir um pouco — respondo. — A Kat precisa descansar, meninas.

— Ah, ok. Você avisa se precisar de alguma coisa? — diz Gigi, com o olhar preocupado.

— Eu estou bem. O cirurgião vem amanhã para me examinar. Ele espera me dar alta nas próximas semanas se o enxerto der certo.

Eu me inclino e beijo a testa de Kat, depois me afasto para fitá-la nos olhos.

— Eu te amo, Kathleen. *Besos.*

Ela sorri e leva a mão esquerda ao meu rosto.

— Eu também te amo. Me liga amanhã?

— Sem falta.

Jack me acompanha na subida dos degraus para a casa de Eli e abre a porta como se morasse ali. Assim que entro, ele fecha a porta sem dizer uma palavra.

— *Gracias! Tirón* — eu grito para trás.

— Onde você estava, porra?! — A voz de Elijah soa como um rugido a poucos metros de onde estou, ainda sob o batente.

Dou um pulo e me viro.

— Caramba! Que susto!

— Não me faça perguntar de novo — ele vocifera.

O que acontece com esse homem? Ele precisa aprender a reagir com mais serenidade se quiser que eu corresponda de acordo.

Ajeito meus peitos com os antebraços, ergo a cabeça e apoio a mão no quadril, sem dizer uma única palavra. É a minha pose "foda-se".

Ele dá mais um passo na minha direção.

— Onde... você... *estava*?! — ele repete, se aproximando um passo a cada palavra e por fim me encurralando contra a parede. Mesmo assim ele não para, até que nossos corpos ficam colados do pescoço até os joelhos.

Epa, alto lá...

Meu coração começa a martelar dentro do peito, e meu corpo esquenta como se a temperatura de repente tivesse subido para mil graus. Passo a língua pelos lábios secos.

— Há... no hospital.

Ele estreita os olhos.

— Por quê?

— *Dios mio*, você leu os relatórios, não leu? A minha melhor amiga e eu estávamos no teatro quando houve o incêndio, causado pelo Danny McBride, o homem que matou o seu irmão.

— Kathleen Bennett é sua amiga? — ele pergunta.

É óbvio que ele leu o relatório, porque eu nunca mencionei o nome de Kat para ele.

Reviro os olhos.

— Sim, ela é minha amiga. Aliás, são três, para seu conhecimento. A Gigi, que você já conhece, a Bree e a Kathleen. Nós somos irmãs de alma, e o Danny fodeu com a vida de todas nós tentando sequestrar a Gigi. A Kat está internada tratando de queimaduras sérias, não que seja da sua conta.

— Se envolve você, é da minha conta.

Ele aproxima mais o rosto. Está tão perto que sinto o hálito de menta. Tento desesperadamente não reagir, mas por algum motivo inexplicável, quando se trata de Elijah Redding, meu corpo e minha libido me traem como Judas.

Eu retorço os lábios.

— Se afaste, por favor.

Ele concentra toda a atenção no meu rosto antes de dar impulso com a palma da mão na parede e se virar, andando para a sala de estar.

— Como foi com o Antonio? — pergunto, curiosa para saber o que ele descobriu sobre meu ex.

Eli está de costas para mim. Cerra as mãos em punhos e se vira abruptamente.

— Você escolhe bem os seus namorados, hein, Pimentinha...

Franzo a testa.

— Como assim?

Ele estala a língua.

— Vejamos... — Ele levanta a mão e segura um dedo. — Primeiro... ele parece um mauricinho. — Segura outro dedo. — Segundo... ele diz que faz cinco anos que não te vê, já que, nas palavras dele, "a cadela me trancafiou na cadeia e roubou a minha liberdade com as suas mentiras".

— Ele negou o que fez e ainda me chamou de cadela? — digo, com a voz mais esganiçada do que gostaria.

— Pois é. Disse que não te mandou mensagem nenhuma. Informou o número de telefone para checarmos as chamadas feitas e recebidas.

— Isso é impossível! — Bato o pé.

Sim, bato o pé feito uma criança birrenta.

— Não é não, baby. Um telefone pré-pago não pode ser rastreado, e, pelo que eu percebi desse canalha, ele é tudo menos burro. É ardiloso, mas burro ele não é. Por enquanto está encobrindo seu rastro e colaborando.

Eu caio sentada no sofá. O estresse do dia, da última semana, e agora mais isso, é demais para mim.

— O que mais ele disse? — pergunto, com medo da resposta.

Eli se senta a meu lado e coloca a mão no meu joelho.

— Ele prometeu que não iria chegar perto de você. Disse que está ciente de que há uma ordem judicial de restrição contra ele que determina que ele precisa manter uma distância de no mínimo cento e cinquenta metros.

Dou risada. Dou risada na cara dele.

— E você acredita?

Eli aperta meu joelho.

— Claro que não.

— Menos mal. O Antonio promete fácil, está sempre prometendo coisas — resmungo e meneio a cabeça. — Prometia que nunca mais ia me machucar logo depois de me empurrar contra a parede... ou depois de cada vez que tentava me "dar uma lição" sobre respeito... ou quando achava que eu precisava de um bom tratamento embaixo d'água. — Eu me levanto e ando de um lado para o outro. — Eu preciso ir lá, pessoalmente! Olhar nos olhos daquele filho da puta.

— Que inferno! — Eli rosna como um animal raivoso.

Eu corro para a porta, mas, antes que a alcance, um braço sólido enlaça minha cintura, me ergue do chão e me coloca de volta no sofá. Ou melhor, não no sofá exatamente... na verdade Eli é quem se senta no sofá, me segurando no colo enquanto me debato.

— Me solte! — eu grito na cara dele, parecendo uma alma penada.

— De jeito nenhum, Pimentinha. Sem chance... Não vou deixar você se aproximar daquele idiota sebento.

Depois de me debater mais um pouco, em vão, finalmente compreendo que ele não vai ceder.

— Não vai me soltar?!

— Você vai se acalmar e se controlar?

Forço um sorriso.

— Você acha que eu não te conheço? Que não sei distinguir quando o seu sorriso é espontâneo ou falso? Baby, não me confunda com o idiota do seu ex.

— Está se referindo ao seu irmão? — falo de propósito, no impulso de provocar.

Ele me fulmina com os olhos.

— Não.

— Não achei que fosse mesmo. Cuidado com o jeito como fala comigo!

— É justo. Agora, podemos conversar sobre esse assunto sem você chutar o pau da barraca?

— Eu não tenho barraca nenhuma pra chutar, muito menos pau! — revido, cheia de graça.

— Você poderia ter um, baby, se quisesse. Já deixei bem claro que estou ao seu dispor.

— *Cazador...* — falo, em tom de advertência.

— Sim, baby? — Ele sorri.

— Você me cansa, sabia? — Minha voz soa baixa e irritada, deixando óbvio como me sinto por ele me tolher e não permitir que eu faça o que quero.

— Ótimo. Eu vou te vencer pelo cansaço.

Eu suspiro e amoleço nos braços dele.

— Ah, agora sim, garota... Eu sabia que você tinha um lado bom... obediente. Vai para a coluna dos prós — ele diz, antes de se levantar, me pondo de pé. — Agora vamos fazer o jantar. Espero que você goste de frango e arroz. Você pode fazer a salada.

— Eu não sei cozinhar — respondo, com aspereza.

Ele segura meu braço e me faz andar na sua frente, até que me dá um tapa estalado na bunda, dolorido e sedutor ao mesmo tempo.

— Ei! — Dou um pulo para o lado, andando apressada na direção da cozinha.

— Ninguém pode errar numa salada. Nem você.

Não me conhece mesmo!

— Quando tem comida envolvida, qualquer coisa é possível. Você ficaria surpreso...

— Eu raramente me surpreendo.

— Me dá um tempo. — Sorrio, tentando marcar um ponto e pegá-lo desprevenido.

Em vez disso, eu é que sou pega desprevenida com a resposta:

— Vá devagar, baby. É isso que eu estou fazendo, e tenho todo o tempo do mundo para fazer você ser minha.

8

*Pouco mais de uma semana se passou sem nenhuma novidade sig-*nificativa com relação a Antonio. Os homens de Eli e de Chase estão de olho nele, mas até agora Antonio está revelando um comportamento exemplar para quem está em liberdade condicional. Segundo os relatórios, ele chega pontualmente ao local de trabalho, vai direto para casa no fim do dia e comparece a todas as audiências com o agente da condicional. Para todos os efeitos, a impressão que dá é que ele está seguindo as regras. E a tática de intimidação de Eli, de ir visitá-lo no trabalho, deve ter tido algum efeito também. Se bem que eu não confio nem um pouco em Antonio; sei exatamente do que ele é capaz. É um homem meticuloso, calculista, e, o mais importante, tem paciência e persistência. Mas eu é que não vou dar essa dica para o Batman e seus companheiros.

Não mesmo. Em vez disso, assim que Eli sair hoje para passar no emprego de Antonio, vou arrumar minhas coisas e cair fora daqui. Ninguém merece ficar trancafiada em uma casa, por mais que seja uma casa grande e bonita, com um caçador de recompensas com a testosterona explodindo, mal-humorado e que só pensa em sexo. A semana inteira eu fiz questão de me vestir de maneira recatada, mais até do que eu gostaria, para evitar olhadas furtivas e outras não tão furtivas assim. É claro que ele não teve o mesmo cuidado. Não. Eli anda pela casa só de short ou bermuda, ou com a calça do pijama. Eu juro que esse homem tem calças e shorts de pijama em todos os padrões de xadrez existentes no mundo. E cada um deles é tão sexy que tenho de praticar as técnicas de respiração da ioga de Bree a fim de aplacar a fogueira em meu íntimo. Mas é o que eu faço... por Tommy. Porque seria errado pular na cama com o irmão dele três semanas depois de tê-lo enterrado.

Siete semanas.

Sete semanas de secura total e completa. É a minha mais longa abstinência sexual desde que Antonio quebrou minhas pernas, há pouco mais de cinco anos. Naquela ocasião eu fiquei um ano inteiro sozinha. Tecnicamente, as pernas quebradas, os ferimentos, a terapia em grupo com outras vítimas de violência doméstica e o fato de ter conhecido Gillian e nos tornado grandes amigas sem dúvida ajudaram a abrandar a batalha de libido e hormônios. Agora não posso dizer o mesmo. Sair deste lugar o quanto antes é uma necessidade. Pela minha saúde mental.

Deixo escapar um suspiro ao entrar no meu apartamento vazio. O ar está abafado, parado, mas conforme olho ao redor me sinto confortável ao constatar que tudo está em seu devido lugar. E é tudo meu. Minhas lembranças de vida além de Antonio, os bons tempos que vivi com minhas amigas estão retratados em inúmeras molduras sobre a lareira. Até meus móveis estofados e as almofadas multicoloridas renovam a sensação de paz e tranquilidade.

Este é o meu lar agora. Meu. Não é a sala de um homem solteiro, com sofás e poltronas de couro que são frias ao toque ou que grudam na minha pele se eu estiver de short. Aliás, parece uma obsessão dos homens essa coisa com móveis de couro... Por acaso o couro é a quintessência da matéria-prima, algo do tipo "Eu sou homem... eis aqui a prova, sinta o cheiro do meu sofá de couro"?

Afastando esses pensamentos, trato de abrir as janelas e a porta da sacada para arejar o apartamento. Acendo algumas velas e coloco para tocar a trilha sonora do espetáculo que vai estrear daqui a alguns meses e de cujo elenco farei parte. Nesse meio-tempo, preciso retomar minha rotina de exercícios e fazer contato com alguns dançarinos que vão me ajudar a ensinar aos novatos as partes mais difíceis da coreografia.

Quem acabou de sair da escola de dança não tem experiência e precisa ser desafiado e treinado com coisas novas a fim de se sair bem. Nessa profissão a pessoa precisa ser a melhor, sempre, o tempo inteiro. Conhecer um estilo de dança não garante nada na maioria dos casos, a menos que o dançarino seja famoso em um estilo específico, como os bailarinos Baryshnikov ou Markova, ou a rainha, Anna Pavlova, a primeira *ballerina* a fazer turnês internacionais.

Eu sou boa em jazz, ritmos latinos e hip-hop, mas meu ponto forte, e pelo qual sou mais conhecida, é a dança moderna e contemporânea. No entanto, com vinte e oito anos, já estou ficando velha para a profissão e é improvável que venha a me tornar famosa. Se bem que ser famosa nunca foi meu objetivo. Tudo o que eu sempre quis foi dançar e fazer parte de uma companhia de dança para me apresentar no teatro, o que é equivalente a atuar em filmes de cinema para quem escolhe a profissão de ator.

Ficar reclusa no esconderijo de Eli nos últimos dez dias me tirou da rotina e deixou os dançarinos que precisam de mim numa situação complicada. Tudo bem que eu poderia ter avisado Eli de que ia voltar para casa, mas não é da conta dele, e eu tinha que sair de lá. Não aguentaria ficar naquela casa nem mais um dia sem ceder aos apelos sensuais dele. Não só por mim, mas por Tommy também, eu me abstive. Foi a coisa certa a fazer, por mais que meu corpo anseie para que Eli me pressione contra a parede mais próxima e me coma até me reduzir a pó. Eu não vou fazer isso. Não posso.

Com a decisão reforçada, faço algumas ligações e agendo sessões com alguns dançarinos no estúdio de ioga de Bree no edifício do Grupo Davis, do outro lado da rua. Ela me empresta uma sala que normalmente é destinada para aulas particulares ou de meditação. É menor do que a sala normal de ioga, mas tem espaço suficiente para eu treinar meus clientes, e, como é uma sala que é usada apenas esporadicamente, ela me empresta nos horários em que não está em uso. O melhor de tudo é que não cobra aluguel. BFF no grau máximo.

Epa, *clientes*. Hum... Nunca pensei nos meus colegas como clientes. Mas, afinal, eles me pagam para treiná-los, e eu pago impostos sobre o dinheiro que ganho, então acho que posso dizer que são meus clientes, sim. E é então que me dou conta... Estou trabalhando como professora de dança, ou consultora! Tipo *coreógrafa*.

A coreografia sempre fez parte do meu dia a dia. Criar novos passos, dar uma interpretação nova para a música que está sendo tocada... Ao longo dos anos eu ajudei inúmeros professores e coreógrafos a adaptar e adequar rotinas e movimentos às peças e ocasiões. Eu adoro fazer isso! Quase gosto mais do que propriamente dançar no palco. Além do fato de forçar muito menos as pernas.

Me apresentar no palco duas vezes por dia em uma casa lotada, por meses a fio, está sendo um sacrifício maior do que eu gostaria de admitir. Nas últimas semanas, a dor crônica decorrente dos ossos quebrados tem me levado a cair de joelhos recorrentemente quando saio do palco, mas eu a ignoro por causa de todo o resto que está acontecendo. A triste verdade é que não vou conseguir ignorá-la por muito tempo mais. O espetáculo que vai estrear no outono deve ficar em cartaz por seis meses, caso o primeiro mês seja um sucesso. Se for assim, vou viajar com o elenco durante vários meses ao redor do mundo.

Seguro meus quadris, sentindo as pernas reagirem à exaustão, o corpo desgastado e dolorido. Enquanto respiro fundo, troco de roupa e penso nos clientes que tenho hoje, e em quais facetas da dança vou ensinar a eles.

Mesmo não tendo ninguém por perto para me ouvir, dou risada. Clientes... É um conceito interessante. Será que eu poderia trabalhar com mais gente? Não com aulas de dança do tipo que uma criança faz, mas verdadeiros dançarinos, que já conquistaram a habilidade. Quem sabe dar aulas na escola de dança local? Quais serão os requisitos para lecionar lá? Talvez graduação em educação e em dança... o que eu não tenho.

Eu poderia voltar a estudar, me formar em dança ou em pedagogia, obter o grau de licenciatura. Mas parece uma regressão voltar a estudar *depois* de já ter experiência e de ter trabalhado como dançarina profissional por dez anos.

Meu celular vibra em cima da cômoda, do outro lado do quarto. Dou uma olhada na tela e ignoro a chamada. Não vou atender às ligações dele. Preciso de um tempo para mim. Cinco segundos depois, o celular vibra de novo. Dessa vez é Gigi. Claro que atendo imediatamente.

— Oi, *cara bonita*. E aí, tudo bem?

— Há... Você ignorou a ligação do seu segurança? — ela pergunta, num tom de voz evidentemente ácido.

Um sentimento de irritação vem à tona no mesmo instante.

— Pode ser. Por quê?

— Porque ele está bem aqui do meu lado, com cara de poucos amigos e... Ei! Me dá aqui de volta! — escuto a voz de Gigi mais distante.

— Pimentinha, você fugiu para onde? — A voz ribombante de Elijah penetra no meu ouvido e ressoa nos meus ossos.

Dessa vez eu deixo escapar um gemido.

— Você não pode me dar um tempo, *cazador*? Eu estou na minha casa, me preparando para encontrar os meus clientes. Eu voltei para casa.

— Uma ova! — ele exclama, demonstrando sua habitual desaprovação por tudo que eu faço.

— Sim, Eli. O Antonio está quieto, não se manifestou mais. Eu não vou mais ficar na sua casa. A área está livre, ele vai me deixar em paz. Você não precisa mais se preocupar.

— Quando se trata de proteger você, *Maria*, a minha preocupação não termina nunca.

O modo como ele fala o meu nome provoca uma sensação de calor e euforia que se centraliza no meio das minhas pernas. Eu me sento na cama e aperto as coxas. Eli raramente usa meu nome inteiro, e, quando o faz, minhas pernas amolecem.

Respiro fundo e devagar, e ruidosamente, para que ele escute e perceba que estou sem paciência.

— Eli, eu agradeço. Obrigada por ter sido tão gentil nos últimos dez dias, mas é sério, não preciso mais da sua ajuda. Não estou mais com medo. Você e o Chase providenciaram para que o Antonio me deixe em paz. Fim da história.

— Não é o fim.

— Ah, e por que não? Você está sabendo de algo que eu não sei? Está escondendo alguma coisa? — insisto, curiosa para saber se ele realmente está me escondendo algo importante para não me assustar.

— Não.

— Então por quê?

— Porque, se eu me colocar no lugar do cara, não tem como deixar você sozinha por muito tempo. Vou estar na sua casa em cinco minutos.

— Estou de saída — digo, desligo e pego minha mochila, que já está abastecida com CDs, barras de cereais, lenços umedecidos e garrafas de água.

— Passe bem, seu mala! — falo para o apartamento vazio enquanto corro para o elevador.

Uma coisa é certa... quando a pessoa que te ligou está do outro lado da rua, exatamente no lugar para onde você está indo, não tem como escapar. Quando chego ao Grupo Davis, alguns minutos depois, Eli está encostado na parede ao lado do elevador, os braços cruzados, a cabeça inclinada para o lado e um sorrisinho que fala por mil palavras. Tudo o que eu quero é socar aquele rosto, ou pior... beijá-lo. Ainda não me decidi quando chego perto dele.

— Admita, você está me perseguindo.

Ele dá aquele sorriso sexy que faz o lábio se curvar de um jeitinho encantador. Desvio o olhar e aperto o botão para chamar o elevador, umas cem vezes mais ou menos. Eli entra atrás de mim no elevador e as portas se fecham, nos trancando sozinhos lá dentro.

— Por que você não me deixa em paz? Eu não entendo... sinceramente, não entendo.

Eli sorri e balança a cabeça, mas não diz nada.

— Sério. Você gosta de perseguir mulheres que não estão interessadas em você? Por acaso eu represento alguma espécie de desafio, é isso?

— Ah, você é um desafio, sim.

Aperto os dentes, mal contendo a irritação. Minha respiração acelera e eu fico vermelha. Maravilha. Estou parecendo um tomate zangado. Perfeito.

O elevador para, as portas se abrem e Eli me segue pelo corredor até a academia que Chase providenciou para os alunos de ioga e os funcionários da empresa. Gillian e as meninas também usam à vontade, sem pagar. É ótimo ter amigas nas altas esferas.

Abro a porta do estúdio de ioga e aceno para a recepcionista.

O negócio de Bree está em plena ascensão. Assim que ela mudou o estúdio para o novo endereço, toda a clientela antiga aprovou imediatamente as novas instalações, e agora ela tem mais alunos, funcionários da empresa de Chase que podem frequentar as aulas por um preço especial. O ganho extra possibilita que ela contrate mais gente, e assim todo mundo sai ganhando. Esquema ganha-ganha.

— Olá, Ceej, como vai, *chica*?

A mulher miudinha com nome esquisito contorna a mesa e abre os braços para mim.

— Ah, minha nossa! Que bom te ver, Maria!

Durante meus tempos de BFF com Bree, eu descobri que o praticante de ioga médio é bem sensível. Algo com que não estou muito acostumada, mas aceito como parte do pacote quando estou cercada por um grupo de hippies que gostam de louvar a natureza, abraçar árvores e coisas assim. Bree me encoraja a entrar na onda, então eu entro. Por ela.

— *Gracias*. Que bom estar de volta. — Pisco, ciente de que ela se refere ao incêndio e à tragédia toda, mas sem ver muito sentido em tocar no assunto.

— Tem tido muito movimento por aqui?

Ceej faz um gesto afirmativo com a cabeça, balançando o cabelo preto comprido e cacheado. Fico feliz que Bree tenha encontrado uma pessoa tão boa e amorosa para trabalhar para ela.

— Você já está lecionando?

Ela abre um sorriso tão radiante que o recinto todo parece se iluminar. Sua pele marrom-clara resplandecente é positivamente uma herança de sua ascendência chamorra. Ela faz um gesto com os dedos, deixando um centímetro entre o polegar e o indicador.

— Falta isto aqui para eu receber minha credencial de instrutora registrada de ioga, então estou trabalhando como assistente de Bree nas aulas mais numerosas, para praticar. Quando ela sair em licença-maternidade... — Ceej aponta um polegar para o próprio peito, mostrando o antebraço coberto de tatuagens ecléticas. — Eu sou a pessoa de confiança dela. Não vejo a hora!

Faço um afago no ombro dela.

— Que maravilha, *chica*. Continue assim. Continue dando motivos para a Bree ficar orgulhosa de você.

— Sim, prometo! — ela responde, animada.

— Legal.

Ceej olha atrás de mim e para cima, de sua estatura de pouco mais de um metro e meio.

— Ah, olá... Bem-vindo à I Am Yoga. É a primeira vez que você pratica?

Preciso reunir todo o meu autocontrole para não me abaixar e rolar no chão de tanto rir. A imagem de Elijah fazendo ioga me dá vontade de gargalhar.

Eli, que se acha *o* cara, inclina a cabeça para o lado e fala, no tom de voz mais másculo possível:

— Querida, eu pareço o tipo de cara que faz ioga?

Ceej pisca graciosamente seus longos cílios negros, nem um pouco intimidada. Eu a admiro por não se deixar afetar pela extrema virilidade e sensualidade que emanam de cada poro desse homem. Gostaria de ser como ela.

— Ioga é para todos, senhor... — Ela usa o tratamento formal, dando a ele a oportunidade de dizer seu nome.

— Pode me chamar de Red, como todo mundo.

— Tudo bem, sr. Red. O senhor teria interesse em dar uma olhada no prospecto dos nossos cursos?

Ele exibe aquele sorriso matador e passa a língua pelos lábios, porém Ceej aguarda valentemente a resposta, como a profissional exemplar que é, imperturbável. Vou dizer a Bree que essa garota merece um aumento. Vou dar um toque para Chase também.

— Não, obrigado. Só acompanhando a boazuda aqui. — Ele gesticula para mim.

Ceej franze as sobrancelhas.

— Boazuda... O quê...

— Ah, não ligue. — Eu me viro e seguro o braço do Batman, fulminando-o com os olhos e mostrando os dentes ao estilo de um cão rosnando. — Venha. Preciso preparar a sala, e nós precisamos terminar nossa conversinha para que você possa ir cuidar da sua vida. Obrigada, Ceej. Depois nos falamos. Foi ótimo te ver.

— Foi mesmo, Maria. Tchau!

— *Adiós* — falo por sobre o ombro enquanto empurro Eli na direção da sala que vou usar. Assim que entramos, bato a porta.

— *Boazuda?!* O que é isso? Está querendo me tirar do sério?

Eli apoia uma das mãos na parede, enlaça minha cintura com o outro braço e espalma a mão na minha bunda, me puxando contra seu corpo. Solto um gemido involuntário. Meu corpo está carente de atenção masculina da pior maneira possível. O aroma de couro e especiarias impregna o ar, e eu inspiro longamente, aproximando o rosto daquele pedacinho de pele visível pela abertura do colarinho.

Só uma provadinha. Só preciso de uma provadinha...

— E é mentira, por acaso? Com essa bunda, essas pernas, esses peitos...

Eli esfrega o nariz no meu pescoço, e o calor de sua respiração envia uma corrente de desejo ao longo da minha espinha. Ele não me abordava dessa maneira desde aquele primeiro dia, no café da manhã. Mas agora ele sabe que estou há quase dois meses sem ficar com um homem, e está fazendo esse joguinho.

Merda. Cacete. *Merda.*

Ele desliza a mão das minhas nádegas para cima, passando pela lateral do meu corpo até envolver um seio.

— Os seus seios são uma tentação, baby... Veja só, quase não cabem dentro da blusa.

— Eli... — Faço um último esforço débil para interromper a situação, ciente de que estamos nos movendo rápido demais para um lugar de onde não há volta.

— Você está me matando, Pimentinha... — A voz dele está carregada de tensão e desejo.

Inalo uma lufada de ar, envolvo o pescoço dele com os braços e roço a pélvis contra sua impressionante ereção.

— *Dios mio...*

Estou imaginando esse pau enorme dentro de mim...

— Não posso mais esperar. — A voz de Eli estrondeia como uma tempestade se formando, junto ao meu pescoço, sugando a pele antes de mordiscar.

Uma explosão de excitação me atravessa, indo parar diretamente no meio das minhas coxas. Sem pensar mais, ergo uma perna para me amoldar mais a ele, e em um segundo ele me encurrala contra a parede. Estou com um protesto na ponta da língua quando ele pressiona a ereção protegida pela calça jeans na minha virilha e cobre minha boca com a dele.

Madre de Dios.

O cara beija... e como!

Uma miríade de sensações explode dentro de mim. O pau bem posicionado se esfrega no meu corpo enquanto a língua mergulha em minha boca, ambos em perfeita sintonia. Passo os dedos pelo cabelo dele e deixo escapar um grito abafado ao liberar o tesão reprimido por tanto tempo. Tudo à minha volta desaparece, e só me resta sentir.

A língua de Eli, com gosto de hortelã, se enrosca na minha. As mãos dele percorrem meu corpo inteiro, e uma delas cobre meu seio, o polegar circundando o mamilo de um jeito enlouquecedor, que eu não quero que pare...

Meu coração bate feito um tambor acelerado dentro do peito enquanto eu o beijo com sofreguidão, repetidamente, como se nunca mais fosse ter outra chance na vida de beijar um homem.

Eli suga meu lábio inferior e se afasta um pouco para trás. Deixo escapar um gemido de frustração, mas no instante seguinte ele está de volta, mordiscando, sugando, beliscando meus lábios com a boca, sem deixar um milímetro sequer intocado, como se nunca se fartasse.

Seguro a cabeça dele e viro seu rosto para mim, querendo, precisando engoli-lo inteiro.

— Minha vez — sussurro, antes de mordiscar os lábios dele e provocá-los com a língua, até que ele suspende minha outra perna de tal modo que fico com as duas pernas ao redor de sua cintura.

— Caramba, eu sabia que seria bom com você, baby, mas não sabia que seria tão foda.

Sem interromper os beijos, não consigo controlar os gemidos quando ele pressiona o quadril para a frente, entre minhas pernas. A calça jeans, apesar de ser uma barreira resistente, aumenta minha excitação, e eu sinto que estou a poucos segundos de gozar.

Faz tanto tempo...

A atmosfera dentro da sala parece cada vez mais quente enquanto nos beijamos e nos agarramos desajeitadamente, encostados na parede. Eu enterro as unhas nas costas de Eli, segurando a camisa dele e puxando até tirá-la de dentro da calça e sentir a pele macia e quente por baixo. Ele geme e me pressiona com mais força.

— Preciso estar dentro de você, Pimentinha... agora... já...

— Hum, sim... — digo, me entregando ao momento.

Cada toque me leva mais para as alturas, cada beijo é como um raio de luz que me envolve. A pressão rija do pau dele bem no centro das minhas pernas atrapalha minha capacidade de pensar. Um prazer intenso se alastra pelo meu corpo como fogo em folhas secas e molha minha calcinha.

— Eu vou... — balbucio dentro da boca de Eli, empurrando a língua mais fundo para sentir o gosto dele.

— Ah, não, você não vai...

Ele afasta o quadril para trás de repente e solta minhas pernas, e eu me vejo de pé na frente dele, trêmula e sem entender direito o que aconteceu.

— O q... o que foi? Por que você parou? — Levo a mão à sua nuca, puxando-o para mim.

Ele me oferece os lábios só por um breve segundo. Meu coração parece que vai sair pela boca enquanto pisco os olhos, confusa e atordoada.

— Eli...

Ele enfia a mão no cabelo atrás da minha nuca e puxa minha cabeça para trás, me forçando a olhar para ele. Pontadas de dor e de prazer se misturam e se fundem conforme ele puxa meu cabelo com mais força do que deveria, em sua atitude dominante.

— Quando você gozar a primeira vez comigo, Pimentinha, vai ser com o meu pau dentro de você, sendo inteiramente engolido pelo seu corpo apertadinho. Entendeu?

Meus joelhos tremem quando as palavras dele penetram minha libido e acendem uma fogueira de excitação que eu não sei como vou apagar.

— Então me come — murmuro, com a voz fraca.

— É o que vou fazer, mas não agora.

Eu engulo em seco.

— Combinado — retruco, sem ter a menor noção de como esta única palavra selaria meu futuro de uma maneira que eu nunca imaginei possível.

9

No exato momento em que estou prestes a fazer qualquer coisa que Eli proponha, a porta a poucos metros de onde ele está me pressionando contra a parede se abre e minhas primeiras clientes, Jessica Locke e sua parceira de dança Meghan Butler, entram na sala. Com as mãos e a boca de Eli em cima de mim, eu tinha me esquecido completamente do motivo pelo qual vim ao estúdio — trabalhar numa peça contemporânea programada para entrar em cartaz em breve. As duas moças param, uma delas ainda com a mão na maçaneta, a outra com os olhos arregalados e o rosto vermelho.

— Ah... há... nós voltamos depois — diz Jessica.

A amiga dela não se mexe. Seu olhar está fixo no pedaço de mau caminho tatuado de quase um metro e noventa de altura com os cabelos desalinhados que eu mesma despenteei na ânsia de querer mais. É difícil não olhar para Eli.

Jessica puxa a manga de Meghan.

— Venha! — ela chama.

Eu me afasto de Eli como se ele tivesse derramado café fervente em cima de mim.

— Não, meninas, *lo siento*. Desculpem. Nós estávamos, há...

— Dando uns amassos — diz Jessica, sem preâmbulos.

Eu me encolho.

— É, mais ou menos isso... — Pisco algumas vezes, tentando me recompor e falhando miseravelmente.

Eli passa um braço sobre meus ombros e me puxa para junto dele.

— Senhoritas, eu sou o Red. Vou assistir à aula de hoje.

Espera aí... *o quê?*

— Você vai o quê? — Balanço a cabeça, pensando se perdi alguma coisa entre o instante em que estávamos discutindo e o momento em que nos atracamos feito dois adolescentes excitados. Ainda sinto meu corpo latejar de tesão.

E que raio de coisa estávamos fazendo, afinal? Eu concordei em dar para ele? Teria dado se as meninas não tivessem aparecido no momento crítico?

A resposta é um ressonante e alucinante "sim". Sim, eu teria. Caramba, sou uma puta mesmo... Pronta para dar para o irmão do meu falecido namorado, de pé contra uma parede no local de trabalho da minha melhor amiga.

Passo a mão pelo cabelo e tento prestar atenção no aqui e agora. Não posso ficar chafurdando no poço da autopiedade neste momento. Tenho duas clientes que precisam da minha assistência para treinar sua arte, e vou ajudá-las.

Se concentre no trabalho, garota. Deixe para resolver a mierda *depois.*

— Meninas, vamos lá... Podem ficar no centro da sala, de frente para o espelho. Vamos começar pelos passos sincronizados.

As duas se apressam até o outro lado da sala, largam as mochilas e tiram a roupa, ficando só de short e top de malha. Basicamente seminuas.

O olhar de Eli passa de mim para elas. Ele inclina a cabeça e avalia os atributos das meninas sem disfarçar.

— Gostei deste local de trabalho... Acho que vou vir aqui mais vezes. — Ele sorri e eu tenho vontade de tirar aquela expressão cínica dele com um soco.

Olho de soslaio para Eli e fecho a cara.

— Você não vai ficar aqui. — Meu tom de voz volta a ser áspero e implacável.

— Baby, eu não vou deixar você sozinha — ele responde, sem se abalar, com a simplicidade de quem comenta que o dia está ensolarado.

O que ele não sabe é que o tempo vai fechar no estúdio de ioga se ele não for embora... *rápido!*

— Este edifício é mais seguro do que a sua casa no Parque Golden Gate. Tente afirmar o contrário — insisto, assumindo minha pose de seriedade, o quadril projetado para o lado e a mão apoiada nele.

Chase Davis reforçou bastante a segurança depois do episódio de Danny e de saber que a esposa estava grávida. O homem ficou paranoico. Provavelmente estamos mais seguros aqui do que em Fort Knox.

Eli esfrega o queixo barbado. Depois de ficar dez dias na casa dele, descobri que ele faz a barba a cada três ou quatro dias. Ou seja, ou ele está arrumado e sexy, ou está desleixado e sexy. E nos dias intermediários ele está tão sexy quanto, o que basicamente significa que ele é o sexo personificado andando para lá e para cá em San Francisco e deixando todas as mulheres boquiabertas.

— Eu reconheço que sim. Mas por enquanto vou ficar. Ainda não terminamos nossa conversa, e também ainda não resolvemos aquele outro... assunto.

Ele leva a mão à virilha e ajeita o jeans. A ereção não diminuiu, e o contorno do volume vigoroso através do tecido faz minha boca salivar.

Meu Deus, eu preciso dar para esse cara!

Fecho os olhos e conto até dez, sem me importar se pareço uma tonta.

— Certo — resmungo entredentes. — Mas você tem que prometer que não vai me atrapalhar. Aqui quem dá as ordens sou eu. — Eu me aproximo e pouso o dedo indicador em seu peito largo. — Não... me... interrompa... entendeu? — Enfatizo cada palavra com uma espetada do dedo.

Eli ri de leve e ergue as mãos para o alto, em um gesto de conciliação.

— Entendi, baby. Você não vai nem notar que estou aqui.

— Meio difícil, com esse tamanho todo.

Ele se inclina para mais perto, enlaça minha cintura com o braço e me puxa de encontro ao seu corpo.

— Que bom que você pensa assim, baby... Significa que eu tenho esperança.

Franzo o cenho e o empurro o máximo que ele permite com sua solidez sobre-humana. Cacete, esse homem não é nem um pouco como Tommy! Não age igual, não me toca igual, não fala, não anda nem pensa igual. Na verdade ele é praticamente o oposto de Tommy, e eu não consigo deixar de me derreter a cada toque ou palavra dele.

Eu vou para o inferno no mais alto estilo, de liteira.

— Esperança de quê? — pergunto, por fim, em voz baixa, sem ter certeza se quero saber, mas idiota o suficiente para perguntar.

— Do futuro. De mais do que apenas uma trepada fantástica. Porque eu sei que nós vamos incendiar os lençóis.

Deixo escapar um suspiro.

— Você me confunde — murmuro, tentando me desvencilhar.

— Você também, Pimentinha. Você também. Agora ande com esse trabalho para podermos continuar de onde paramos.

Assim que ele me solta, eu me viro e olho por sobre o ombro.

— Não prometo nada. Eu não estava raciocinando com clareza.

Eli sorri.

— Com o que eu estou planejando fazer com você mais tarde, você vai raciocinar com menos clareza ainda.

Uma imagem de nós dois deitados, nus, com as pernas entrelaçadas e aquela massa de músculos e tatuagens em cima de mim me penetrando, assoma em minha mente, e eu levo a mão ao peito, prendendo o fôlego.

— Eli...

Ele dá uma piscadela e me deixa lá, emudecida, enquanto vai se sentar em uma cadeira do outro lado da sala. Estica as pernas compridas e as cruza nos tornozelos antes de cruzar as mãos sobre o que eu desconfio que seja uma ereção em processo de abrandamento.

As risadinhas abafadas das meninas no meio da sala me tiram do torpor.

— Tudo bem, meninas, o espetáculo acabou. — Vou até o aparelho de som e programo a música. — Vamos começar na posição um.

Quando os acordes penetrantes dos violinos e do piano de uma peça clássica melancólica soam no recinto, tomo minha posição na frente das duas moças, um pouco afastada para o lado para que elas possam se ver no espelho. À primeira batida do tímpano, nós três nos agachamos e então saltamos no ar num movimento sincronizado com os címbalos da melodia. Uma exclamação abafada e gutural soa atrás de nós, aumentando a intensidade da música. Pela minha visão periférica, vejo Eli se inclinar para a frente e apoiar os cotovelos nos joelhos, as mãos cruzadas à frente enquanto observa atentamente nossos movimentos.

Talvez ainda haja alguma esperança para ele, afinal.

Minhas costas batem na porta do meu apartamento com um baque ressonante.

— *Dios mio*. — Estou segurando o cabelo de Eli, e a língua dele desliza numa trilha pelo meu peito, lambendo o suor que ainda está ali depois do exercício da dança.

— Seu gosto é tão bom... — ele murmura contra a minha pele, me segurando pelas laterais do corpo com as duas mãos e suspendendo meus seios com os polegares. — Abra a porta, Maria. Não me responsabilizo pelo que sou capaz de fazer com você aqui se você não abrir logo essa porta.

Ofegante, eu me viro e procuro a chave na mochila. A boca de Eli agora está no meu pescoço, a mão direita deslizando pelo meu abdome, descendo para o umbigo e para a parte da frente do meu short. Ele coloca a mão em concha na minha virilha e esfrega os dedos na umidade que encontra ali.

— Vou comer tanto você e de tantas formas que você não vai conseguir dançar amanhã. — Ele empurra dois dedos para dentro de mim e minha vista escurece. Estrelinhas começam a cintilar em minhas pálpebras enquanto contorço o quadril a cada arremetida de dedos e a cada círculo desenhado com o polegar em volta do meu clitóris. — Você vai gozar encostada na porta, Pimentinha. Quer que os vizinhos escutem você gritar de prazer enquanto meu dedo toca essa doçura aqui embaixo? Hum?

As palavras dele são obscenas, revestidas de uma lascívia tão intensa que chego a temer que caiam chamas sobre nós... e ainda assim não quero que o fogo se apague. Não, eu quero arder sob as mãos dele.

— Sim! — sibilo entredentes enquanto os dedos longos continuam penetrando, agora mais fundo. Encosto a cabeça na porta, ofegando loucamente, sem me importar que alguém veja esse homem me masturbando com os dedos do lado de fora do apartamento. Simplesmente não me importo, contanto que ele não pare. — Não pare — repito em voz alta.

Eli segura a maçaneta.

— Abra a porta — ele resmunga, mas a porta se abre sem a chave e nós cambaleamos para dentro.

Os dedos de Eli deslizam para fora, e eu teria gritado de frustração se não estivesse tão horrorizada com a cena diante dos meus olhos. Como em uma repugnante apresentação de slides de desastres naturais, minha mente projeta aos poucos uma série de imagens perturbadoras.

— Meu apartamento... foi... invadido! — eu grito e cubro a boca com a mão.

Eli me abraça pela cintura, tentando me empurrar de volta para o corredor enquanto com a outra mão digita no celular.

— Sim, Porter, é o Red. Estou no apartamento da Maria. Antes que eu chame a polícia, seria bom você ver como está isto aqui. Está feio, cara. Eu vou matar aquele sujeito! — A voz dele está carregada de veneno e soa letal.

Eu me solto dele e olho ao redor, tentando assimilar o que estou vendo. Meus sofás foram cortados, o estofamento rasgado em tiras. Rolos de espuma das almofadas estão espalhados pelo chão. Todos os meus porta-retratos e enfeites, os que tinham mais significado para mim, estão estraçalhados, os cacos esparramados pela sala inteira.

Devagar, vou até a cozinha e espio por cima da ilha. As gavetas estão puxadas para fora, algumas remexidas, outras vazias, e os mantimentos estão misturados com louça quebrada e talheres em vários estágios de desordem por todo o piso de ladrilhos e nas bancadas de granito. A porta da geladeira está aberta, com leite, frutas, legumes e tudo o mais espalhados pelo chão, impregnando o ar com um cheiro azedo.

Com o máximo controle que consigo reunir, atravesso o apartamento em direção ao meu quarto, com Eli nos meus calcanhares e ainda falando ao telefone. Ele já deu uma olhada geral e voltou, então eu sei que não tem mais ninguém aqui. A esta altura, porém, não consigo distinguir o que ele diz. As palavras se embaralham na minha mente até eu chegar ao quarto.

Entro em meu santuário, o lugar onde deixo todas as injustiças do mundo para trás e penso nas coisas boas cada vez que deito a cabeça no travesseiro para dormir à noite. Agora, é um pesadelo que se tornou real... Não existe outra maneira de descrever o que aconteceu aqui.

Os restos esfarrapados das minhas roupas estão em toda parte. Meus sutiãs e calcinhas foram cortados e jogados em cima da cama como confete colorido em pilhas de tecido rendado rasgado. A caixa de joias que as meninas se juntaram para me dar de presente no meu aniversário de vinte e cinco anos está quebrada e jogada no chão. As gavetinhas estão abertas e tem pedaços de madeira misturados com joias espalhadas, como se ele tivesse pegado aos punhados e jogado de qualquer jeito.

Mas o pior não é isso. Na parede acima da cabeceira da cama está rabiscada uma mensagem, em tinta spray vermelho-brilhante, imitando sangue, inclusive com pingos de tinta desfigurando a escrita e escorrendo pela parede. Uma mensagem para mim, e que não posso negar que seja uma ameaça do meu ex.

Quatro palavrinhas.

Quatro pequenas palavras que, juntas, e usando somente sete letras, estão dispostas de tal forma que acabam com toda a esperança que eu tanto almejei ter nos últimos cinco anos. Agora eu sei que, não importa quem o ameace ou que ele volte ou não para a prisão, o pesadelo não vai ter fim. Nunca. A mensagem está clara naquelas quatro palavras, e eu sei, do fundo do meu coração, que ele está falando sério, com todas as forças de sua alma sombria e demoníaca.

EU SOU SEU DONO.

Luzes piscando. Botas pisando no chão. Burburinho. Palavras de raiva e medo me rodeiam enquanto estou sentada em uma das cadeiras no canto da sala de jantar, o mais longe possível de toda aquela balbúrdia.

Jack Porter, Chase, Eli e os três membros da liga secreta de caçadores de recompensas de Eli estão andando de um lado para outro do meu apartamento, tirando fotos, procurando pistas, enquanto a polícia de San Francisco me interroga, tentando obter o máximo de informações possível.

— Não, eu não sei quem fez isso, mas desconfio de Antonio Ramirez.

— Sim, ele foi violento comigo no passado.

— Não, eu não o encontrei pessoalmente depois que ele saiu da cadeia.

— Sim, eu sei que deveria ir para outro lugar.

— Não, eu não o provoquei nem o vi em nenhuma ocasião nos últimos cinco anos.

— Sim, eu sei que isto é sinal de uma pessoa mentalmente instável.

— Não, eu não deixei a porta destrancada.

— Sim, eu aviso se qualquer outra coisa acontecer.

— Não, eu não sei se alguma coisa foi roubada. É impossível determinar neste momento.

Por fim os policiais me deixam em paz e eu fico sentada em silêncio enquanto eles continuam seu trabalho. Então, uma voz estrondeia do lado de fora da porta.

— Ria! Cadê você? Maria! — Phillip, namorado de Bree e melhor amigo de Gillian de muito tempo, entra na sala esbaforido. Sua voz está tensa.

— Phil, estou aqui! — respondo, acenando.

Ele se apressa até mim e me abraça. Eu me agarro ao meu amigo como se ele fosse um bote salva-vidas e eu estivesse à deriva no mar.

— Ah, meu Deus! Este inferno não vai acabar nunca? — Ele afaga meu cabelo, depois segura meu rosto entre as mãos. — Você está bem?

Os olhos dele parecem cansados e há linhas de abatimento nos cantos.

— A Gigi ligou para a Bree, e você pode imaginar... — Ele suspira.

— Minha amiga pirou.

Eu não estou exagerando. Quando Bree e Gigi souberam que meu apartamento foi assaltado, ainda mais depois do que aconteceu no último ano, elas devem ter entrado em parafuso. Total. Coitados do Phillip e do Chase...

Pelo menos Chase pode deter a esposa com a intervenção de um segurança que jamais a deixará pôr o pé fora do apartamento deles, do outro lado da rua. Claro que isso não a impediu de chamar reforço. Caramba, eu amo minhas irmãs de alma... as melhores amigas do mundo inteiro!

Phillip dá um sorriso fraco.

— Mais ou menos isso. Por que você não ligou? Nós somos uma família. Eu posso cuidar de você — diz ele, com sua habitual generosidade.

Antes que eu possa responder, sou suspensa da cadeira e colada a uma muralha humana. O perfume de couro e especiarias invade minhas narinas e eu me acalmo no mesmo instante, por mais que abomine esse efeito que ele tem sobre mim. Principalmente porque é cedo demais e não me parece racional, já que nos conhecemos há menos de duas semanas.

— Quem é você? — Eli exige, em seu tom de voz gutural de macho alfa.

— Mas que raios... — Phillip arregala os olhos e recua até suas costas colidirem com a parede, derrubando a outra cadeira.

Sem problemas. Só mais uma coisa revirada na bagunça geral.

— Você... você é... Caralho.

Então eu me dou conta de que ele não sabe a respeito de Eli.

— Sou Elijah Redding, irmão gêmeo do Thomas. Agora, repito... Quem é você? — Eli fala devagar, mas com uma ponta de impaciência.

Phillip fica estático por alguns momentos, apenas seus olhos se movendo e examinando o rosto e a figura de Eli, provavelmente catalogando as semelhanças e diferenças, do mesmo modo que eu fiz quando o vi pela primeira vez. Em seguida olha para mim e de volta para Eli e repara no jeito protetor como ele está me segurando.

— Maria... você e esse cara...? — O tom de acusação é explícito, e exatamente o que eu estava tentando evitar. — Mas... e o Tom... — Ele meneia a cabeça. — Deixa pra lá. O que está acontecendo?

Eu me desvencilho dos braços de Eli.

— Phil, este é Elijah, irmão do Tommy. Eli, este é o namorado da minha amiga Bree e pai do bebê dela — explico, para o caso de ele ainda nutrir algum resquício de macho man com relação à presença de Phil em minha casa. — Ele também é amigo meu e da Gigi, há muitos anos. Ele conhecia o Tommy.

Elijah estende a mão.

— Se era amigo do meu irmão, é meu amigo também. Perdão pelas palavras ásperas. A situação é tensa neste momento. Não dá para vacilar com a segurança dela. — Ele gesticula na minha direção.

Phillip aperta a mão de Eli, ainda com expressão perplexa. Eu conheço a sensação. Agora que conheço Eli melhor, vejo mais diferenças do que semelhanças entre ele e Tommy, mas aconteceu exatamente o mesmo comigo no princípio. Realmente eles são idênticos apenas nos traços faciais. Tudo o mais em Eli é uma enorme contradição em comparação a seu irmão.

— Claro, cara, eu entendo. Alguém sabe me dizer o que aconteceu? Quem entrou aqui e por quê?

— Nós achamos que foi o Tony — digo, sabendo que não preciso entrar em muitos detalhes. Phil estava junto quando conheci Gigi. Ele sabe melhor do que ninguém o que eu passei para pôr Antonio atrás das grades. Ele e Gigi estavam comigo no tribunal quando o miserável foi condenado a dez anos. Não podíamos imaginar que ele estaria livre por bom comportamento depois de cumprir metade da pena.

Phil fecha os olhos e sua cabeça pende para a frente.

— Ele saiu da cadeia? Como?

— Bom comportamento — respondo, sem rodeios.

— Isto é bom comportamento? Aconteceu algo mais? — ele pergunta.

Aperto o ombro dele, grata pela preocupação evidente em sua postura e no tom de voz.

— Sim, ele enviou algumas mensagens, mas parou depois que o Elijah o advertiu, há cerca de duas semanas. E agora isto... O pior é que não podemos provar que foi ele. — Disso eu tenho certeza. Antonio é esperto demais. Sempre foi.

— Você tem que sair daqui. Venha ficar comigo e a Bree.

— E colocar você, sua namorada grávida e a sua filhinha de cinco anos em perigo? *De ninguna manera. No esta pasando* — retruco em espanhol, esquecendo que Phillip não entende uma palavra.

Ele franze o cenho.

— Eu disse que de jeito nenhum. Não vou. *Gracias, mi amigo*, mas não.

— Ela vai ficar comigo. É mais seguro. Eu tenho como protegê-la — afirma Eli.

— Não é o que parece, se isto aconteceu sob a sua vigilância. — O tom de voz de Phillip é cáustico, como nunca o ouvi falar antes.

Os olhos de Eli brilham, numa expressão zangada.

— Eu estava com a Maria no estúdio da sua esposa, cuidando da segurança dela, quando isto aconteceu. O edifício aqui deveria ser seguro. Esperava-

-se que não fosse permitido um visitante subir sem autorização do morador. O Davis e o Porter foram verificar isso.

— Ela não é minha esposa — Phil retruca.

Eli estala a língua.

— Bem, então é melhor você ir cuidar da sua mulher em vez de se preocupar com a minha, está bem?

Ah, não! Ele... não... disse... isso! Não, droga...

Phil arregala os olhos, mas eu não digo nada, porque minha língua está dormente e eu perdi a capacidade de falar. Literalmente, meus lábios estão entorpecidos, e nenhum som sai da minha boca, apesar de eu abri-la e fechá-la várias vezes.

Graças a Deus, Chase e Jack se aproximam nesse momento e quebram a tensão que nos rodeia. Concentro minha atenção em Jack, ignorando Eli e Phillip. A última coisa de que preciso agora é de um enfrentamento, ou, pior, ter que dar explicações. Até porque nem sei como faria isso.

E por que raios eu não disse nada? Por que não neguei o que Eli estava insinuando?

Uma passagem para o inferno, por favor... Vou pular no precipício e cair gritando o trajeto todo.

— Não há digitais — diz Jack. — O cara deve ter usado luvas. Achamos o tubo de spray que ele deixou, e vamos tentar descobrir se foi comprado aqui por perto. É de uma marca comum, mas vamos apurar os estabelecimentos que comercializam o produto na região. Quem sabe temos a sorte de algum vendedor se lembrar da venda e do comprador, se tiver sido recente. — Isso é tudo? — pergunto, num misto de choque e raiva.

— Não. Um dos vizinhos do seu andar viu um homem com roupa de pintor e boné descendo a escada apressado. Disse que parecia ser de ascendência latina, com cabelo preto encaracolado e meio comprido. Foi tudo o que ele pôde nos informar.

— Era o Antonio. Tenho certeza.

— A polícia vai investigar o Antonio Ramirez, vai ao local de trabalho dele e ver se ele tem um álibi. Esperamos que não tenha. Infelizmente, o vizinho não conseguiu identificar o sr. Ramirez entre fotos de outros homens da mesma altura, constituição e características. Isso significa que a identificação de testemunha ocular está fora de questão.

Eu fecho os olhos e apoio as mãos na mesa de jantar.

— Ele vai me pegar. Talvez não agora, nem na semana que vem, mas ele vai me pegar. Eu o conheço, ele não vai desistir. — A ansiedade e o medo irrompem de dentro de mim como um cântico dramático.

— Só se for por cima do meu cadáver — diz Eli.

Levanto a cabeça lentamente e olho para o rosto para o qual olhei quase todos os dias durante nove meses, só que desta vez é totalmente diferente. Ainda é reconfortante, mas me lembra o que já aconteceu com o único homem de quem gostei na vida.

— Cuidado com o que você projeta, Eli. Você pode conseguir exatamente isso. Eu sou tóxica. Um Redding já perdeu a vida por minha causa. Não quero que você tenha o mesmo destino. — O simples pensamento dói como uma punhalada no meu coração, e eu cruzo os braços, estremecendo. — Chase, eu posso ficar com você e a Gigi até...

Eli me puxa para longe do grupo e ao longo do corredor antes que Chase tenha tempo de responder. Tropeço em alguns quadros e vidros quebrados até ele me levar para um canto distante o suficiente para que os outros não possam ouvir.

— Eu sei que você está apavorada. Sei que está desistindo. O medo está estampado no seu semblante. Mas eu não vou deixar que nada aconteça com você. Nós *vamos* derrubar esse cara, eu prometo. Me dê uma chance — Eli pede.

A confiança e a sinceridade dele aquecem meu coração e minha alma. Ainda com os braços cruzados, eu balanço a cabeça.

— Não vale a pena você correr esse risco.

— Claro que vale, baby. — Ele segura meus braços. — Valia para o Thomas e vale para mim, e muito. Você acha que eu posso te beijar, te tocar, sentir o seu calor e não me afetar por isso? Não me envolver? Estou te dizendo: no momento em que te conheci eu senti uma coisa especial. Claro que é uma situação complicada. O fato de você ter sido namorada do meu irmão é foda, mas eu não ligo. E o jeito como você me beijou, me abraçou... Você não pode negar que sente a mesma coisa.

Engulo para reprimir as lágrimas, mas elas escapam assim mesmo, e eu trato de enxugá-las.

— Isto não é normal. Todo mundo vai pensar que sou uma vagabunda! Meus amigos, sua família, seus pais!

— Eles gostam de você. Me pediram para te proteger como o Thomas faria.

As lágrimas se tornam mais abundantes quando penso nos pais de Tommy e em como eles foram bons para mim, como me acolheram como se eu fosse da família, em tão pouco tempo.

— O que eles vão pensar? — Soluço, segurando a camisa de Eli para me manter de pé.

Ele me segura com as duas mãos no meu quadril.

— Vamos falar sobre isso depois. O importante agora é ter você sob a minha vista todos os segundos. Você entende como eu preciso disso neste momento? Eu *preciso*, Maria. Venha para a minha casa, fique comigo... — ele sussurra, com o maxilar tenso.

Incapaz de continuar a lutar, eu concordo com um aceno de cabeça. Não há nada mais que eu possa fazer neste momento. Estou exaurida, emocionalmente exausta e com todas as possibilidades esgotadas. Não sei nem o que fazer de mim mesma, quanto mais discutir com um homem que consegue me levar às nuvens com um simples toque dos lábios em meu pescoço.

— Ok. Deixe comigo e os meus rapazes. Você está em segurança comigo.

Receio que essa seja uma promessa da qual ele vai se arrepender em breve.

Levanto o rosto e o olho dentro dos olhos. Eles são francos e de um verde intenso. Um toque de ternura brilha neles por um segundo, antes que a máscara de caçador de recompensas ocupe seu lugar.

— Eu acredito em você.

10

Eli se mostra gentil comigo quando me leva de volta para sua casa. Subo direto para o quarto de hóspedes, tiro a roupa de ginástica e visto uma camiseta. Pelo menos Antonio poupou a área de serviço. As duas mochilas de roupa que eu tinha trazido para a casa de Eli ainda estão em cima da máquina de lavar, onde as deixei antes de sair para o estúdio.

Depois de me trocar, afasto as cobertas e me deito na cama macia, puxando o edredom sobre a cabeça.

O que vou fazer? Ele não vai parar nunca... A exaustão toma conta de mim.

— *Foi a última vez que você aprontou,* mi reina. *A lição de hoje vai ser severa* — *disse Antonio, com sarcasmo, enquanto dava passos lentos e calculados em minha direção.*

Levantei as mãos e fui recuando, no mesmo ritmo em que ele avançava.

— *O que eu fiz, Tony? Por favor, me diga o que eu fiz que te deixou tão bravo!* — *gritei.*

Os olhos dele eram dois poços escuros de ódio.

— *Você sabe o que fez! Não minta para mim.*

Neguei com a cabeça e me ajoelhei, as mãos unidas na frente do peito, preparada para suplicar. Ele adorava quando eu suplicava. Às vezes, em vez de me agredir, ele enfiava o pau na minha boca e depois trepava comigo de uma maneira brutal. Eu preferia mil vezes uma trepada violenta às outras "lições" que ele gostava de me dar, baseadas unicamente em alguma infração imaginária que ele achava que eu tinha cometido.

Seus lábios se contorceram num esgar.

— *Você acha que a sua bela boca pode reparar isso*, mi reina? *Consertar o que você fez? O que você disse para os produtores do espetáculo?*

Fechei a boca e pensei bem nas conversas que havia tido com eles. Sim, dois dos executivos tinham me abordado e me oferecido a posição de dançarina principal na segunda parte da turnê porque a atual dançarina principal tinha descoberto que estava grávida e precisava evitar subidas, saltos e movimentos bruscos. A troca entre nós duas seria uma mudança simples; eu já era suplente dela.

Antonio parou bem na minha frente.

— Fale. Você tem cinco segundos para admitir o seu erro. Dependendo da sua resposta, vou decidir qual o corretivo adequado.

Balancei a cabeça e retorci as mãos na frente do peito.

— Cinco, quatro, três...

— Não, Tony! Eu não sei do que você está falando! Eu não te enganei... Eu nunca faria nada para te magoar.

Ele franziu a testa.

— Eles vão te colocar na posição principal. Sim? Dois...

— Há... sim. Eu ia te contar hoje. Eles me pediram...

— Um.

Uma explosão de dor atravessou meu rosto onde o punho de Antonio me acertou, no olho esquerdo. Caí para trás, momentaneamente cega.

— De joelhos, mulher! — ele rugiu.

Engatinhei para obedecer, meu rosto latejando. A pele em volta do olho já estava inchando, repuxando e ardendo, e eu levantei as mãos novamente.

— Eles me pediram.

— E você concordou? — ele ironizou.

— Sim, achei que você ficaria feliz.

Ele me socou de novo, dessa vez com mais força ainda, e seu anel cortou minha bochecha. O sangue jorrou pelo meu rosto e eu levei a mão à ferida, tentando deter o fluxo de sangue mas também para evitar que ele voltasse a me bater no mesmo lugar.

— Feliz! Você achou que eu ficaria feliz de você ser tocada por cada um dos homens da companhia? Sua posição é ao meu lado em todos os momentos, mi reina! *Ou você esqueceu disso?*

Balancei a cabeça.

— Não, não... Desculpe. Vou dizer a eles amanhã que não posso. Não vou sair da minha posição. Por favor...

Ele se agachou e inclinou a cabeça num ângulo estranho. Naquela pose não natural, com os olhos pretos vazios, os lábios retorcidos num esgar feroz e as feições contraídas pela fúria, ele era de longe a coisa mais ameaçadora que eu já tinha visto na vida. Não era a primeira vez que eu olhava para o rosto de Antonio e via o mal, mas naquele momento era simplesmente aterrador.

O homem que eu acreditava amar não existia naquela casca violenta de ser humano. O homem com quem eu dava risada, com quem dançava, fazia amor, não estava mais ali. No lugar dele estava el diablo. O diabo encarnado.

Antonio soltou a respiração quente no meu rosto, parecendo um dragão. Em seguida se pôs de pé abruptamente.

— Se levante e feche os olhos!

— Tony... por favor — implorei.

A última coisa que eu queria era fechar os olhos. Preferia ver o que ele ia fazer comigo a antecipar o castigo que ele julgasse apropriado.

— Cale-se! Cállate! Cale a boca! — ele vociferou em português, em espanhol e em inglês.

Com cada partícula de orgulho e resistência que me restava, eu me levantei. Meu rosto doía, mas, com o medo que dominava cada célula do meu corpo, já estava ficando entorpecido. Eu sentiria dor mais tarde, mas naquele momento, com a adrenalina e o instinto de sobrevivência a pleno vapor, a dor havia passado para segundo plano. Eu poderia enfrentar Antonio, lutar, mas na última vez em que fizera isso tinha ido parar no hospital por uma semana.

— Eu faço o que você quiser, mi rey.

Meu rei. Usei a expressão carinhosa na esperança de que ele tivesse misericórdia. Mas não deveria ter usado, pois ele não teve um pingo de compaixão. Lancei um último olhar para Antonio, de pé do outro lado do quarto, todo vestido de preto. As mangas estavam dobradas até os cotovelos, e a camisa estava aberta no colarinho. O cabelo preto comprido caía atrás das costas daquele jeito que eu sempre achei devastadoramente sexy. E continuava achando, naquele momento inclusive. Com ódio no olhar, ele era um lobo em pele de cordeiro, o demônio sobre o qual as mães previnem suas filhas. Só que eu não tinha uma mãe para me prevenir. Talvez eu tivesse seguido um caminho diferente se tivesse mãe.

Respirando fundo e exalando o ar lentamente, fechei os olhos e rezei.

Rezei para que ele não exagerasse.

Rezei para sobreviver àquela noite.

Rezei para um dia encontrar uma saída daquela vida.

O golpe nas minhas coxas me atingiu como um caminhão desgovernado e sem freio. O som de ossos se partindo e estalando rivalizou com o volume do meu grito gutural, apavorante e inumano.

Abri os olhos, minha visão ofuscada por uma bruma de dor. Antonio tinha um bastão de beisebol de metal nas mãos, o instrumento que ele tinha acabado de usar para quebrar minhas duas pernas na altura das coxas. Sua boca estava disforme pela cólera.

— Agora você nunca mais vai dançar. — As palavras deslizaram pelos lábios dele como mil víboras.

Uma dor monstruosa, indescritível, se alastrou pelas minhas pernas e por todo o meu corpo enquanto eu permanecia caída no chão, incapaz de me mover. Minha vista oscilava, clareando e escurecendo intermitentemente, até que por fim eu não aguentei mais. A parte inferior do meu corpo doía tanto que eu não conseguia respirar.

A próxima coisa que me lembro é de ser arrastada pelos cabelos pelo apartamento. A dor de ser puxada pelos cabelos não era nada em comparação com a agonia que latejava por cada poro do meu corpo e roubava todos os últimos resquícios das minhas forças, me deixando completamente paralisada. Senti vagamente as lágrimas descendo pelo meu rosto, misturando-se com o sangue ali coagulado. Tentei falar, dizer alguma coisa, qualquer coisa, gritar por socorro, pedir uma ambulância, mas tudo o que saía da minha garganta eram palavras sussurradas e sem sentido. De qualquer forma, não teria feito diferença. Antonio, o homem por quem eu tinha me apaixonado, não estava mais ali. O demônio interior o havia possuído.

Ele me arrastou até o banheiro e me largou no chão frio de ladrilhos. O som de água corrente parecia o badalo de um sino fúnebre. Era isso que era... Instintivamente, eu sabia que aquele era o dia da minha morte.

Incapaz de me mover, me debater ou gritar em consequência do trauma, uma sensação de paz se apoderou de mim, como se asas muito finas e leves estivessem me erguendo para fora do meu corpo.

Não senti dor quando ele me levantou nos braços e me colocou dentro da banheira.

Não senti dor quando ele empurrou minha cabeça para baixo.

Não senti dor quando abri os olhos e vi o rosto distorcido dele através da ondulação da água.

Abri a boca para inspirar uma última vez e então me deixar ir, me libertar, mas em vez de água eu engoli ar. Abençoado ar! Antonio já não estava sobre mim, *me segurando embaixo d'água. Pisquei e percebi que estava seca e respirando oxigênio, aos soluços. Havia outro rosto acima de mim, olhos verdes afáveis, pele bronzeada, sem cabelo. Lábios cheios, bem delineados. Um distintivo dourado e brilhante.*

Então o rosto acima de mim muda. Transforma-se lentamente, os contornos da imagem se tornam indistintos. Os azulejos azuis ao meu redor se tornam brancos. Os olhos são os mesmos... a boca é a mesma, lábios cheios, doces... os fios de cabelo caindo na testa... a voz alta, autoritária.

— Foi só um sonho... Acorde, baby. Acorde! Eu estou aqui... Sou eu, Eli!

Eli. Não Tommy, e, o mais importante, não Antonio.

Estendo os braços e o envolvo pelo pescoço, chorando e tentando falar o que sei que vai acontecer.

— Eli! Ele vai me matar... Ele quase me matou, e vai tentar de novo. Ele não vai parar enquanto não tirar a minha vida... — Minha voz é abafada pelos soluços.

Com um movimento ágil, Eli me ergue e me faz sentar na cama. Eu não me solto dele, deixando as lágrimas rolarem sobre seu ombro. O quarto recende ao perfume característico de Eli, fragrância de couro e de uma especiaria que não sei identificar. Então ele se afasta e atravessa o quarto. Eu não digo nada enquanto ele entra no banheiro e acende a luz. Ouço por um instante o som de água corrente antes de ele apagar a luz e voltar para perto da cama.

— Tome isto aqui. — Ele me entrega dois comprimidos e um copo com água. — É Tylenol. Vai ajudar.

Sigo as instruções dele sem protestar. Depois que engulo os comprimidos, ele pega o copo e o coloca na mesinha de cabeceira antes de contornar a cama e se deitar. Rola para o lado, passa um braço sobre minha cintura e me puxa para si. Ele é como uma fornalha para minha pele gelada; o calor de seu corpo rapidamente se transfere para mim, e eu finalmente relaxo, a impressão do sonho começando a se dissipar, as garras cruéis me soltando aos poucos.

— Quer me contar sobre esse pesadelo? — Seu tom é mais suave do que há pouco.

Meneio a cabeça.

— Você me assustou, baby. O grito que você deu... Cheguei a pensar que ele tivesse entrado aqui em casa. E olhe que a minha casa é bem segura. Muito segura.

Engulo em seco e aceno com a cabeça.

— Me conte — ele pede, me aninhando mais contra seu corpo.

A sensação de segurança me conforta.

— Eu estava sonhando com a noite em que ele quase me matou... Quando o seu irmão me salvou.

— Foi assim que vocês se conheceram? Você e o Thomas?

— Sim. Ele me salvou naquele dia, me levou para o hospital, e, meses depois, quando tive alta, ele voltou para me buscar e me levou para o abrigo onde eu conheci a Gigi. Nós duas tínhamos passado por situações parecidas, e escapamos com vida.

— Eu li o relatório. Mas não sabia que vocês estavam juntos havia tanto tempo. — A voz baixa e grossa de Eli ressoa reconfortante no silêncio da noite.

— Não estávamos. Depois dessa ocasião eu fiquei anos sem vê-lo, até que um dia nós nos encontramos por acaso em um pub aonde eu fui com as meninas. Ele estava lá com uns amigos policiais, perguntou como iam as coisas, se eu estava com alguém, e então me convidou para sair. — Dou um sorriso, lembrando com carinho daquela noite.

Eli ri baixo atrás de mim.

— Espertinho... Mas eu não teria esperado. Teria seguido você depois do hospital e do abrigo.

— Eu não era como eu sou hoje. O Tommy me via com outros olhos. Eu estava toda roxa, cheia de hematomas e quebrada em mil pedaços quando ele me salvou naquela noite.

— Baby, você poderia ser careca, com vinte quilos a mais e ter bolinhas roxas no corpo inteiro que ainda assim eu iria querer você.

Dios mio, esse homem acaba comigo.

— Encantador — respondo, sarcástica, mas na verdade foi uma das coisas mais legais que um homem me disse na vida.

Ele inala o ar numa respiração profunda.

— Eu digo o que sinto.

— Isso é verdade. Você realmente não mede as palavras.

— Sabe sobre o que mais eu estou sendo sincero?

Meu coração acelera.

— O quê?

— Você está segura comigo. Aqui nos meus braços. Você está segura, Maria.

Eu suspiro e me aconchego ao travesseiro e ao corpo forte e quente às minhas costas.

— Obrigada.

Eli inclina a cabeça, toca meu pescoço com os lábios três vezes e me aperta ainda mais.

— Eu gosto de você aqui, assim.

O sono começa a tomar conta, prejudicando minha capacidade de ser espirituosa.

— Eu também — murmuro.

— Agora durma, baby.

— Você está brincando! Ele tem um álibi?

Acordo com o som da voz áspera e zangada de Eli. Ele afasta as cobertas e se senta na beirada da cama, os cotovelos apoiados nos joelhos, o celular no ouvido e a cabeça pendida para a frente.

— Dois homens no almoxarifado garantem que o viram. Só pode ser ele — consigo escutar a voz do outro lado.

Eli ouve por alguns momentos enquanto me sento e me encosto nos travesseiros, afastando o cabelo para trás do ombro.

— Ela tem certeza, cara. A menos que se trate de um assediador aleatório, mas seria coincidência demais... A melhor amiga dela acabou de sair de uma situação de assédio, e o cara foi morto... Sim, Gillian Davis, sobrenome de solteira Callahan... Sim, isso mesmo... Hum-hum... Continue de olho. Eu quero pegar esse sujeito, Dice. Muito. Consiga alguma coisa para mim.

Eli desliga o celular abruptamente.

Olho para a pele bronzeada das costas musculosas. Tommy estava em boa forma e malhava de vez em quando, mas Eli parece ser duas vezes maior que ele. Por um momento me pergunto se é possível que a outra metade do trabalho dele seja levantamento de peso. Ele tem que passar um bom tempo na academia para ficar assim. Não que eu esteja reclamando. Ele é a *perfección*.

Eli suspira e passa a mão no cabelo. Eu estico as pernas, apreciando o conforto da cama.

Ele olha por sobre o ombro.

— Não percebi que você estava acordada, desculpe. Tentei não fazer barulho.

Como uma sirene de nevoeiro na baía. Acho que nossos conceitos de barulho são bem diferentes.

— O Antonio arranjou um álibi? — pergunto, alisando as fibras macias do edredom acolchoado cor de vinho e preto.

Eli se recosta na cabeceira da cama e encosta a cabeça no meu ombro, de tal maneira que tem de olhar para cima para mim e eu olho para baixo para ele. Sem pensar, enterro os dedos no cabelo dele, me surpreendendo com a sensação, depois de ter passado a maior parte do último ano com um homem que raspava a cabeça praticamente uma vez por semana.

— Sim, mas eu vou pegar aquele cara. Ele vai se enrolar. Tenho gente investigando a vida dele... revirando algumas pedras, esse tipo de coisa.

Aceno com a cabeça.

— Quem é Dice?

— Um dos caras da minha equipe.

— Caçador de recompensas?

— Um dos melhores. — Ele sorri.

— Qual é o melhor?

— Está olhando para ele.

A afirmação me faz rir alto.

— Eu adoro quando você dá risada. Você é linda de qualquer jeito, mas quando sorri é maravilhosa!

Reviro os olhos e continuo afagando o cabelo dele.

— Obrigada por ontem à noite, pelo apoio... por tudo.

Ele leva a mão ao meu rosto e ergue o corpo até cobrir meus lábios com os dele. O beijo é muito mais calmo e lento do que nas duas vezes em que nos agarramos esbaforidos ontem, antes da merda toda. A língua de Eli contorna meu lábio inferior, pedindo permissão para entrar. Desejando esse beijo, essa conexão, abro a boca de leve para recebê-lo.

Por um longo momento ficamos nos beijando, as línguas se entrelaçando, os lábios pressionando uns aos outros, os dentes mordiscando. Estamos nos conhecendo, nos explorando, descobrindo do que o outro gosta.

Nós nos beijamos por tanto tempo que somente o som do celular dele tocando nos separa. Olho para o relógio e me dou conta de que ficamos colados por quinze minutos. Só nos beijando. Nenhum de nós fez um único movimento para ir adiante. E foi incrível! Era tudo o que eu precisava hoje, depois do que passei... Me conectar tão romanticamente com um homem por quem estou superatraída, me recusando a me apaixonar e envergonhada de estar com ele. Não faço ideia de qual é o tempo ideal que uma pessoa deve esperar para começar a namorar de novo depois que o namorado foi assassinado, mas acho que nem existe um período de tempo aceitável para namorar o irmão do falecido namorado.

Cobrindo a boca com a mão, saio da cama e vou para o banheiro. Espaço... preciso de espaço.

Fecho a porta e me encosto nela. *Maria, você tem um parafuso solto, criatura! Ficar com Eli é errado. Ficar com qualquer pessoa tão cedo é errado. Não é?*

As respostas não vêm. O que vem é o som da voz zangada de Eli e de gavetas abrindo e fechando. Entreabro a porta e espio pela fresta enquanto ele anda pelo quarto, jogando roupas em cima da cama. Uma calça jeans voa até cair perto da cabeceira.

— Cacete! Vou pegar o celular dela antes que ela pegue. Não, eu não quero que ela veja mais nenhuma mensagem desse cretino. Pois é!

Uma camisa é arrancada do armário e aterrissa na cama.

— Compre outro celular. Sim, na minha conta. Olhe, Scooter, eu sei que você vai ficar chocado com o que eu vou dizer, mas essa mulher... É ela, entende o que eu digo?

Eli abre uma gaveta.

— Eu estou querendo dizer que ela é importante para mim. Onde é que nós estamos, no ensino médio? — Ele faz cara feia e para, imóvel, segurando o cabelo. — Desculpe! Eu sei que você concluiu o ensino médio faz um ano. Não, não foi uma indireta para você. Droga! — ele esbraveja e tira a calça do pijama.

Sou então presenteada com a bunda mais bonita e tonificada da costa Oeste. *¡Por Dios que es magnífica!* Eli está completamente nu na frente do espelho. Seu corpo dourado parece o de um viking ou de um deus mitológico da época de Odin e das Valquírias. É algo a ser contemplado. Até que ele se vira...

O pau grande orna o espaço entre as pernas, longo e grosso mesmo sem ereção.

Prendo o fôlego e me dou conta do meu erro quando Eli levanta a cabeça e seu olhar encontra o meu. Em vez de se cobrir, como eu imaginaria que ele fizesse, ele se apruma, endireita os ombros, coloca a outra mão no quadril e me deixa olhar à vontade. O fato de ser tão desinibido o torna cem vezes mais sexy, se é que isso é possível. Ele é a personificação do bem-dotado.

Eli segura o celular contra o peito e sorri antes de falar baixinho.

— Terminou de olhar, Pimentinha? Já posso me vestir?

— Eu... humm... Não, eu não estava...

— Claro que não. Na próxima vez vou ser eu sentado nesta cama e você de pé na minha frente me deixando olhar também. Certo?

Eu me encolho e olho séria para ele.

— Não, está tudo bem. — Ele volta a falar no telefone. — Consiga tudo o que puder sobre as finanças do Antonio. Transações com cartão de débito, de crédito, detalhes do local de trabalho. Veja se está tudo em ordem ou se tem alguma coisa acontecendo... se os dois que estão dizendo que o viram no almoxarifado estão retribuindo algum favor, ou se ele contratou alguém para fazer o serviço sujo... Quero saber de tudo o que você puder descobrir.

Mais uma vez ele desliga abruptamente o telefone e veste o jeans, sem cueca. Caramba, que calor!

Engulo em seco e o observo enquanto ele se veste. Não consigo desviar o olhar. Assim como o pôr do sol no mar, algumas coisas são bonitas demais para a gente deixar de ver.

— Você sempre grita ordens e desliga na cara da pessoa?

Ele pega uma camiseta de manga comprida marrom.

— Eles são pagos para trabalhar para mim, e tempo é dinheiro. Não tem necessidade de lero-lero.

Enfrento seu olhar, projeto o quadril para o lado e apoio as mãos na cintura.

— Mas você poderia ser mais simpático. São seus colaboradores.

Eli não responde por alguns longos segundos. Seus olhos percorrem meu corpo de cima a baixo, e é então que me dou conta de que não vesti a calça. Estou usando apenas uma tanga cor de vinho minúscula e uma camiseta lilás surrada. Meu busto volumoso está evidente sob a malha fina, os mamilos eretos em sinal de excitação depois de ter visto esse deus olímpico se despir e se vestir na minha frente.

— *Mierda*. — Aperto os lábios e cruzo os braços sobre o peito.

— Ah, não precisa se cobrir por minha causa. Eu adoro os seus seios, baby. São enormes e tentadores... Na verdade eu fico duro só de olhar para você. É melhor você sair daqui antes que eu tome uma atitude — ele avisa.

Não querendo arriscar outra situação como a de ontem, eu me apresso na direção da porta.

— Caramba, a sua bunda também é extraordinária! Jesus... você está me matando de vontade, mulher! — ele exclama, logo antes de eu me trancar no outro quarto e procurar alguma coisa limpa para vestir. Um jeans, uma camiseta e um cardigã vão quebrar o galho por ora.

Enquanto me visto, ouço uma batida na porta e a voz de Eli.

— Pegue roupas quentes e confortáveis. E uma mochila com duas mudas de roupa. Vou te levar para longe daqui. Você precisa descontrair, e eu também.

Então, escuto o som dos passos se afastando e descendo a escada de madeira.

Ele vai me levar para algum lugar por uns dois dias. Não sei se agradeço à minha estrela da sorte por poder sair da cidade ou se rezo pedindo para sobreviver ao furacão Eli e seus infindáveis ataques sexuais.

Depois de ontem à noite, quando ele me abraçou e me confortou, e agora de manhã, depois de vê-lo nu e confiante em toda a sua glória masculina, a verdadeira pergunta a fazer seria... eu quero evitar os ataques dele?

Fecho os olhos, respiro fundo e arrumo uma mochila, me certificando de incluir minha lingerie mais sexy e meu aparelho de depilar. Não que eu vá usar, nem um nem outro. Porque eu não vou transar. Muito improvável. Definitivamente, não.

11

A estrada está abençoadamente tranquila. Eli dirige com firmeza e segurança, e nosso destino ainda é desconhecido, pelo menos para mim. Para ser sincera, ele pode me levar para Timbuktu que tanto faz. O que importa é sair de San Francisco. Qualquer lugar é mais seguro que lá.

Do lado de fora da janela do carro, as colinas da Califórnia vão passando e ficando para trás. A paisagem é empoeirada, marrom e árida. Não tivemos um inverno rigoroso, a chuva foi pouca e o índice de umidade ficou abaixo da média, até mesmo para a Califórnia. Ainda assim eu gosto da combinação de cores na linha do horizonte. Com a área urbana se distanciando no retrovisor, posso finalmente respirar aliviada.

— Está tudo bem? — Eli rompe o silêncio.

— Sim... Estou contente de sair da cidade. Quanto mais longe do Antonio, melhor. — Deixo escapar um suspiro e recosto a cabeça.

Eli muda de faixa e tamborila os dedos no volante de couro.

— Eu não vou deixar o Antonio te pegar. — Ele fala com uma convicção que derruba meu lado mais pessimista.

Viro o rosto para o lado e observo o perfil másculo. O maxilar quadrado e o cabelo complementam o nariz aristocrático e o rosto anguloso. De perfil ele continua a ser o homem mais bonito que eu já conheci, e olhe que eu considerava o irmão dele lindo! E era, mas Elijah é único, mais estiloso. Mesmo com as diferenças sutis entre os dois irmãos, ambos são maravilhosos, cada qual a seu modo.

Quanto mais tempo passo com Eli, mais eu gosto dele. Não só pela beleza, mas pelo seu jeito protetor, confiável, pela natureza alfa e até pelo lado doce que ele às vezes demonstra, como ontem à noite, quando me abraçou para me transmitir segurança. E eu me senti mesmo supersegura. Tive uma sensação de paz nos braços dele.

Mas... Antonio ainda está por aí, e eu o conheço muito bem. Ele não vai desistir.

— Eu sei que é essa a sua intenção, mas eu conheço o Antonio. — Franzo o cenho.

— Mas você não sabe do que eu sou capaz — ele retruca sem vacilar.

— *Sí*. Tem razão, eu não sei. Que tal a gente se conhecer um pouco melhor?

Movo as sobrancelhas, decidindo que vou ter boa vontade com esse homem, pelo menos para saber mais sobre o que tornou Elijah Redding o homem que ele é hoje. Eu me ajeito no banco do carro.

Eli sorri e tamborila novamente os dedos no volante.

— Pode perguntar o que quiser.

Eu reflito por alguns segundos.

— Tá bom. Por onde você andou nos últimos anos?

— Trabalhando pelo país inteiro. Arranjei um trabalho em Omaha, que me levou para Nova York, e de lá para a Flórida. Onde estivessem os criminosos do alto escalão, era para lá que eu ia. Mas eu tento manter a minha base em San Francisco.

— E você nunca se sentiu sozinho, esse tempo todo?

Ele olha para mim, e a expressão de seus olhos diz: "Tem certeza de que quer saber a resposta?"

— Baby, eu tinha companhia quando precisava. Mas na maior parte do tempo eu estava ocupado tentando capturar criminosos.

Aceno com a cabeça.

— Sei. Entendi. Então vamos começar com algo mais fácil. Comida preferida?

— Churrasco.

— Caramba... — Reviro os olhos. — A minha é massa.

Ele sorri.

— Como se eu já não tivesse percebido.

— Está me chamando de *grasa*... gorda? — Eu me sento mais ereta no banco, para evitar que um pneuzinho se forme sobre a calça.

Eli arregala os olhos e meneia a cabeça.

— Não. Estou te chamando de italiana.

Dou risada.

— Ah! *Sí...* sou metade italiana e metade espanhola.

— Eu já imaginava, baby. Nenhuma mulher tem esse corpo de violão, cintura fina, sua altura e seu gênio sem ser italiana ou espanhola... ou as duas coisas, como no seu caso. — Ele pisca.

— Pode ser...

— Minha vez. — Ele contorce os lábios. — Se importa se eu perguntar sobre o seu passado?

Dou de ombros.

— Depende do que você quer saber.

— Quero saber por que uma mulher bonita, inteligente e talentosa como você ficou tanto tempo com um homem que te batia e torturava todos os dias.

As palavras dele atingem meu coração como uma avalanche nas montanhas nevadas do lago Tahoe, cobrindo minha alma com uma sensação gelada. Tiro os sapatos e dobro as pernas à minha frente. Eli espera, concentrado na estrada, sem me pressionar. Eu me sinto grata pela paciência dele, mais do que estou disposta a admitir. Por fim, resolvo falar de uma vez.

— Para ser sincera, o Tony era o homem dos meus sonhos. Ele foi a resposta às minhas preces. Eu queria alguém que se importasse comigo. E o Antonio se importava. — Respiro fundo e solto o ar devagar, antes de prosseguir.

— O abuso começou aos poucos. No início, eram gritos, acusações de coisas que eu não tinha feito ou que jamais faria. Então, depois de um ano, progrediu para empurrões e safanões. Ele me empurrava em cima dos móveis, às vezes eu até caía no chão. Todas as vezes ele pedia desculpas, prometia que nunca mais ia fazer aquilo... essas coisas. E então ele começou com a tortura mental, me fazendo acreditar que eu tinha falhado horrivelmente com ele.

— Mas você sabia que não tinha falhado. No fundo você sabia que era ele que estava distorcendo as coisas, não sabia? Que ele tinha merda na cabeça? — O tom de voz de Eli é suave, doce até.

Aceno com a cabeça e franzo a testa.

— *Sí*, mas ele me fazia acreditar que a errada era eu. Que era eu que estava constantemente sendo desleal no nosso relacionamento. Ele me acusava de não amá-lo o suficiente, ou não tanto quanto ele me amava. Quando você tem alguém te recriminando o tempo inteiro... sei lá, começa a parecer que é real. Você acaba acreditando nas mentiras.

Eli esfrega o queixo.

— Sim, eu consigo entender.

— Consegue? Então você não me considera *débil* por causa disso? — A ansiedade me deixa desconfortável.

— Se eu te considero fraca? Não. Até onde eu posso ver, você enfrentou uma situação bastante delicada, mas... por que não terminou o relacionamento? — Ele coloca a mão no meu joelho.

Não é um toque sensual, e sim de carinho, exatamente o que preciso para seguir em frente. Passo a mão pelo cabelo, desembaraçando-o com os dedos.

— A minha criação foi fora dos padrões. Eu não tive família, fui criada em orfanatos e lares adotivos. Quando o Antonio apareceu e nós começamos a nos relacionar, eu não tinha a quem recorrer, não tinha para onde fugir. Se eu o deixasse, teria que deixar tudo o mais também, inclusive a dança, porque ele era o dançarino principal da companhia. Com toda a sinceridade, a dança era a única coisa que eu amava mais do que a própria vida. Por muito tempo eu me senti presa, confinada numa camisa de força, por causa das decisões que tomei. — Olho para baixo e retorço os dedos. — E então, bem... você sabe o que aconteceu. As coisas começaram a piorar, e eu já não conseguia controlar mais nada. A essa altura já era tarde demais, a decisão já tinha sido tomada para mim. Eu tive sorte de sobreviver naquela noite. O seu irmão chegou na hora certa. Você sabe disso, não é?

Percebo Eli contrair o maxilar.

— Sim, eu li o relatório.

Querendo aliviar o clima tenso, ligo o rádio.

— Que tipo de música você costuma ouvir?

— Rock, na maioria das vezes. Mas não rock pesado. E você? — A voz dele ainda soa tensa, mas percebo que está tentando relaxar.

— Eu adoro todo tipo de música. Acho que o fato de ser dançarina me fez gostar de tudo, não sei, mas é verdade. Não tem um estilo de que eu não goste.

— Até country? — Ele ergue uma sobrancelha.

— Até country. — Abro um sorriso.

— Pop?

— Claro.

— Jazz?

— Adoro! Muito bom para dançar.

— Ok. — Ele esfrega novamente o queixo com a barba por fazer.

Uma sensação de excitação toma conta de mim, descendo direto para a região entre minhas coxas. Por que esse homem tem que ser tão sexy? Quero dizer, de todos os homens por quem eu poderia me sentir atraída, por que tinha que ser justamente este? O irmão gêmeo de Tommy?

— Me diga uma coisa, Pimentinha... O que você pretende fazer quando não puder mais se apresentar? Pensa em dar aula?

Retorço uma mecha de cabelo ao redor do dedo.

— Talvez. Tenho pensando bastante nisso ultimamente. Já estou velha para dançar.

— Velha? De onde você tirou essa ideia ridícula? Quantos anos você tem? Vinte e cinco?

Sorrio abertamente.

— *Gracias*. Não, tenho vinte e oito. E não é só isso: as minhas pernas foram quebradas. Tudo bem, eu sarei, mas não vou aguentar dançar por muito mais tempo. Eu tenho talvez mais um ano, dois no máximo, se eu diminuir a frequência das turnês e das apresentações.

Eli faz uma careta.

— Você está me dizendo que as suas pernas ainda doem e que mesmo assim você dança, por horas a fio?

Respondo que sim com um aceno de cabeça.

— *Sí*, mas já me acostumei com a dor. Não tenho escolha.

— É claro que tem! Você pode parar de dançar, fazer outra coisa. Dar aula, por exemplo... o esforço é bem menor. Eu vi que você ensina o passo e depois fica só monitorando. Não é assim?

Eu respiro fundo e me sento de lado para olhar melhor para ele.

— Sim.

— E muitos daqueles passos são os mesmos que você faz na apresentação, certo?

— Aonde você está querendo chegar?

— Eu acho que você poderia trabalhar na criação dos passos. Como uma cor...

— Coreógrafa? — eu o interrompo, entusiasmada. É justamente o que tenho pensado nos últimos dias!

— Sim, exato... Você é muito boa nisso. Eu fiquei surpreso com a sua criatividade, com o que você sabe fazer. Além disso, você conhece os nomes de todos os passos, de todos os movimentos e posições. Você iria tirar de letra. — Ele olha para mim e sorri.

Eu adoro o sorriso de Eli. A sensação de ser presenteada com um sorriso dele é magnífica.

— Sem dúvida. Eu tenho pensado bastante nisso — admito pela primeira vez em voz alta, pois nem com as meninas eu comentei ainda.

Ele dá de ombros.

— E o que tanto precisa pensar? Você está passando dor com o que está fazendo. Você ama dançar, mas não quer parar completamente, certo?

Meneio a cabeça.

— *Dios mio*, não! Eu ficaria perdida sem a dança... não saberia o que fazer da minha vida. Tudo o que eu sei fazer é dançar. É a única coisa que eu faço bem.

Eli assente com um movimento de cabeça.

— Pois então o que você precisa é encontrar um jeito de fazer o que gosta de uma forma que seja prática e lucrativa também. Se ser coreógrafa é o próximo grande passo, você tem que fazer acontecer.

Dou uma risadinha.

— Você faz parecer tão fácil...

— Mas é, baby... Você é uma mulher inteligente, vai encontrar a solução. E eu vou te ajudar.

Dessa vez eu dou risada mesmo.

— Como você vai me ajudar? Você mal me conhece!

Ele sorri.

— E gosto do pouco que conheço.

— Você não vai me ajudar.

Reviro os olhos. Me ajudar...? Pelo amor de Deus, esse homem me conhece há três semanas! E não sabe nada sobre dança.

Eli arqueia uma sobrancelha.

— Por que não?

— Porque, quando tudo isso acabar e o Antonio for pego, você vai se envolver na próxima grande missão.

— E o que uma coisa tem a ver com a outra? Eu já te disse, baby, estou nessa com você. Nós somos uma dupla. Vamos resolver esse assunto.

Encaro fixamente o perfil dele, fuzilando-o com os olhos.

— Nós *não* somos uma dupla.

Infelizmente eu não sou o Super-Homem, portanto não vai funcionar.

— Somos sim, baby. — O tom de voz de Eli não dá margem a argumentos, mas, infelizmente para ele, nunca fui boa em manter a boca fechada.

— Quantas vezes eu preciso dizer? — insisto. — Vou repetir em espanhol... *Usted y yo no somos una pareja.*

Ele sorri e pega a saída para Santa Cruz, deixando que o silêncio responda por si. Que homem cansativo! Acha que pode simplesmente dizer que nós estamos juntos e pronto, "tenho dito". Uma coisa é certa: ele ainda tem muito que aprender sobre as mulheres.

Estamos na rodovia há uma hora e meia quando Eli sai para uma estrada secundária chamada Davenport Landing.

— Para onde nós estamos indo?

Não conheço esta região. Morei toda a minha vida em San Francisco, mas nunca vim para este lado de Santa Cruz.

— Você já vai ver — ele responde, enigmático, enquanto segue pela estradinha sinuosa.

O sol está a pino sobre o Pacífico, e a água tem tonalidade escura de azul, convidativa. Isso me faz lembrar de quando vou à praia com minhas irmãs de alma. Abrimos uma toalha de mesa na areia, levamos vinho e petiscos e passamos o dia inteiro batendo papo, comendo e bebendo. Tentamos fazer isso pelo menos uma vez por ano. É nesses dias que os problemas e atribulações são compartilhados, quando ouvimos umas às outras e damos conselhos e sugestões. A solidariedade entre amigas como nós é primordial, e reservamos um dia no ano para isso. Tem sido assim ao longo de cinco anos.

Penso em Gigi, Bree e Kat, só então me dando conta de que não avisei nenhuma delas que sairia da cidade. Phillip vai contar a elas os detalhes do arrombamento, e, embora Eli tenha me tirado de lá às pressas, Chase prometeu que mandaria limpar e arrumar tudo, inclusive providenciar móveis novos. Eu disse a ele para não se preocupar, mas Chase raramente escuta alguém depois de tomar uma decisão. Imagino que isso tenha contribuído para ele ficar bilionário. Ele sempre fez o que quis e faz bom uso de sua mente analítica e pensamento crítico. Gigi é a única pessoa que às vezes ainda consegue fazê-lo mudar de ideia.

Assim que chegarmos aonde quer que Eli esteja me levando, vou enviar uma mensagem para elas avisando que está tudo bem.

Pouco tempo depois, ele embica na garagem de uma casa de praia de madeira de três andares. Saímos do carro, ele me conduz até a porta da casa e fecha o portão com um controle remoto.

— Esta casa é sua?

Ele meneia a cabeça.

— Não, é de um amigo meu. Ele me deixa ficar aqui em troca de eu vir dar uma olhada na casa uma vez por mês.

Aceno com a cabeça e entro quando ele abre a porta. O interior supera minhas expectativas. Sofás e poltronas confortáveis, estofados em tecido branco com listras azuis, me acolhem enquanto olho ao redor do andar térreo. Um divã azul-marinho se destaca bem no centro, entre os sofás, encostado a uma bancada com revistas e uma bandeja com controles remotos, e de frente para um painel que ocupa toda a parede à esquerda, com uma TV imensa, aparelho de som e uma estante com livros e objetos de decoração de inspiração marítima e náutica. A cozinha fica à direita, e de onde estou é possível ver os eletrodomésticos de última linha em inox brilhante. Várias luminárias pendem sobre a ilha central, de vidro marrom com mosaicos retratando o horizonte do oceano.

Tudo o que eu vejo é incrível, mas nada supera as janelas do chão ao teto na parede dos fundos. O teto alto é revestido de vigas de madeira escura, contrastando com a paisagem externa luminosa e um mar a perder de vista. Eu vou até as janelas, extasiada com a vista de roubar o fôlego.

— Espetacular, não?

Eli se aproxima e fica a meu lado, admirando também.

— Demais — ele concorda. — A gente não se cansa de olhar.

Deixo escapar um suspiro.

— Impressionante...

Ele enlaça minha cintura com um braço e passa os dedos pela lateral do meu corpo, onde estou segurando minha bolsa.

— Vou levar para o nosso quarto — ele diz, tirando a alça do meu ombro.

Nosso quarto.

Um. *Uno.* Singular.

Fecho os olhos. Um diabinho vermelho aparece no meu ombro direito e um anjinho branco no esquerdo. O diabinho vermelho está saltitando e gesticulando alegremente, como se tivesse vencido uma maratona e ganhado um troféu reluzente. O anjinho branco está sacudindo o dedo e balançando a cabeça, obviamente decepcionado. Então o diabinho vermelho atravessa minhas costas até o outro lado, dá um soco no anjinho branco e o derruba do meu ombro.

Decisão tomada.

Nosso quarto.

Nossa cama.

Senhor, tende misericórdia da minha alma...

Eli volta e vai direto para a geladeira.

— Vinho ou cerveja?

Torço o nariz.

— Tem alguma coisa para comer?

Ele sorri.

— Eu liguei para um estudante que mora aqui perto e que às vezes trabalha para mim e pedi para abastecer a geladeira com alguns itens essenciais.

— Que seriam vinho e cerveja.

Eli tira da geladeira uma garrafa de cerveja e uma de vinho branco.

— É óbvio.

— Vinho, por favor. O que mais tem aí?

— Carne para grelhar, legumes, ingredientes para fazer sanduíche e para o café da manhã.

Dou de ombros.

— Contanto que você cozinhe, eu vou ficar feliz em comer.

Ele dá uma gargalhada, e o rumor gutural roça minha pele acima do cóccix como uma pluma fazendo cócegas sedutoramente.

— Não se preocupe, Pimentinha. Eu já entendi.

Mordisco o lábio e observo os movimentos dos braços musculosos tirando a rolha do vinho com a habilidade de um profissional. Os contornos pretos das tatuagens intensificam a sensação de força que parece ser uma parte integral da personalidade de Eli. Uma personalidade à qual estou mais atraída do que gostaria de admitir.

— Mas é você quem vai lavar a louça, se eu cozinhar. Combinado?

Ele me entrega uma taça de vinho branco e eu bebo um gole. O sabor nítido e frutado do pinot grigio percorre minhas papilas gustativas em uma enxurrada cítrica.

— Humm. *Muy bien. Gracias. Sí*, eu lavo a louça. Sem *problema*!

— O que acha de levarmos isto para a praia? Eu quero te mostrar uma coisa. — Eli gesticula na direção das janelas.

Atravesso a sala de estar atrás dele e nós passamos pela ampla varanda, completa com móveis de madeira para jardim, churrasqueira, uma banheira de hidromassagem feita de pedra e uma cascata relaxante. A perspectiva de mergulhar meu corpo dolorido na água morna é tentadora, mas eu não trouxe maiô nem biquíni.

Eli desce os degraus para o gramado e espera no portão enquanto fico olhando para a banheira de água quente com ar de cobiça.

— Você vem ou quer entrar na banheira? Se quiser, fique à vontade para tirar a roupa. Ninguém vai te ver aqui. Quer dizer, só eu.

Ele dá um sorriso malicioso e move as sobrancelhas.

— *Cállate!* Eu não trouxe roupa de banho. Não vou entrar.

Empino o queixo e passo por ele e pelo portão que ele está segurando aberto. Um curto lance de degraus de pedra leva diretamente à praia, e os últimos estão cobertos por relva e areia. Quando chegamos lá embaixo, tiramos os sapatos e andamos descalços até uma mureta baixa de pedra. Eli enfia as meias dentro dos sapatos e enterra os dedos dos pés na areia. Tem algo tão pueril e encantador nesse gesto que eu rio baixinho.

Ele olha para mim com uma ruga na testa.

— Qual é a graça?

Abro um sorriso para ele.

— Você e os seus pés.

A ruga na testa se acentua.

— O que têm os meus pés?

— Nada. — Disfarço uma risadinha cobrindo a boca com a mão.

— Então por que você está rindo? — Ergue um dos pés. — São muito grandes? Você sabe o que significam pés grandes em um homem? — Ele apela para a velha e conhecida piadinha.

— Não precisa explicar... Eu já vi, lembra? — Continuo tentando conter o riso.

Ele me olha com as pálpebras entreabertas.

— Então você já sabe que eu calço no mínimo 47... e meio.

É a gota-d'água. Não consigo mais segurar a risada, e na verdade rio tanto que deixo derramar um pouco do meu vinho. Eli segura minha taça até o acesso de riso ficar sob controle.

— Ahhhh, eu precisava disso! Obrigada...

— Fico contente de ter proporcionado o alívio cômico, mas eu não estava brincando quanto ao meu equipamento. — Ele gesticula na direção da virilha.

— Você sabe que eu não só te vi pelado hoje como também transei com seu irmão gêmeo. Eu já fazia uma ideia do que esperar.

Ele fica sério quando menciono Tommy.

— Não me lembre.

Por alguma razão, o fato de ele dizer isso me chateia. É como se só eu conseguisse ver como os avanços dele para mim são inconvenientes.

— Por que não?

Ele tensiona o maxilar.

— Porque eu não quero pensar em você com ele, ok?

— E você sabe por que não quer pensar? — Meu tom de voz se eleva conforme a frustração toma conta de mim.

Eli se levanta e anda na direção do mar, mas eu não vou deixar passar! Preciso falar, portanto o que me resta é correr atrás dele.

— Eu transei com o seu irmão! Muitas vezes! Tantas que nem me lembro de metade delas. Você entende isso?

Eli para quando chega perto da água, onde a areia molhada forma um ligeiro declive logo antes da arrebentação. Então ele se vira para mim e eu fico chocada com o que vejo. O rosto dele é uma máscara de pura e inflamada irritação. Os olhos apertados, as narinas dilatadas, até o queixo parece esculpido em pedra.

— E você acha que eu não sei disso? Fico arrasado de saber que ele teve você primeiro. Que ele te viu acordar, linda e doce, de manhã. Que ele sabia do que você gosta, o que você prefere, como gosta de ser amada... Que se sentiu dentro de você, que sabia como é. E eu não. É doloroso saber que você deu para ele, e, não importa o que aconteça ou o que você diga, eu vou sempre me perguntar se você está me comparando com o meu irmão e me achando inferior a ele! E sabe o que é pior, Maria? — Meu nome soa ácido nos lábios dele. — Apesar de tudo isso... eu *ainda* quero você. Quero te beijar tanto que você esqueça de todas as vezes que ele te beijou. Quero te levar para uma dimensão aonde ele nunca conseguiu te levar. Quero possuir a sua alma, e que você possua a minha. Portanto, veja, eu sei bem o que houve entre você e o meu irmão, e isso nunca vai mudar. Tudo o que eu posso fazer é aqui e agora... encontrar uma maneira de fazer você ser minha de um jeito que ele não conseguiu fazer.

Ele dá alguns passos na minha direção, e eu preciso apelar para todas as minhas forças para não recuar quando ele envolve meu queixo em uma das mãos, me forçando a fitar seus olhos verdes.

— E eu vou fazer tudo que estiver ao meu alcance para conseguir isso.

— Eli... — murmuro, quando os lábios dele cobrem os meus.

12

O beijo é avassalador. A língua de Eli invade minha boca numa busca ávida pelo prazer supremo. Nós dois derrubamos nossas bebidas na areia sem nos preocuparmos, preferindo abraçar um ao outro.

Mi culo.
Mi cintura.
Mis muslos.

As mãos dele passeiam por todo o meu corpo. Ele as desliza pelas minhas costas de baixo para cima até enterrá-las no meu cabelo, me imobilizando enquanto devora minha boca. A língua ardente procura a minha, que corresponde àquele bailado sedutor com igual paixão. Ele tem um sabor másculo misturado com cerveja e menta, uma combinação entorpecente para o cérebro.

A honestidade dele desfaz a barreira que havia entre nós. Não posso mais negar a esse homem o que ele quer, o que eu quero. O que nós dois *precisamos*: um do outro.

Eli se afasta para respirar. Ele me beijou com tanta força e por tanto tempo que meus lábios chegaram a ficar inchados e doloridos. O peito dele sobe e desce com a respiração.

— Você não pode impedir isso — ele murmura, com uma espécie de sorriso que é o retrato do desejo.

Balanço a cabeça e tensiono o maxilar, pronta para receber tudo o que ele estiver disposto a me dar e um pouco mais.

— Nós somos como o fogo e o gelo, baby. Os dois derretem quando estimulados. Quero que você seja minha, que esqueça o meu irmão e todos os que vieram antes de mim. O calor que existe entre nós é forte demais.

Fecho os olhos e encosto a testa na dele, rezando para ter tomado a decisão certa.

— Me incendeie... — sussurro contra os lábios dele. — Me faça arder de tesão. — Pressiono a boca na dele e mordisco o lábio carnudo. — Hoje eu só quero esquecer...

Mal terminei de falar e ele já está em cima de mim. Com uma força que eu nunca senti antes, ele me levanta pelo traseiro, e instintivamente eu afasto as pernas e as entrelaço no corpo dele.

Com passos vigorosos, ele atravessa o trecho de areia, sobe os degraus de pedra, cruza o jardim e entra na casa. A brisa dos ventiladores de teto faz cócegas na minha pele em chamas, mas só consigo pensar no homem que me carrega e me leva para um lugar sem volta.

Traço uma linha com a língua pelo pescoço dele, desde a base até um ponto sensível que descobri atrás da orelha. Ele estremece. Sinto o sabor de sal e mar, um aperitivo delicioso que estou morrendo de vontade de saborear.

Eu sempre fui do tipo de mulher que gosta de pau. Adoro fazer um boquete. Não é o ato de chupar que me excita, mas o poder que sinto ao segurar aquele músculo firme na mão, ou, melhor ainda, abrigá-lo no calor da minha boca e observar a maneira como o homem perde o controle. É um estímulo e tanto, e não vejo a hora de fazer isso com Eli. Com um sorriso malicioso, finco os dentes no ombro dele, imaginando ser outra parte de seu corpo.

— Ah, garota... — ele murmura antes de me deitar na cama macia.

A sensação que tenho é de ter entrado numa nuvem. Balanço algumas vezes até ele segurar meus tornozelos e deslizar as mãos pelas pernas, coxas e quadris e então abrir o zíper do meu jeans e puxá-lo para baixo.

Eu não deveria desejar isso, mas, meu Deus... eu desejo.

Eli se ergue e tira a camiseta, me presenteando com a visão do seu peitoral bronzeado. Ele é bem maior que Tommy, mais forte e musculoso. As tatuagens tribais circundam os braços como se fossem fitas que o embrulham para presente. Não consigo pensar em outra coisa a não ser redesenhar cada uma daquelas linhas com a ponta da língua, cravar meus dentes em uma delas e memorizar o sabor da pele.

— Tenho aguardado ansioso por esse seu olhar, Pimentinha, que revela a mulher sexy e selvagem escondida aí embaixo. Você pode libertar essa fera comigo, que eu vou te domar.

O perfume másculo e almiscarado domina o quarto, aguça minha consciência e faz minha pele se arrepiar, ardente. Eu me sento sobre as pernas e tiro a blusa pela cabeça, ficando só de sutiã e calcinha, ambos de cetim vermelho.

Eli pressiona os dentes e fecha as mãos em punhos; seus olhos assumem um brilho feroz ao mesmo tempo em que ficam escuros como a noite na floresta. As narinas dilatam, quase como se ele estivesse farejando o cheiro do quarto, exatamente como um animal faria.

— Eu estou sentindo o seu cheiro, baby. Por que você não tira essa lingerie e me mostra como está cheia de tesão por mim?

— Primeiro você, *cazador*. — Forço um sorriso e dou uma piscadela.

Ele abre um sorriso provocante enquanto desabotoa o jeans e puxa o zíper lentamente para baixo. Tenho um vislumbre do pau grosso e percebo que nunca na vida me senti tão feliz por ver o homem assumir o controle da situação. A visão da ereção me deixa tonta de desejo.

— Parece que você está faminta... — O tom de voz grave e rouco me deixa úmida.

— Eu poderia devorar... — Dou uns tapinhas nas minhas costelas.

Ele ri e inspira ruidosamente, e este é um dos únicos sons que ouço no quarto, além do chiado do ventilador de teto, que gira sobre a cama. Curvando os lábios para cima em um biquinho sexy, ele segura o membro protuberante. Mal consigo conter um gemido de prazer ante a visão de um pau daqueles sem nenhum pelo. Ele é o primeiro homem que vejo com a masculinidade completamente lisa. Sem a penugem da base, o pau parece enorme, gigantesco. Quero lamber ao redor da base e beliscar a pele com a boca até ele mover os quadris, incapaz de controlar o desejo.

— Agora é a sua vez. Me mostre... — ele murmura, sem conseguir se conter.

Desamarro os lacinhos laterais da calcinha e a deslizo pelas pernas, revelando o traço fino de pelos macios. O desejo se empoça no meu sexo, gotas escorrendo pela minha fenda enquanto ele observa.

— O sutiã. Faz semanas que eu sonho com isso. Me mostre — ele ordena, num tom de voz quase ríspido, como se o tempo que precisou esperar por esse momento tivesse sido uma experiência penosa.

Desabotoo o sutiã, mexo levemente os ombros e o tiro, atirando-o para o lado. Meus mamilos enrijecem sob o olhar ganancioso e cheio de tesão. Eli engole em seco e continua a observar atentamente, como se me acariciasse com os olhos à medida que explora cada pedacinho de pele. Permaneço estática. Os únicos movimentos em meu corpo são o do coração batendo erraticamente e o arfar do meu peito, o tempo inteiro sentindo um formigamento no baixo-ventre.

— Você é um sonho que se torna realidade. Eu já te desejava antes mesmo de te conhecer, e hoje vou te comer várias vezes, até você me implorar para parar.

O pau dele continua crescendo diante dos meus olhos. Eu só quero colocá-lo dentro da boca e chupá-lo até me fartar, mas ele é mais rápido que eu. Apoiando um joelho na cama, ele se inclina para a frente, passa o braço sob o meu quadril com uma das mãos, e com a outra me imobiliza na cama. Em seguida se inclina sobre mim, deixando poucos centímetros de distância entre o nosso rosto.

— Você tem noção do efeito que causa em um homem?
— Não. Me conta... — sussurro, balançando a cabeça.

Ele segura meu pescoço com a mão grande e o acaricia como um amante habilidoso.

— Desde o pescoço até cada seio perfeito... — Ele segura um dos seios com a mão em concha para medi-lo e acaricia o mamilo intumescido com o polegar. — O seu corpo... Caramba, Maria... você é a perfeição feminina. Não consegue enxergar o que qualquer homem enxerga?

Suas palavras são contundentes, palavras que nunca ouvi antes nessas circunstâncias. Elijah é franco e espontâneo, e isso é algo que eu aprecio mais do que elogios. Ele é honesto. Os homens do meu passado nem sempre foram diretos, especialmente Antonio. Esse homem passou anos tentando me diminuir, bem diferente do Tommy, que passou nove meses me colocando num pedestal. E agora aqui está Elijah, expondo seu desejo com uma ereção gigantesca e mãos que puxam e empurram como se ele não conseguisse controlar a necessidade de me tocar.

Eu. Justo eu, a garota vivida, arruinada, que sempre andou fora da linha, sem casa nem família, que só tem um grupo de amigas a quem ousa considerar suas. Não sou ninguém especial, mas aos olhos dele me sinto uma deusa.

— Eu vou te adorar do jeito que você merece, depois vou te comer até você apagar.

As palavras dele instigam minha luxúria, multiplicando o desejo por cem.
— Por favor... — suplico, sem saber ao certo como ser mais clara.

Eli inclina a cabeça e prende um dos meus mamilos na boca. Seguro a cabeça dele com as duas mãos e entremeio os dedos pelos cabelos sedosos.

Ah, é tão bom senti-lo chupar meu mamilo. Deixo escapar um gemido e levanto os quadris, procurando alguma parte do corpo dele para me roçar. Minha cabeça gira num verdadeiro furacão de tesão e carência, enquanto ele continua a me chupar, me levando à loucura.

— Mais... — eu sussurro.

E ele obedece. *Dios mio*, ele obedece mesmo... Os lábios continuam a sugar o mamilo túrgido, ao mesmo tempo que os dentes mordiscam de leve. Eu grito quando o prazer se alastra pelo meu corpo inteiro.

— Sim, sim... — sibilo, enquanto ele mordisca e suga o tecido sensível.

Não demora muito e ele passa a sugar o outro seio. Eli é metódico, parece que quer dar o mesmo tratamento a cada seio... passa os dedos em volta do mamilo e depois aperta até que fique intumescido. Eu levanto o quadril num gesto suplicante, até que ele finalmente se apoia entre minhas pernas abertas, segura minha cabeça com as duas mãos e cobre meus lábios com um beijo longo e ardente. Sinto sua respiração ofegante acariciar meu rosto quando ele desliza a boca para o lado, beijando minha orelha, descendo para meu peito e depois para a barriga, até se aninhar na penugem entre minhas coxas. Com mãos firmes, ele segura minhas pernas bem afastadas.

— Fique com as pernas abertas — diz, ofegante, bem perto do meu sexo.

O desejo transfigura o rosto de Eli. Ele se aproxima da minha fenda e inala o perfume do meu sexo. Depois roça o nariz e os lábios com a delicadeza de uma pluma, se lambuzando com minha essência e a espalhando pela minha pele.

Nunca tive uma experiência tão ardente, tão sexy. Engulo em seco e seguro os joelhos, abrindo mais as pernas. Ele me fita com os olhos brilhantes.

— Boa menina... — murmura, sem afastar os lábios da minha pele.

Aquelas duas palavras que me enaltecem. Não é algo que eu tenha imaginado ou almejado, mas com Elijah é diferente. Eu desejo a aprovação dele.

Eli acaricia meu sexo e separa os lábios com os dedos. Ele ainda nem me tocou com a língua, mas estou com tanto tesão que acho que vou ter um orgasmo ao primeiro toque. Ainda me preparando, ele afasta os lábios menores. A boca de Eli está a centímetros da entrada do meu corpo. Sei que estou molhada. Fazia anos que não sentia tanto tesão.

Com dedos ágeis, Eli pressiona meu clitóris ao mesmo tempo que me toca um pouco mais atrás, onde não permiti que nenhum outro homem tocasse desde Antonio. Eu choramingo alto, e a sensação avassaladora me força a inclinar a cabeça para trás num júbilo incontrolável. Quando a boca ávida de Eli cobre meu sexo, meu corpo inteiro convulsiona com a onda de sensações.

Eli introduz a língua dentro de mim com movimentos incessantes, chegando bem fundo. Eu não estava preparada para o orgasmo repentino que me atravessa. Ele segura minhas pernas, mantendo-as bem afastadas com os ombros, e me come como se estivesse faminto. Seguro firme a cabeça dele com os dedos entremeados nos cabelos para mantê-lo ali, forçando-o a continuar até que eu consiga o que mais quero. E é o que ele faz, acariciando meu ponto mais sensível com um polegar enquanto introduz o outro no meu ânus. A dupla penetração me faz gritar de prazer.

— *Sí, sí, sí! Justo ahí.* Bem aí. *Dios mio!* — grito ao sentir outro orgasmo se formando com a força de um tornado.

Eli não para. Em vez disso, ele se senta nos calcanhares, tendo uma visão privilegiada do meu corpo, o que lhe confere maior poder para me transportar para mais uma experiência de derreter até a alma. A sensação é tão intensa que eu tento fechar as pernas, meu clitóris pulsando a cada movimento em espiral do dedo dele.

— Não! — ele protesta. — Fique com as pernas abertas. Quero me fartar com esta sua doçura — ele diz, por entre os dentes.

— Baby, isso é demais... — digo e deixo escapar uma exclamação abafada.

Ele ergue o rosto, e seus olhos estão tão escurecidos que mal consigo distinguir a cor.

— Nunca é demais. — Ele lambe meus lábios íntimos. — Preciso de mais... é tão bom... — diz, ofegante, a voz grave, primitiva como a de um homem das cavernas, antes de baixar a cabeça novamente.

Seguro a cabeça dele com força, como se minha vida dependesse disso. Um segundo depois, chego ao ápice do prazer. Eli afasta os dedos e eu choramingo aliviada, e mesmo assim ele não para. Recomeça mais devagar, me banhando com sua saliva, que se mistura com minha seiva, percorrendo cada centímetro da minha pele com a língua e a introduzindo mais profundamente, terminando com beijos escorregadios.

O cara é muito bom em sexo oral.

Com movimentos lentos da língua, ele circunda o ponto para onde convergem todos os nervos, e eu arqueio as costas, erguendo parte do corpo. Meu clitóris se torna a nascente de uma onda de puro êxtase que se espalha por todo o meu corpo. E pensar que ele nem me penetrou ainda... Não sei se vou suportar quando isso acontecer. Chego a mais um orgasmo suave quando Eli alterna entre chupadas longas e mais fortes e carinhos mais suaves com a língua no meu clitóris. Ele lambe meu néctar até me deixar totalmente entregue.

Então ele se ergue e empurra meu corpo até eu encostar a cabeça no travesseiro. Em seguida pega os travesseiros maiores e põe debaixo do meu quadril, levantando minha pélvis numa inclinação melhor.

— Agora você vai ser minha.

— Mas eu já não sou? — pergunto, surpresa.

Ele esboça um sorriso malicioso de lado, posiciona o pau para me penetrar e para, franzindo a testa e mordiscando o lábio inferior. As veias dos braços dele estão saltadas, uma película de suor umedece a pele, deixando os mamilos eretos e apetitosos. Passo a língua nos lábios e presto atenção naqueles dois pontos.

— Você está tomando pílula? — ele pergunta, em tom severo, as mãos trêmulas nos meus quadris.

Pisco várias vezes, surpresa e tentando entender o que ele perguntou. Pílula? Ah, anticoncepcional.

— *Sí*, claro.

— Ainda bem, porque a única maneira de te fazer totalmente minha é te inundar com o meu sêmen.

— Mas, ah... — Penso em dizer que ele precisa usar camisinha, mas logo me perco. — Vai assim mesmo, anda logo...

Ele se ajeita, segura meus quadris e me penetra.

— *Santo infierno!* — eu grito quando ele sai e me penetra de novo.

Um gemido que mais parece um uivo escapa da garganta de Eli, que ainda me segura firmemente com as mãos. O pau dele é grande e largo, e entra bem fundo, talvez por causa da posição dos meus quadris no travesseiro.

— *Tan profundo...* — sussurro, balançando a cabeça de um lado para o outro, sem saber como lidar com o prazer que me invade.

Fecho os olhos bem apertado, curtindo cada pedacinho que ele conquista. Procuro acomodar melhor o membro túrgido com meus músculos internos, ao mesmo tempo em que a pélvis dele roça no meu clitóris cada vez que ele arremete.

— Que delícia... Eu sabia que ia ser assim. Sabia que você seria a melhor que eu já tive. Você é gostosa demais.

Abro os olhos e o vejo de joelhos, as mãos segurando possessivamente o meu quadril. O olhar dele vai para os meus seios balançando no ritmo de cada estocada até o ponto em que estamos unidos.

Um sorriso lascivo brinca nos lábios dele, enquanto o suor se acumula em sua testa. De repente, ele move uma das mãos para minha virilha e abre mais a minha entrada. Em seguida se inclina sobre mim e começa a sugar um mamilo enquanto continua me comendo.

Fundo. Imerso. Possuída.

O pau dele alcança pontos dentro de mim que eu nem sabia que existiam. As estocadas passam a ter uma cadência constante, como se Eli quisesse deixar sua marca em mim. Meu corpo sacode cada vez que ele arremete, então eu levanto os braços e espalmo as mãos na cabeceira da cama para tentar resistir a cada investida.

— É isso aí, Pimentinha. Se libere — ele balbucia.

O comando é o incentivo de que eu precisava para me soltar totalmente. Envolvo a cintura dele com as pernas, inclinando o quadril mais para cima, fortalecendo ainda mais as estocadas, intensificando o prazer. É tudo o que eu esperava e um pouco mais... selvagem, obsceno, inexplicável.

— Maria... me dá, me dá tudo, como você nunca deu pra ninguém!

Depois desse encorajamento, solto as pernas e, com um movimento ágil, inverto as posições, ficando em cima dele. Vejo o pau largo e duro fincado em mim, só uma pequena parte para fora, e a visão me deixa enlouquecida de desejo. Antes mesmo que ele perceba o que estava acontecendo, começo a cavalgá-lo, permitindo assim que a penetração seja ainda mais profunda e nos leve a gritar de prazer. Ele crava os dedos no meu quadril, e eu me seguro na cabeceira da cama para facilitar o movimento para cima e para baixo, num ritmo alucinante. Eli ergue as coxas musculosas, forçando uma proximidade maior dos nossos quadris, formando um ângulo novo para que a penetração chegue a um ponto tão profundo que nenhum outro homem alcançou.

— Pronto... é isso aí. Cheguei exatamente aonde eu queria. Agora, foda o seu homem! — ele urra, com determinação e a boca retorcida.

Sem pensar muito, aceito a ordem, colocando mais força nas panturrilhas e braços e voltando a montá-lo, subindo e descendo os quadris num ritmo cadenciado, levando-o a atingir várias vezes o ponto mais profundo do meu corpo.

Os gritos e sussurros que saem das nossas bocas são violentos, passionais e intensos.

— Estou quase... — Suspiro, espalmando as mãos no peito dele, movendo o quadril de modo a roçar meu clitóris no pau rígido, enquanto ele continua a me acompanhar, batendo a virilha na minha no mesmo ritmo.

Então ele se senta na cama, se encosta na cabeceira, e nós ficamos frente a frente.

— Goze. Eu quero que você me dê o máximo que conseguir — ele encoraja.

Fecho os olhos e me concentro no calor que cresce entre minhas coxas, nos arrepios que levantam a pele das minhas costas. A tensão aumenta, mas eu estou voando a uma altura inimaginável. Eli está me levando tão rápido e para tão alto que tenho medo de cair, mas isso não vai acontecer. Ele vai me salvar. Pelo menos foi o que me prometeu.

Estamos com o rosto quase colado, ele está com uma das mãos nas minhas costas, ajudando o pau a se enterrar em mim.

— Olhe para mim — ele fala, com a voz rouca, nossos lábios se encostando a cada estocada.

Abro os olhos e solto um gemido com a intensidade do olhar dele e das feições transfiguradas pelo desejo.

— Quero ver seus olhos e beijar sua boca enquanto nós gozamos juntos na nossa primeira vez. Você nunca mais vai esquecer que me pertence.

— Eli... — sussurro, sem saber como me comprometer com um homem três semanas depois de ter perdido outro.

As estocadas continuam, nossos lábios se tocam, nossos olhares queimam com a verdade poderosa que vai além deste momento. Nossos corpos se movem ao mesmo tempo em perfeita sintonia, até alcançarmos o ápice do prazer. Ele me segura com tanta força que tenho certeza que vou ficar com marcas, mas não ligo. Essas marcas vão ser a prova de uma noite de paixão e intimidade que não quero esquecer tão cedo. Espero que ele fique com algumas também.

Eli pressiona os lábios firmemente contra os meus, exalando o ar com força pelo nariz e pela boca enquanto nos beijamos. Seus olhos ficam vidrados, como imagino que os meus também estejam. E então acontece... enorme, gigante... explosivo.

Eu enlaço o corpo dele com os braços e as pernas. Ele me aperta com força, como se nossos corpos se fundissem num só. Inclino a cabeça para trás e grito sem pudor. Ele apoia o rosto no meu pescoço e solta uma espécie de grito de guerra, enquanto seu sêmen me escalda por dentro. Contraio os músculos internos, apertando-o até a última gota.

Por fim, nossos quadris param de se movimentar e Eli me solta. Seus lábios deslizam do meu pescoço até os ombros, deixando uma trilha úmida que se mistura ao suor da minha pele quente. Com a ponta dos dedos ele acaricia meus braços, desliza pelas costas e desce até a cintura, quadril e coxas. Eu permito e desmorono sobre o corpo dele, recuperando o fôlego.

— O seu sabor é agridoce, baby.

Solto um gemido e roço o nariz no pescoço dele, me inebriando com o perfume almiscarado de sexo que se espalha pelo quarto. O cheiro do prazer é um afrodisíaco calmante, e eu poderia dormir feliz aqui por mil anos.

Fico deitada sobre ele por no mínimo vinte minutos, como se não tivesse ossos para me sustentar, me acalmando dos três orgasmos que ele me proporcionou. Estou esgotada física e emocionalmente. Imagino que Eli deve ter entendido que preciso de um tempo, pois não forçou nada, não perguntou nem falou sobre o que acabou de acontecer, e, mais importante, não fez nenhuma piadinha. Minhas emoções e sentimentos estão à flor da pele. Um toque e eu cairia de joelhos, em total e completa autodepreciação.

— Você está com sede? — Eli pergunta, sua boca rente à linha do meu cabelo.

Faço que sim com a cabeça, preferindo continuar em silêncio.

— Vou te limpar e buscar alguma coisa para comer e beber. Tudo bem?

Concordo de novo com um movimento de cabeça. É bem provável que eu concorde com qualquer coisa neste momento.

Com todo o cuidado, ele me levanta e me coloca de volta na cama. Em seguida me cobre com o lençol e eu me aconchego ali. Neste momento, não sei o que pensar ou sentir. Acabei de transar com o irmão do meu falecido namorado e foi a melhor experiência sexual que tive na vida. Nunca fui tão aberta e livre. Eli encoraja meu lado perverso e extremamente sexual. Eu suspeitava de que tivesse essa faceta, mas Eli a despertou e a chamou para brincar. Estou curiosa e interessada em repetir essa experiência.

Ele volta para o quarto, nu, sem inibição nenhuma... não que devesse ter. Puxa o lençol e passa uma toalha nas minhas pernas.

— Não quero que você durma molhada. Eu sei que as mulheres detestam. — Ele dá uma piscadela.

— Eu não perceberia — murmuro.

Eli joga a toalha no cesto perto do closet e se vira para mim com as mãos na cintura.

— Imagino que uma criatura tão sexual como você tenha experiência de pequenos êxtases na cama. — Ele força um sorriso.

Eu bocejo e balanço a cabeça, respondendo negativamente.

— Não. Foi a primeira vez que transei sem camisinha.

Eli franze a testa e alisa o queixo barbado, me remetendo à deliciosa sensação daquela barba roçando na parte interna da minha coxa. Fico molhada no mesmo instante, como se meu corpo tivesse memória também. Cruzo as pernas, procurando conter o desejo absurdo que volta a me consumir. Caramba, o homem transou comigo várias vezes e eu já estou a fim de mais uma!

Aparentemente não sou a única com esses pensamentos, pois bem diante dos meus olhos vejo o pau de Eli inchar e endurecer, a ponta brilhante se alargando.

— Você está dizendo que eu fui o único a te penetrar sem proteção? — pergunta, a voz baixa e sensualmente rouca, prenunciando mais sexo ardente para breve.

Meneio a cabeça e o observo lamber os lábios.

— Antonio? — ele indaga com voz suave.

Eu resmungo e entremeio os dedos no meu cabelo emaranhado.

— Ele era obcecado que eu não engravidasse. Não queria arruinar a carreira para cuidar de uma criança. E mais: ele gostava de dizer que estava se protegendo dos outros homens com quem eu transava quando ele não estava por perto... como se em algum momento ele não estivesse por perto.

Eli anda de um lado da cama para o outro e cruza os dedos na nuca. É divertido observar aquele membro balançando enquanto ele processa a nova informação.

— E o Thomas?

Eu me sento e prendo o lençol embaixo dos braços para não escorregar.

— Não. Eu insistia para ele usar.

— Por quê? — Eli pergunta, franzindo o cenho. — Você ficou nove meses com ele. É tempo suficiente para conquistar confiança.

Meu cabelo cai no rosto e eu fico brincando com os dedos no colo.

— Não sei... É uma coisa muito pessoal.

— E no entanto você permitiu que a gente transasse sem camisinha — ele diz, parando no pé da cama.

— Deixa esse assunto pra lá — respondo, olhando para o outro lado, relutante em permitir que ele enxergue minha alma.

Eli se aproxima pelo lado até eu me deitar de costas, com ele debruçado acima de mim. Com um floreio, ele puxa o lençol, expondo minha nudez gloriosa, e sobe na cama, apoiando um joelho de cada lado do meu quadril, uma das mãos na minha cabeça e a outra acariciando meu rosto.

— Isso muda tudo... — As palavras dele são uma bênção.

Solto uma risadinha e mordo o dedo dele, que delineia meus lábios, querendo não dar importância ao assunto.

— Não muda nada. — Abro um sorriso e pisco sedutoramente, várias vezes.

— Ah, baby, eu quero ser diferente dos outros. Você confiou em mim e permitiu que eu trepasse com você sem proteção, e não agiu assim com nenhum outro homem.

Quando imagino que ele vai insistir para descobrir todos os meus segredos, sou surpreendida com uma reação divertida e marota.

— E agora eu vou mostrar quanto estou honrado, baby.

— Transando comigo de novo? — pergunto, erguendo uma sobrancelha.

Ele abre um sorriso tão largo que não resisto e sorrio também.

— É óbvio. Acho que essa confiança vale mais alguns orgasmos.

Fico molhada só de pensar. Levanto a mão, enterro os dedos no cabelo dele e o puxo para beijá-lo na boca.

— Sabe de uma coisa? Acho que você tem razão.

— Gulosa — ele diz, rindo.

13

*Tentando não fazer muito barulho, misturo os ovos e coloco na fri*gideira do jeito que Gigi me ensinou. Eles começam a borbulhar no mesmo instante. Parece que está indo bem. Viro o bacon com um garfo. Humm... ainda não está bom desse lado, mas Gigi vira a fatia várias vezes. Olho fixamente, desejando que eles fiquem bons, e começo a preparar o café.

Coloco pó de café até completar o recipiente e dou uma olhada na cestinha. Deve ser o suficiente... encaixo-a no lugar e coloco a água na parte de trás da cafeteira. A água começa a borbulhar e o café começa a cair antes mesmo de eu colocar a jarra de vidro no lugar.

— *Mierda, mierda!* — murmuro, me apressando para posicionar a jarra sob o fio de café escaldante.

Coloco uma toalha de papel sob a chapa da cafeteira para absorver o café derramado e evitar que queime. Funciona que é uma maravilha. Faço minha dancinha e vou procurar xícaras.

— Pronto! — Ergo o punho em sinal de vitória.

Um par de braços fortes me enlaça por trás. Seguro as canecas com firmeza e solto um gritinho, mas só até olhar para baixo e ver as tatuagens tribais que admirei durante um bom tempo na noite passada. Deixo as canecas no balcão e me aconchego no calor do corpo dele.

— O que está fazendo, Pimentinha? — Eli murmura no meu ouvido e beija meu pescoço.

Suas mãos descem até a barra da camiseta dele que estou usando e me seguram dos lados do meu *culo* nu, balbuciando de prazer no meu ouvido.

— Hum... gostei disso, baby. Gostei de ver você usando a minha camiseta sem nada por baixo. Mas o que você está fazendo?

Abro um sorriso e entrelaço os braços nos dele, me apoiando no peito largo.

— Estou preparando o seu café da manhã, *cazador* — digo, orgulhosa.

Numa fração de segundos ele me vira de frente, segurando firmemente no meu *culo*, e me pressiona contra o corpo seminu. Está usando uma calça de pijama xadrez que é de enlouquecer. Nenhuma mulher neste mundo acharia que pijama xadrez é sexy, mas neste homem... Tenho vontade de me ajoelhar, puxá-la para baixo e expor o que está escondido ali, principalmente agora que sei o que me aguarda.

Eu o enlaço pelo pescoço e encosto a testa na dele.

— Eu queria fazer uma coisa legal, principalmente depois de... *tudo*. — Mordisco o lóbulo da sua orelha.

Ele sorri e roça o nariz no meu.

— *Tudo* quer dizer a trepada excepcional, incluindo os onze orgasmos que eu te dei ontem à noite?

— Onze? Só me lembro de dez. — Faço biquinho.

— Acredite em mim, baby. Foram onze.

— Se você está dizendo... — Encolho os ombros e me aproximo mais um pouco para unir meus lábios aos dele.

Eli não espera nem um segundo antes de enfiar a língua através dos meus lábios e explorar todos os recantos da minha boca. Ainda bem que nós dois já escovamos os dentes. O sabor dele é uma mistura de menta e gosto de homem, que eu acho delicioso! Se bem que não posso negar que também gosto do sabor dele quando estamos transando. O gosto dele misturado com o meu é bom demais. Uma combinação de sexo e pecado, meu favorito, de longe!

— Então, você está fazendo o café da manhã, é? — Ele finge cheirar o ar. — É esse o cheiro que eu estou sentindo? — Ele franze a testa e vai até o fogão, abaixa a intensidade do fogo e pega um garfo.

Quando ele vira as fatias de bacon, fico chocada ao ver que está tudo queimado. As fatias ficaram parecendo uma casca enrugada. Humm... Pensei que tivesse seguido as instruções de Gigi à risca.

Eli olha por cima do ombro para mim e manuseia a espátula, levantando os ovos. Os ovos também... Toda a parte de baixo está escura como carvão.

— *Que demonios. Yo hice todo bien.* — Fico emburrada e cruzo os braços.

Eli vira de costas, e pelo movimento de seus ombros desconfio que esteja rindo.

— Baby, você precisa vigiar os ovos e o bacon enquanto fritam — ele diz, mas o tom não é de acusação.

Ainda bem, porque eu não iria escutar quieta.

— Mas olha... — aponto para os ovos —, a parte de cima está amarela e brilhante. Por quê?

Eli me puxa para mais perto, passando um braço pela minha cintura e me puxando para si.

— Eu te ensino a fritar ovos e bacon. Está tudo bem.

Franzo a testa.

— A Gigi já me ensinou. Ela me mostrou umas cem vezes como se faz — murmuro e tento me lembrar o que ela fazia para que os ovos ficassem tão perfeitos durante os anos em que moramos juntas.

— Bem, depois de colocar os ovos na frigideira, você tem que mexer o tempo todo para que fiquem fofos e não queimem embaixo.

— *Mierda!* — Fecho os olhos e bato na testa. — É verdade. Ela faz isso mesmo. E o bacon? Qual é o truque? — pergunto, porque estou mesmo interessada.

— Também tem que virar sempre. — O canto da boca de Eli se curva para cima. — Deixe descansar por mais ou menos trinta segundos e vire de novo.

— O quê? Tem de fazer isso com cada fatia? Que loucura... Desse jeito demora uma eternidade! — Balanço a cabeça. Essa história de cozinhar demanda atenção demais. — Eu estava vigiando a frigideira, mas aí resolvi fazer café e me distraí...

Eu me desvencilho dele, me apoio na bancada do lado oposto e cruzo os braços.

A expressão de Eli parece horrorizada.

— Baby, por favor, diga que você não fez café... — Ele estende as mãos como se estivesse apaziguando uma criança.

Olho para ele de cara feia.

— Fiz sim, e ficou perfeito. Não está vendo? — Estico o queixo na direção da cafeteira e vejo que o líquido marrom atingiu a marca certa na jarra. — Tome uma xícara.

Ele balança a cabeça.

— Não, não... Você primeiro. — Ele dá uma risadinha e fico com vontade de arrancar aquele sorriso dali com um tapa.

— Está certo! — Saio batendo o pé, pego a jarra e encho minha xícara. — Tem leite?

Eli pega o leite na geladeira e passa para mim.

— *Gracias.* — Assim que o leite se dissolve, fico surpresa ao ver partículas marrons subirem à superfície. — Mas que raios... — Paro de falar, sem saber direito o que estou vendo.

Eli olha por cima do meu ombro e começa a rir. Muito. Ele ri tanto que chega a se curvar e colocar a mão sobre o estômago.

— Você é demais, baby! — Ele bate as mãos nos joelhos. — Nossa... faz anos que não dou tanta risada.

Bato o pé no chão, impaciente.

— Já terminou? — Eu me viro, pronta para deixar aquele palhaço dando risada sozinho. — Nunca mais faço qualquer coisa legal para você, seu chato!

Antes que eu tenha tempo de pôr um pé para fora da cozinha, ele me ergue do chão e me senta em cima da bancada, ao lado da cafeteira. Em seguida afasta minhas pernas e se posiciona entre elas. Sem querer dar o braço a torcer, olho para fora da janela, onde as ondas quebram na praia, espalhando espuma branca.

— Desculpe, Pimentinha... desculpe. Olhe para mim.

Ele tenta me encarar, mas eu estico o pescoço para a esquerda o máximo que consigo. Aperto os lábios com força e balanço a cabeça. Ele segura meu queixo com dois dedos e vira meu rosto, depois começa a me beijar várias vezes e rapidamente, até eu não suportar mais aquela doce tortura e corresponder aos beijos. Eli começa a chupar meu lábio de baixo, depois o de cima, lambendo-os e me conduzindo para um beijo apaixonante. Quando deixo escapar um suspiro e o abraço com as pernas, enlaçando seu pescoço com os braços, ansiosa para continuar o que começamos, ele se afasta.

— Desculpe se eu te magoei. Você estava fazendo para mim, e eu gostei da atenção. Mas que tal se eu for o responsável pela cozinha neste relacionamento? Você é péssima cozinheira, baby. Não tem jeito. — Ele beija meu queixo, meu nariz e meus lábios. — Estamos combinados?

— Pelo menos me explique como foi que eu estraguei o café... Eu tinha tanta certeza de que tinha feito certo! — Projeto o lábio inferior para a frente, fazendo um bico.

Eli beija meu lábio, se afasta e puxa a cestinha da cafeteira.

— Você não colocou filtro. Se não puser o filtro, o pó passa para a jarra.

— Esqueci — digo, me apoiando no peito dele. — Acho que vou deixar um bilhete. Eu deveria saber fazer café, nem que seja só para mim mesma.

— Por que, se você tem um homem que faz para você? — Ele pisca.

— Que fofo! Mas você não vai estar por perto em todos os momentos, né? — Acabo verbalizando algo que ainda nem cogitamos. Nós mal demos um passo para o lado físico de um relacionamento indefinido. Eu nem sei se isso vai dar em alguma coisa e nem se é o que eu quero.

Mas é o que eu quero, não é? Não deveria ser, mas... droga. Estou confusa.

Eli deve ter lido meus pensamentos pela expressão do meu rosto, porque sua resposta é perfeita.

— Baby, nós tivemos uma noite sensacional juntos. Pare de se preocupar. Vamos aproveitar por enquanto. Temos muito tempo para descobrir o que sentimos um pelo outro.

Minha mente está a mil por hora, e eu acabo falando sem pensar:

— Mas não vai fazer diferença, porque, depois de tirar o Antonio de cena, você vai sair para a próxima grande caçada, não é, *cazador*? — Eu o faço lembrar de sua profissão.

Ele suspira e aperta meu quadril contra o dele. No mesmo instante passo a prestar mais atenção na parte inferior do meu corpo, sentindo como se um raio de luxúria tivesse me atingido entre as pernas, causando aquela dorzinha latejante, me preparando para mais uma sessão de sexo ardente com o homem mais pecaminoso do mundo. Justamente o homem que neste exato momento me olha como se eu tivesse expressado meu pensamento em voz alta.

Eli entrelaça os dedos no meu cabelo e segura meu quadril com a outra mão, me puxando contra seu corpo. Sinto sua ereção no mesmo instante.

— Baby, você acha que, se eu tiver uma mulher fogosa esquentando a minha cama, queimando o meu café da manhã e parecendo uma deusa do sexo com a minha camiseta, eu vou querer sair de casa com frequência? De jeito nenhum... Não se eu posso me aquecer bem no meio das suas coxas. — Ele move o quadril com mais força, me pressionando. — Se eu tenho uma boca suculenta como essa para beijar... quando não está brigando?

Ele cobre meus lábios com um beijo abrasador, as línguas se entrelaçando com intensidade, até que depois de alguns momentos interrompe o beijo e se afasta.

— Tenho um número suficiente de homens na minha equipe para se encarregar da maior parte dos trabalhos. Homens que querem ter mais responsabilidade, homens solteiros. Eu tenho trinta e um anos e prefiro mil vezes ficar em casa com você.

Fecho os olhos e estremeço conforme as palavras dele se infiltram nos recônditos da minha alma. Como é que posso estar tão encantada por um homem em tão pouco tempo? Por que tudo isso está acontecendo agora e não daqui a um ano, quando seria mais aceitável?

— Eli, eu não sei o que dizer — eu sussurro e o abraço.

— Não diga nada. — Ele acaricia minhas costas com as mãos grandes e gestos ritmados que me acalmam. — O que interessa neste momento é que você viva o presente e aproveite o que nós estamos construindo.

— Está bem — concordo, meneando a cabeça e engolindo o receio.

— Sendo assim, eu vou comer você no café da manhã, depois nós vamos trepar no chuveiro e depois vamos sair para comer. Que tal? Topa?

— Você não se segura, né? — Afasto o cabelo para trás dos ombros.

Eli me prende contra seu corpo, de tal modo que eu o abrace com as pernas e ele possa me prender nos braços.

— Não, baby, eu seguro você.

— Cacete, assim mesmo... isso... — Eli inclina a cabeça para trás, apoiando-a na parede de azulejos enquanto chupo o pau dele até quase engolir.

Depois que ele me levou à loucura com a boca, decidi dar um banho nele com meus próprios truques sexuais. E o melhor deles é que eu adoro chupar um pau.

— Eu amo a sua *polla, cazador*. Tão grossa, grande e... humm... — Paro de falar para chupar com mais força, me deliciando com a ponta macia.

— Maria, baby... a sua boca... é sensacional... Não vou cansar nunca, caramba... — Ele geme, enterra os dedos no meu cabelo e começa a mover os quadris.

Adoro esse momento em que o homem começa a perder o controle... Parece que vira um ser primitivo, concentrado apenas em chegar ao orgasmo.

— Pode foder a minha boca... com força... É isso que você quer, e eu seguro — eu o encorajo, me afastando um pouco, usando minha voz rouca sensual antes de continuar o que estava fazendo.

— Mulher... — eu chupo — ... perfeita... — chupo — ... e todinha... — chupo — ... minha.

O corpo de Eli começa a tremer. Ele segura meu cabelo com a mão fechada, e eu me afasto, forçando-o a me soltar.

— O que foi? Não pare, continue... — Ele precisa forçar as palavras, controlando cada sílaba.

Seguro o pau dele e deslizo a mão para cima e para baixo algumas vezes.

— Confie que eu vou te fazer sentir tudo plenamente, *cazador*. Me deixe brincar um pouco. — Estou concentrada apenas na sedução, em abalar as estruturas dele.

— Nossa, as suas mãos são quase tão boas quanto sua boca!

Abro um sorriso.

— Ah, é? E que tal isto?

Sentado como está, no banquinho do chuveiro, eu afasto os joelhos dele, depois ensaboo meus seios e pressiono o pau escorregadio entre eles. Os olhos dele brilham naquele tom verde-escuro que me dá um tesão descomunal. Saber que sou capaz de deixar este homem de joelhos na minha frente, com olhos só para mim, é uma sensação avassaladora de beleza e poder.

Eli move o quadril para cima e para baixo para que seu membro deslize entre meus seios, numa deliciosa brincadeira. Depois que a espuma do sabonete se dissolve sob a água do chuveiro, eu inclino a cabeça para a frente e passo a língua na ponta de sua ereção cada vez que ela aparece entre meus seios.

Ele repete o movimento mais algumas vezes, suspirando e gemendo. Quando percebo que ele está perto de atingir o clímax, a ponta do pau num tom arroxeado parecendo prestes a explodir, empurro a pélvis dele e mais uma vez tomo o pau dentro da boca, até a garganta.

— Caralho, que foda! — O corpo inteiro dele enrijece e convulsiona.

Não paro de chupar profundamente até sentir o primeiro jato salgado na língua.

— Baby, baby, baby... — ele repete, como que em transe.

Aperto a base do pênis com uma mão e acaricio as bolas com a outra, enquanto tiro a boca para dizer o que sei que ele quer ouvir.

— Vamos, eu quero tudo o que você puder me dar. Vou engolir tudinho — digo, com um sorriso maroto, e o abocanho novamente.

— Perfeito, mulher... Caralho! — Ele arremete ao mesmo tempo em que eu chupo, com força, até ouvi-lo gritar: — Ahhhh... isso!

Sinto os jatos de sêmen descerem pela minha garganta e engulo tudo na pressa de lamber a parte inferior, perto da coroa, antes de rodopiar a língua pela ponta, à medida que ele se acalma.

Antes que eu tenha tempo de ficar em pé, Eli me ergue, levanta minha perna, apoia meu pé em sua coxa e lambe minha fenda.

— Santa *madre*! — eu exclamo e espalmo as duas mãos na parede azulejada.

Ele introduz a língua até o fundo, aproveitando o ângulo que facilita o acesso. Sem aviso prévio, enfia dois dedos e suga meu clitóris ao mesmo tempo. Os dedos ágeis vão tateando até encontrar aquele ponto que ele já havia localizado e começar a manipulá-lo, até me fazer tremer e gozar na sua boca.

— Isso mesmo... Quero beber esse creme doce... Nunca vou ter o suficiente... — ele murmura e continua a lamber, me abrindo com uma flor para poder me consumir com a boca inteira.

A água do chuveiro já esfriou e cai nas minhas costas enquanto convulsiono, segurando a cabeça dele entre minhas coxas, movendo o quadril como se nunca mais fosse ter outra chance, embora eu saiba que vou ter. Agora que senti o gosto de Eli e toda a força do seu desejo, não tenho poder para frear a fúria dessa paixão. Só espero não destruirmos um ao outro, ou alguma outra pessoa, durante o processo.

Depois de me fazer gozar duas vezes, enquanto ele goza apenas uma, o que me parece tremendamente injusto, ele me põe de pé, coloca a toalha nos meus ombros e me senta no pufe do banheiro. Em seguida fecha a torneira e pega outra toalha para se enxugar.

— Você vai me deixar doida de tanto trepar. — Tento recuperar minhas faculdades mentais, sem muito sucesso.

Ele abre um sorriso maroto.

— Você se acostuma. Eu sou um homem saudável que gosta de trepar... e muito.

— Todos os homens são assim — comento, sarcástica.

Ele se aproxima de mim, se posiciona entre minhas pernas e tira a toalha, revelando sua virilidade insana.

— *Dios mio*... Você está duro de novo? — pergunto enquanto ele retira minha toalha.

Estou tão chocada que não percebo que ele está afastando minhas coxas e se posicionando para me penetrar. Num piscar de olhos, está dentro de mim. Meus músculos internos parecem inchados, pulsando e se contraindo com a invasão, mas eu ainda o desejo. Acho que sempre vai ser assim. Eli é um par perfeito para a criatura sexual que eu só liberei com ele.

Ele segura minha bunda e me puxa para si, arremetendo bem fundo no meu canal estreito. Solto um gemido e encosto a cabeça no espelho. Ele consegue controlar a parte inferior do meu corpo com precisão e na velocidade certa, me levando ao delírio com apenas poucas estocadas bem posicionadas.

— Nunca duvide do meu desejo por você, Maria. *Nunca* — ele diz entredentes, evidenciando o maxilar e me fuzilando com os olhos. — Eu sempre vou estar pronto para trepar com você. Sou viciado na sua feminilidade doce, no seu gosto, nas suas mãos firmes no meu pau e na maneira como eu chego à loucura quando você goza. — Ele geme e continua a me estocar com força, atingindo o ponto certo. — Eu nunca vou deixar passar a oportunidade de aceitar o que você quiser me oferecer.

Minha mente flutua livre enquanto ele me possui, acariciando meu clitóris com precisão a cada estocada. Ele sabe como me deixar nesse estado e se aproveita disso. Todos os meus nervos estão à flor da pele, meus poros captando todas as sensações. Estou totalmente perdida nesse nirvana sexual. Nada pode me ferir nessa esfera onde há apenas felicidade, prazer e alegria sem fim.

— Faça amor comigo, Eli. Me mostre como é o seu amor — murmuro enquanto um facho de luz me envolve numa euforia única e me leva para as alturas.

Acordo com Eli respirando entre os meus seios e meu corpo imobilizado sob o dele. Minha cabeça está latejando e minhas pernas estão fracas. Passo os dedos pelo seu cabelo molhado.

— Então, dessa vez, trepar com você *me* deixou doido. — Ele ri com o rosto enterrado em meus seios.

— É... bem, eu fiquei fora de órbita. — Dou um suspiro e estico as pernas ao longo das dele.

Eli ergue a cabeça e eu vejo o sorriso sexy antes de ele sugar e beijar cada mamilo meu. É o suficiente para que ambos se intumesçam.

Gente, eu sou uma piranha faminta por sexo!

Ele rodopia um mamilo com a língua.

— Já volto para você — promete, antes de começar a chupar o outro. — Para você também.

Solto um riso abafado e o empurro.

— *Suficiente, cazador.* Acabou o expediente. Chega. Preciso de comida, ibuprofeno, café e distância da sua *polla*.

Ele faz cara feia, se afasta e olha para o pau.

— Não se preocupe, cara. Ela não quis te magoar — murmura.

Balanço a cabeça, levanto do pufe e volto para o boxe. Eli se vira para me seguir, mas eu o impeço colocando a mão no peito dele.

— Lembra do que aconteceu há meia hora, quando nós tentamos tomar banho juntos?

— Nunca vou esquecer — ele responde, mordiscando o lábio inferior e com os olhos brilhando.

— Exatamente. Use o outro banheiro, por favor. Depois a gente se encontra.

— O quê? Você não confia em mim? Acha que eu vou pular em cima de você? — Ele dá um sorriso torto e mede meu corpo nu de cima a baixo, e o pau dele começa a ficar duro de novo.

— Não. — Balanço a cabeça. — Eu não confio em mim.

Ele estala a língua, ergue os braços e se vira.

— Tudo bem, tudo bem... Que tal uma pizza?

— No café da manhã? — pergunto, fechando a porta do boxe e entrando debaixo do chuveiro.

— Baby, já é quase meio-dia. Nós transamos a manhã inteira.

— *Mierda*. O tempo voa quando você está de costas. — Suspiro, saciada.

— Ou no banquinho, ou no pufe, ou encostada na porta de vidro do boxe, ou na bancada... — ele brinca, repassando os cenários da noite e da manhã.

— *Cállate!* — exclamo e baixo a cabeça.

Espero um pouco enquanto Eli vai para o outro banheiro, até ouvir a água cair. Um sentimento de vergonha começa a tomar conta de mim conforme me dou conta do que fiz. Meus olhos ficam marejados e as lágrimas escorrem pelo meu rosto, se mesclando com a água do chuveiro.

Como vou me olhar no espelho de novo?

Passei a noite inteira e metade do dia fazendo sexo selvagem, obsceno e desavergonhado com Elijah Redding, o irmão do homem que deu a vida para proteger a minha melhor amiga e a mim de um maluco assassino. Definitivamente, eu vou para o inferno.

Começo a soluçar e cubro a boca com a mão. Então o diabinho que fica no meu ombro envia um pensamento perverso para a minha mente: *Também, se eu vou para o inferno de qualquer jeito, por que não ir tendo trepado esplendorosamente e com uma dúzia de orgasmos?*

Meu Deus, estou confusa.

Sim, definitivamente, eu vou para o inferno.

14

O banho não ajuda muito a acalmar meu coração disparado, nem a vergonha que sinto pela experiência que tive com Eli na noite passada e esta manhã. Tenho certeza de que ele discordaria de qualquer dúvida que estivesse rondando minha mente. Ele não é o tipo de homem que toma decisões a contragosto. Na verdade, nas últimas semanas ele tem demonstrado que me quer de um jeito consistente e transparente, inteiro e sem culpa. Chegou até a sugerir que um relacionamento comigo iria além do plano físico. Não que eu ouse acreditar ou mesmo concordar com ele.

Eu gostaria de poder desligar minha mente e viver o presente. Mas sei que a vida é uma compilação de momentos individuais que moldam e mudam o caráter de uma pessoa e como ela conduz os passos de sua vida.

Flash. Antonio me batendo, quebrando minhas pernas e tentando me afogar até ficar tudo escuro.

Flash. De mãos dadas com Gillian no abrigo para mulheres. As duas machucadas, consolidando o que se tornaria uma amizade para a vida inteira.

Flash. Conhecendo Kathleen na minha primeira apresentação na Companhia de Dança de San Francisco.

Flash. A primeira aula de ioga com Bree, me conectando com ela e com meu corpo de um jeito novo, através das palavras dela.

Flash. Ver o corpo sem vida de uma moça que eu pensava ser minha irmã de alma e o imenso alívio ao descobrir que não era ela.

Flash. Saber que Gillian foi raptada no dia de seu casamento e achar que a tinha perdido para sempre.

Flash. Saber da morte de Tommy.

Flash. Eli se movendo sobre meu corpo, me penetrando, e a magia do orgasmo que me varreu inteira numa explosão de euforia até eu me render completamente.

Meu celular tocando feito louco dentro da bolsa me distrai de meus pensamentos impertinentes. Desde que Eli tirou meu outro celular, não me lembro de ter ganhado outro. Acho que ele trocou. Este tem uma capinha vermelha brilhante, bem ao meu estilo, mas não é algo que eu compraria. Olho para a tela e me surpreendo ao ver o nome de minha irmã de alma escrito ali da mesma forma como eu havia salvado no outro telefone. Espertinho, *cazador.* Imagino qual era a mensagem que Antonio escreveu antes que Eli trocasse meu aparelho.

O celular toca de novo e eu vejo...

Bonitinha da Ioga.

Pressiono o botão para atender e levo o celular ao ouvido.

— *Hola*, gravidinha — digo, com falso entusiasmo.

— *Hola* uma ova! — Bree retruca, com veemência. — Como ousa nos deixar tão preocupados? Me fazer perder o pouco do sono precioso que a sua sobrinha gigante que está dentro da minha barriga me permite ter? Nenhum telefonema, nenhuma mensagem de voz ou texto, silêncio absoluto!

— Bree...

— Ah, de jeito nenhum! Esta bebê está usando a minha bexiga como saco de pancada. E, como se não bastasse, tem uma criança de cinco anos correndo pela casa como se o mundo fosse feito de arco-íris e unicórnios. Além disso, a casa da minha melhor amiga é invadida, ela é levada para Deus sabe onde por um cara e desaparece sem deixar um único recado. Você tem ideia de como é difícil dormir com uma melancia na barriga e o coração apertado de preocupação? Hein? — ela grita.

Afasto o telefone da orelha no momento em que Eli entra no banheiro.

— Está tudo bem? — ele pergunta.

— Sim, obrigada. Só um minuto...

— Um minuto?! É esse o tempo que você tem para mim, um minuto?! Você não está prestando atenção, Ria? Não vê que eu estava quase enlouquecendo aqui... Ai! — Ela dá um grito, suponho que de dor.

— Bree? Está tudo bem, Bree? O que houve, *chica*? — No mesmo instante fico preocupada e querendo proteger minhas irmãs de alma, a única família que tenho.

— Sua sobrinha achou que socar já não era mais tão divertido e decidiu chutar minhas costelas! — ela exclama. — Meu Deus, nunca pensei que a gravidez fosse tão desconfortável.

Eu me deixo cair para trás na cama e aceno para Eli, que está ali de guarda, esperando pacientemente por um sinal de que estou bem.

— Sinto muito, *chica*. Eu não queria te estressar. Me desculpe.

Ela solta um gemido.

— Não, eu é que peço desculpas. Eu não devia te sobrecarregar quando você já tem tanta coisa para se chatear. É que esse final de gravidez é difícil... Você me perdoa? — ela me pergunta, com a voz doce de sempre.

Essa é a minha garota.

— Claro! Eu estou bem... — Deixo escapar um longo suspiro, tentando reduzir o problema que pesa cerca de uma tonelada de tijolos sobre meus ombros.

— Não me parece que você esteja bem, Ria. A Gigi disse que o Chase não só vai limpar a sua casa como vai mandar restaurar tudo e fazer a mudança para um novo apartamento do outro lado da rua.

Ótimo, mais uma mudança. Justo quando estou começando a me adaptar a uma casa nova. Afasto as mechas mais curtas de cabelo da minha testa.

— Ele não precisa fazer isso.

— Depois de ter testemunhado o estado em que a mulher dele ficou quando viu o que aconteceu com o seu...

Dou um pulo e endireito a coluna.

— Que droga! Como ela conseguiu ver?

— Amiga, você sabe que a Gigi faz o que quer e quando quer. — Ela ri. — Pelo jeito, o Chase estava no telefone falando com o Jack e o Austin quando ela saiu escondido de casa levando a chave extra que tinha e foi direto para o seu apartamento.

— *Dios mio*. Se ela viu a bagunça que estava...

Ela vai pirar. Nenhuma de nós lida bem quando uma das outras é ameaçada.

— Digamos que a Gigi tenha exigido que você mudasse imediatamente para a casa deles, mas o Chase a convenceu de que você nunca aceitaria. Depois eles acabaram decidindo pela mudança para um novo apartamento com a segurança reforçada.

Sinto uma pontada nas têmporas e esfrego o local da dor com a ponta dos dedos.

— *Mierda*. Ainda bem que eu não estava lá para testemunhar o tumulto.
Bree dá risada.
— Nunca duvide da determinação de uma mulher grávida para proteger a sua família. Nós podemos ser até agressivas. Lembre-se, Ria, a Gigi só pode contar conosco também.
Ela não tinha necessidade de me lembrar disso. Minha vida inteira está envolvida com essas três amigas, minhas irmãs de alma.
— Eu sei... — Minha voz falha e eu dou um suspiro entrecortado.
— Está acontecendo mais alguma coisa?
A pergunta de Bree é o incentivo que eu precisava para tirar o peso dos meus ombros sobre o dilema atual. Olho de relance para a porta para me certificar de que Eli não está ouvindo.
— Eu transei com o Elijah esta noite.
Um silêncio pesado é a resposta à minha confissão.
— Bree? *Chica?*
— Oi... estou aqui. É só que... fiquei um pouco surpresa. Quem é Elijah?
— O Phil não te contou? — pergunto, intrigada.
— Não. Ele me disse que você está sob os cuidados de um caçador de recompensas.
— É... é verdade. Mas ele... é... — Respiro fundo e solto o ar de uma vez — ... um pouco mais que isso.
— Tudo bem. Então você decidiu aliviar a sua frustração sexual. Você sempre foi a ninfomaníaca do grupo. Fique à vontade para compartilhar os detalhes interessantes. Minha libido está a mil agora. Coitado do Phil. Ele não está dando conta. Eu tenho vontade de transar dia e noite.
Eu resmungo e deito na cama de novo.
— Foi bom, pelo menos?
— Muito bom. Hum... a melhor transa da minha vida.
— Impossível! Não acredito... Você já transou com tantos... — Ela não parecia convencida.
— Você está me chamando de *puta*?
Bree ri de novo e o som enche meu coração de alegria.
— Não exatamente. Eu diria... experiente?
— E você não é? — revido.
— *Touché!* Mas não estamos falando de mim, e sim de você e da sua taradice.
— Taradice?! — Dou risada. Estou me sentindo tão bem que gostaria que este momento durasse para sempre.

— Ah, era essa felicidade que eu queria ouvir. Agora, vamos passar para a parte em que você está desconfortável por ter transado com ele. É por causa do Tommy?

Tommy. O assunto sempre volta para Tommy.

— *Sí* — admito, baixinho.

— Ah, amiga, você está sentindo como se o estivesse traindo, né?

Jesucristo, ela acertou na mosca.

— Você não pode pensar assim. O Tommy iria querer que você continuasse com a sua vida. Você não era celibatária antes de conhecê-lo. Quer dizer... se eu estou um pouco surpresa por você ter transado tão cedo? Talvez. Mas não é verdade que fazia algum tempo que vocês não transavam antes de ele morrer?

— Um mês.

— Caramba! Um mês! Vocês estavam com algum problema? Eu estou enorme, gorda, grávida, e mesmo assim o Phil e eu transamos feito coelhos!

— Ah... é complicado. Ele estava ocupado com o trabalho, e eu estava ensaiando até tarde toda noite. Depois teve o assediador da Gigi, depois o incêndio...

— Hum... tudo bem. Acho que entendo, mas isso não combina com você. Minha querida, ele se foi... já faz algumas semanas. Acrescente a esse tempo o mês de abstinência... Posso dizer que você nunca ficou na seca por tanto tempo.

Eu *sou* mesmo a tarada do grupo. Antes de tudo isso acontecer, eu era dona da minha sexualidade e nunca tinha me sentido culpada pelas minhas escolhas.

— Você não está me contando tudo sobre esse cara, não é? Meu coração me diz que tem mais coisa aí.

Bree tem um sexto sentido estranho com relação às amigas. Acredito que seja por causa do treinamento e da prática da ioga. Essa coisa oriental coloca as pessoas em contato com seu próprio eu superior e o das pessoas ao redor.

— É... talvez. — Fecho os olhos.

— É melhor desabafar, senão isso vai te consumir. Se você não puder contar com uma das suas melhores amigas, em quem vai confiar?

— O Elijah é irmão gêmeo do Tommy. — Engulo em seco e me preparo para a tempestade que vai cair do céu através do telefone e abalar a Terra... mas nada acontece. — Bree?

Eu espero... e espero...

— Bree! Você está aí?

— Estou — ela responde, com a voz tensa. — Estou aqui tentando assimilar...

E então escuto risinhos abafados do outro lado da linha.

Ah, não. Ela não está...

De repente ouço uma gargalhada que quase me ensurdece.

— Deus do céu, Maria! Vou fazer xixi na calça. Só você... Só você mesmo para se envolver com o irmão gêmeo do seu namorado. — Mais uma gargalhada longa e alta. — Eles são gêmeos idênticos?

— Mais ou menos. Quer dizer, eles são idênticos, sim, mas são diferentes em muitas coisas.

— Idênticos?! — ela grita e começa a rir até engasgar e a tossir.

— Isso... não... tem... graça. — Minha voz demonstra que estou a ponto de explodir.

— Ah, tem sim! Pense, Ria. Só você para transar com o irmão idêntico... — Percebo que Bree está com dificuldade para respirar. — Isso daria um bom enredo de novela! É sério, não consigo nem...

— Você não está me ajudando muito. Nem um pouco, aliás.

Finalmente ela para de rir.

— Eu sei, eu sei. Mas, amiga, isso é muito louco.

— É a verdade, e eu não sei o que fazer.

Quando ela finalmente se acalma, assume o mesmo tom de voz que usa quando fala com as meninas da ioga.

— Amiga, você gosta desse Elijah?

Flashes da noite anterior passam pela minha mente. Ele me beijando, me levando às alturas, nossos longos papos, o banho, eu adormecendo nos braços dele... a segurança que sinto quando estou com ele.

— Gosto.

— Então qual é o problema?

— Você não acha estranho? Não acha errado eu me envolver com o irmão do meu namorado que morreu há tão pouco tempo? — Preciso saber o que ela está pensando.

— É um pouco estranho, mas errado não é, de jeito nenhum. Amiga, o Tommy se foi, e pelo que parecia havia uma certa tensão entre vocês dois.

— Talvez *un poco*. — Suspiro mais uma vez, sem saber o que fazer. — Sinto como se eu estivesse envergonhando meu namorado e denegrindo a memória dele.

— Ah, não, Ria! Longe disso... Quando nós perdemos alguém próximo, nós sofremos, cada um do seu jeito, mas nós precisamos seguir em frente. A vida continua.

Ela tem razão, mas não sei se estou apenas me agarrando a um fio de esperança de que essa dor no meu peito vai passar.

— Mas será que a maioria das pessoas transa depois de tão pouco tempo?
— Você sente saudade do Tommy?
— Todo dia — respondo na hora.
— Você gostaria que ele ainda estivesse aqui?
— *Sí*. Muito.
— Você vai honrar a memória dele vivendo com toda a plenitude e aceitando o sacrifício que ele fez por você e pela Gigi?
— *Dios mio*, claro. *Sí!*
— Então você sabe qual é a resposta. Viva a sua vida com toda a intensidade que puder. Lembre-se do Tommy e do sacrifício que ele fez. Você não vai deixar de honrar o Tommy só porque sentiu vontade de transar com outro homem, ou porque permitiu que alguém acompanhe o seu dia a dia daqui em diante. Isso é algo pessoal, entre você e ele.

Como é que Bree conseguiu alcançar esse grau de profundidade e sabedoria? Ela sempre foi, de todas nós, a mais ligada nessas coisas do universo, plano superior e tal. Ela pode ser uma luz para o breu que perturba uma pessoa.

— Honre o sacrifício dele.

Bem, isso eu posso fazer.

— *Gracias. Te amo, mi amiga.*
— Eu também te amo. E olhe: se você conseguir encontrar alguma alegria nesse caos todo, eu te aconselho a aproveitar e se divertir...

Dessa vez eu dou risada.

— Me divertir... Sei... Vou tentar.
— Não demore para ligar. Não posso ficar perdendo o sono.
— Cuide das meninas, do Phil e de você, está bem? Vou ficar em contato. *Besos*.
— *Besos*.

Nós nos sentamos no peitoril de concreto com duas fatias imensas de pizza em pratos de plástico. Minha boca está salivando diante dos tomates frescos, azeitonas pretas e queijo.

— A Pizza My Heart é a melhor que tem por aqui — Eli diz, orgulhoso, e abocanha metade da fatia de uma vez. Caramba, como ele come!

Eu também dou uma mordida gigantesca e fico apreciando o sabor forte do queijo pecorino romano. Fecho os olhos enquanto termino de saborear o pedaço de pizza. Ele tem razão.

— Deliciosa. — Tiro um pedaço de tomate da pizza e o levo à boca.

— Eu gosto do jeito como você come. É como se cada refeição fosse a melhor da sua vida. — Ele sorri, os olhos verdes refletindo o brilho do sol.

Meneio a cabeça depois de engolir.

— Quando eu estava em fase de crescimento, a comida era pouca. Por isso eu agora aproveito ao máximo cada refeição. Acho que é porque eu vivi muito tempo sem saber quando poderia comer de novo.

— Você teve uma infância tão ruim assim? — ele pergunta, fazendo uma careta.

— Assim como tantos outros têm. — Dou de ombros. — Mas eu tento não pensar muito no passado. Viver no passado significa perder o presente. Todo dia é um presente, certo? Acho que nós dois descobrimos isso ultimamente, e da maneira mais difícil, né?

— É... verdade. — Ele franze o cenho.

Por alguma razão, eu sinto o impulso de contar mais, de compartilhar além do que geralmente conto sobre mim a um homem.

— Eu cresci num lar adotivo em Oakland depois que os meus pais viciados tiveram uma overdose de heroína de algum lote corrompido. Dividir é se importar, certo? — Meu sorriso se esvai quando o de Eli também desaparece. — Bem, passei por vários orfanatos depois que a minha avó morreu, antes de ser colocada numa casa só de meninas. As outras garotas eram más, ladras, e não gostavam de ninguém que não estivesse ali há tanto tempo quanto elas. Eu então ficava fora a maior parte do tempo, dançando nos centros comunitários gratuitos da cidade. Fui subindo até chegar a ser uma dançarina top. Quando fiz dezoito anos, fiquei sem ter onde morar e vivi nas ruas por algumas semanas, até conseguir pontuar bastante num teste que mudou a minha vida.

— De várias maneiras, suponho — Eli comenta, sem rodeios.

Dou mais uma mordida na pizza, mastigo e engulo com um grande gole de água.

— A minha amiga Bree me ensinou que tudo tem o seu lado bom e ruim. Yin e yang.

— Bree é aquela com quem você estava falando ao telefone?

— Sim. — Aceno com a cabeça. — Ela é namorada do Phil, aquele meu amigo que você conheceu ontem à noite. Ela está grávida, enorme e com *muy mal humor*. Rabugenta — acrescento, apesar de ele entender tudo o que digo em espanhol.

— Vocês conversaram bastante ao telefone. Antes disso, quando você estava no banho, eu... hum... escutei você chorar. Não foi fácil. Precisei me esforçar muito para dar o espaço que você precisava. — Ele baixa os olhos, com a expressão agoniada.

Meus ombros despencam como se tivessem vontade própria.

— Esta situação... — faço um gesto indicando nós dois — ... é estranha. Quer dizer, faz pouco tempo, eu estava namorando o seu irmão.

— É verdade. E...? — Ele me encoraja a continuar falando.

Aparentemente ele quer me cutucar. Eu respiro rápido e acabo encontrando energia para desabafar. Eli cobre minha mão com a dele, um gesto reconfortante que no mesmo instante me dá força e me completa com uma sensação de amor e compaixão.

— Pode ser sincera comigo sempre. Na verdade, eu exijo que seja.

Engulo em seco e meneio a cabeça.

— Ontem à noite foi mais que demais. Foi *fantástico*, melhor do que eu poderia imaginar. Eu fui livre e espontânea com você de um jeito que eu não sabia que podia ser com um homem. Foi...

— Refrescante, desconcertante, erótico e viciante.

— *Sí*, tudo isso. — Abro um sorriso. — Mas...

— Mas você está preocupada com o que as pessoas vão pensar? — ele pergunta, em voz baixa e com o olhar cheio de compreensão.

— Às vezes é isso mesmo. — Encolho os ombros. — Nas outras é por causa do Tommy.

— O Tommy morreu — ele retruca, objetivamente.

Lágrimas brotam nos meus olhos.

— Sim, ele era o homem com quem eu ia ficar... talvez para sempre — sussurro.

— Não. — Eli balança a cabeça. — Não acredito nisso. Não depois do que nós tivemos ontem e hoje.

— Foi físico... Sexo, apenas.

— Não minta para mim. — Ele estreita os olhos. — Você sentiu o que existe entre nós, e é muito mais do que sexo. — Ele se levanta, dobra o prato descartável no meio e joga na lata de lixo perto de nós.

— Eli, por favor, não fique bravo... Estou tentando ser honesta.

Deixo de lado minha refeição inacabada e olho para a praia e para o mar. As ondas lambem a areia, como em um reflexo da tempestade que se forma na minha mente. Sinto o calor do corpo forte quando Eli se senta do meu lado, só que de costas para o mar, de tal modo que ficamos de frente um para o outro. Fecho os olhos e curto a presença dele... a presença real. Ele coloca a mão no meu pescoço e segura meu cabelo pela raiz, me forçando a encará-lo.

— Eu nunca vou ficar bravo com você por ser sincera. Posso estar frustrado, irritado e inseguro, mas bravo não. Você tem o direito de sentir, mas, Pimentinha, o meu objetivo é te fazer esquecer esses sentimentos e te mostrar a realidade.

— E qual seria? — Já não sei mais o que é certo ou errado.

— O Thomas nunca seria seu para sempre, baby. Em algum momento nós íamos nos conhecer e iam sair faíscas do mesmo jeito. Eu sei que, quando visse o seu rosto, o seu corpo e ouvisse você falar com essa língua afiada, com intervenções fofas em espanhol misturadas com inglês, eu ia mover céus e terra para te fazer minha.

Os olhos dele refletem a sinceridade de suas palavras, fazendo meu coração disparar. Sinto uma vontade contundente de beijá-lo e eternizar esse momento. Estou conectada a este homem desde a ponta dos meus dedos formigando até a dor na raiz do meu cabelo, que ainda está presa naquela mão forte.

— Baby, era apenas uma questão de tempo para as nossas almas se encontrarem, e seria exatamente assim...

— Assim? — sussurro, aproximando o rosto, umedecendo os lábios e me preparando para o beijo.

— Vida.

Fecho os olhos e resvalo meus lábios nos dele. Ele corresponde ao meu beijo delicado com outro, do jeito dele.

— Por que vida?

— Porque, se não estivermos juntos, não vamos estar vivendo plenamente. Vamos estar apenas seguindo o fluxo dos movimentos.

— Eu te dou vida? — pergunto, me afastando o máximo que ele permite até nossos olhares se encontrarem.

— Olhe para mim. — As palavras de Eli são categóricas, em tom de comando, e ele continua a segurar firme o meu cabelo.

— Estou olhando. — Coloco a mão no rosto dele.

— Está vendo?

— O quê?

— O reflexo das nossas vidas, da sua, da minha e da família que nós vamos formar. É inevitável. — As palavras dele se cravam no meu coração e atingem direto a minha alma.

Eu acaricio o rosto dele e presto atenção nas sobrancelhas fortes, nas pequenas linhas nos cantos dos olhos, no nariz reto, no maxilar pronunciado e altivo e nos lábios sedutores. Eli tem uma pequena cicatriz no lábio inferior, que desaparece quando ele sorri. Eu me inclino para a frente e beijo a marquinha, sabendo que a imperfeição o torna mais perfeito. Especial. Meu.

Sinto as lágrimas brotarem quando nossos olhares se prendem. Como é que isso pode estar acontecendo? Como pude me apaixonar tão rápido e com tanta intensidade por um homem que mal conheço, mas com quem ao mesmo tempo tenho a sensação de já ter convivido a vida toda?

Eli me segura bem próximo, comprimindo o peito no meu e me forçando a fitá-lo, somente a ele. Como se eu pudesse desviar o olhar...

— Tinha de ser eu, Maria. O Tommy nos aproximou, mas era comigo que você tinha de ficar.

Com a respiração trêmula, percebo que aquela verdade invade nosso aconchego; a praia parece se distanciar, e vislumbres de nós dois juntos tomam conta da minha mente. São visões de Eli e eu caindo na cama juntos, jantando, assistindo a filmes, saindo com nossos amigos, nos casando, tendo filhos, envelhecendo juntos. Uma vida inteira vivendo intensamente.

— Eu entendo, Eli. Vida... Minha vida com você e... *Dios mio*, é lindo. — Minhas palavras soam como uma prece contra os lábios dele.

Ele sorri e me beija com sofreguidão, como se o mundo fosse acabar a qualquer momento. Cada movimento da língua dele é como se fosse uma jura, cada gemido uma promessa e cada suspiro um compromisso... que eu passaria o resto da vida acalentando.

Aconteça o que acontecer, nós vamos resolver juntos.

15

Eli caminha de mãos dadas comigo por Capitola. O sol acaricia nossa pele, e as preocupações com Antonio, nosso relacionamento e tudo o mais são esquecidas enquanto nós dois vivemos o presente. Cada segundo, apenas nos entregando ao momento.

Ele me levou para jantar em um lugar chique chamado Shadowbrook, em Santa Cruz. Nem estávamos vestidos de acordo; usávamos jeans e camiseta, mas Eli não estava preocupado. Puxou a cadeira para mim, pediu uma garrafa de vinho sofisticado, e nós bebemos e comemos filés de quarenta dólares até nos fartarmos. Quando terminamos, ele me levou às pressas para a casa de praia, onde tiramos a roupa, deixamos os receios de lado e transamos na areia, com as ondas fazendo cócegas nos nossos pés.

Claro que a areia foi parar em lugares em que ninguém gostaria de senti-la, mas tomamos banho em seguida e mergulhamos na banheira, onde ele me fez a melhor massagem nos ombros que alguém pode fazer.

Foi o melhor dia da minha vida. Sempre que tinha oportunidade ele me beijava, demonstrava afeição, e, pela primeira vez em anos, eu permiti a exposição pública. Eu estava orgulhosa de estar nos braços dele, e ele sentia o mesmo em relação a mim.

A conversa que tivemos naquela manhã serviu para que chegássemos a um entendimento. Vamos ficar juntos... independentemente do que isso signifique. Vamos deixar o relacionamento evoluir e se transformar à medida que nós mudarmos também. Claro que ainda há a questão dos pais de Eli, mas ele me prometeu que cuidaria do assunto, mesmo eu tendo dito que o acompanharia até a casa deles e explicaria a situação. Ele disse que o assunto é particular, especialmente depois de ter deixado de conviver normalmente com a família.

Eu perguntei por que ele tinha se afastado, mas em vez de responder ele me distraiu com seu corpo e seu pau duro. Eu adoro um belo pau, duro e em riste, mas pretendo voltar ao outro assunto... e logo. Se este relacionamento... ou o que quer que seja... entre nós der certo, vamos ter que abrir as portas dos armários e deixar todos os esqueletos saírem. O que me traz ao aqui e agora, nossa volta a San Francisco.

Aparentemente, o garoto de TI de Eli, Scooter, que eu descobri que acabou de se formar no ensino médio, tem informações para nós. Sem contar que Gigi já me mandou milhões de mensagens. Enquanto ela não me vir em carne e osso, não vai descansar.

— Você não me contou o que dizia a última mensagem. — Quebro o silêncio confortável e insinuo o que tenho pensado desde que o celular novo apareceu.

— E tem importância? — retruca Eli, coçando o queixo. — Não era uma mensagem bonita. Isso é tudo o que você precisa saber.

Fico tensa.

— *Cazador*, eu preciso estar a par das coisas. Sem segredos, lembra? Essa é uma regra sua, na verdade.

Ele trava o maxilar, e os músculos laterais do rosto com a barba por fazer se contraem visivelmente. Me lembra Chase, que tem a mesma reação quando fica nervoso.

— A mensagem dizia... — Eli inspira fundo e exala o ar pela boca. — "Mi reina, eu vou te pegar. Vou te afundar e você nunca mais vai ver a luz." Feliz agora? — ele pergunta, secamente, com voz de desgosto.

Repasso na mente a sensação de ser pressionada debaixo da água e de querer ansiosamente voltar para a superfície. Seguro a mão de Eli e respiro fundo. Sem pensar, eu o faço prometer algo que nunca, jamais deveria ter pedido.

— Prometa que não vai deixar que ele me pegue — peço, o medo permeando cada palavra.

Ele leva minha mão aos lábios e beija dedo por dedo, em seguida a palma.

— Prometo. Você é minha agora, e não a rainha dele. Você é minha mulher. Ponto-final. — As sílabas soam entrelaçadas de indignação. — Eu tomo conta do que é meu.

Faço um movimento leve com a cabeça, solto o cinto de segurança e me aproximo dele, necessitando sentir o calor do seu corpo forte. Puxo o braço dele e o seguro contra o peito, tocando seus dedos com os lábios.

— Obrigada.

Beijo cada um dos dedos dele e apoio o queixo na mão fechada em punho, rezando para que nada aconteça a esse homem por minha causa. Um homem de quem eu gosto tanto... Já basta ter perdido Tommy.

— Por quê?

— Eu levaria o dia inteiro para listar as razões da minha gratidão.

Eli solta o braço e o coloca ao redor dos meus ombros, beijando minha testa.

— Descanse, baby. Vamos chegar em casa antes que você perceba.

Em casa... Eu não tenho mais casa. Aliás, será que tive, algum dia? A única época em que tive paz foi quando morei com Gillian. Estávamos as duas na mesma situação. Durante anos ela foi a única pessoa na minha vida. Agora tenho as outras duas também, e as respectivas famílias por meio de Chase e Phillip. E claro, os Redding. Ainda não faço ideia de como os pais de Eli e Tommy vão reagir a essa novidade. Fecho os olhos e me forço a repetir o pai-nosso várias vezes até cair no sono ao lado de Eli.

Isso também vai passar, mi niña hermosa.

Essa frase é a minha lembrança mais antiga da infância que não me dava pesadelos. Minha mãe sussurrando as palavras com os lábios na minha testa e a mão afagando meu cabelo é algo que eu escuto sempre que preciso de conforto.

Isso também vai passar.

※

Quando entramos na casa de Eli em San Francisco, sou atacada por uma ruiva que avança na minha direção em alta velocidade.

— Ah, meu Deus, Ria! Eu estava tão preocupada! — Gigi se joga nos meus braços e soluça dramaticamente, com a cabeça encostada no meu pescoço.

— *Cara bonita*, eu estou bem. Estou bem... — repito várias vezes, abraçando-a com força até ela parar de soluçar.

Chase está em pé atrás de nós com um leve sorriso nos lábios.

— Desculpe, Maria. Ela não conseguiu esperar até vocês chegarem em casa. O Scooter nos deixou entrar com a aprovação do grandalhão aí. — Chase ergue o queixo, indicando Eli atrás de mim.

Por fim, Gigi para de chorar.

— Você me assustou muito. O seu apartamento... — Ela coloca a mão no peito. — Aquelas palavras na parede... — Ela pressiona os lábios e, com a expressão determinada, endireita as costas. — Não tem como o Antonio se aproximar de você com o Chase e o Elijah por perto.

Abro um sorriso, mais para acalmá-la, mas no fundo fico contente com o entusiasmo e a convicção com que ela fala. A fim de deixar claro que nosso relacionamento progrediu desde que fui embora, me aproximo de Eli e o enlaço pela cintura.

— O Eli me pegou de jeito, não é, *cazador?* — Olho para ele, radiante.

Na frente da minha melhor amiga e seu marido, ele inclina a cabeça e me dá um beijo rápido e revelador.

— Ah! Bem, sim... há... tudo bem, então — Gigi gagueja.

— Sr. Redding, creio que seu colega lá em cima tenha informações que gostaria de dividir conosco. — Chase aponta para o andar superior se vira para Jack e Austin. — Austin, por favor, fique perto das moças.

— Sim, senhor — ele responde, com aquele sotaque sulista que evidencia todas as vogais.

Quando Eli se vira para a escada, eu seguro seu pulso.

— Sem segredos. O que quer que o Scooter tenha a falar pode ser dito na minha frente.

— Pimentinha... — ele tenta me acalmar.

Definitivamente, esse cara ainda precisa aprender algumas coisas a meu respeito, mas tenho anos para apresentá-lo às nuances do meu temperamento.

— Imagino que você não queira que eu demonstre o meu gênio apimentado agora, não é? — Pisco sedutoramente, mostrando que estou sem saco para essa coisa de macho de *mierda*.

Eli me fulmina com o olhar cheio de paixão e desejo e tensiona o maxilar, apertando os dentes. Sei que ele não gosta de ceder, mas sabe que estou certa. Espero pacientemente até ele chegar à única conclusão que não vai lhe causar um chute na perna e uma cama vazia esta noite.

Ele passa a ponta da língua nos lábios e sorri antes de colocar os braços sobre meus ombros.

— Ela tem razão. A melhor maneira de mantê-la em segurança é deixá-la ciente de tudo. Venham, por favor.

Conforme subimos as escadas, eu o cutuco.

— Agora sim você vai ter companhia na cama de noite — sussurro só para ele ouvir.

— Que dúvida... Você me quer tanto quanto eu te quero.

Finjo pensar a respeito enquanto subimos a escada.

— *Cierto* — admito num sussurro.

Ele ri baixinho e nos conduz para a cabine de comando da Batcaverna. Um garoto com espinhas no rosto, cabelo encaracolado e emaranhado e usando óculos no estilo Clark Kent vira para a frente a cadeira de espaldar alto, feita para suportar o corpanzil de mais de cem quilos de Elijah. Na melhor das hipóteses, o garoto tem a metade do peso dele. Ele sorri de lado quando se depara com tanta gente. Depois aperta os lábios enquanto observa as figuras intimidadoras de Austin, Jack e Chase, todos de terno preto.

— Qual é a desses caras de preto? — Ele aponta para os homens, mas olha para Eli.

Mordo o lábio com força para não rir.

Não ria. Não ria. Estas pessoas estão aqui para te ajudar.

— São nossos amigos.

Scooter cruza os braços magros e compridos.

— Preciso de mais informação do que isso, Red. Não vou dar em cima da sua nova namorada, não se preocupe.

Eli fuzila o rapaz com os olhos antes de se virar, apontando para Chase.

— Este é Chase Davis, marido da melhor amiga da Maria, Gillian.

Gigi acena.

— Prazer em conhecê-lo, há... Scooter.

Depois Eli aponta para Jack.

— Jack Porter, ex-militar, segurança do sr. Davis, e Austin Campbell, ex-militar e segurança da sra. Davis.

— Por que vocês precisam de um guarda-costas para cada um? Para proteger os seus bilhões? — A tentativa do garoto de fazer graça fracassa e deixa em silêncio a sala onde abunda a testosterona dos machos alfa ali presentes.

A essa altura Eli perde a paciência e vocifera:

— Dê logo a droga da informação, Scooter!

O garoto se confunde, empurra os óculos para o alto do nariz e se vira para ficar de frente para o painel de monitores.

— Está bem... Eu verifiquei o álibi do Antonio. Desde que você se convenceu de que foi ele, estou tentando encontrar uma maneira de provar que ele de fato estava no mesmo lugar. — Ele aponta para o monitor número um. — Eu invadi o sistema de câmeras de rua do Departamento de Trânsito. Ali é possível ver o cara de uniforme e chapéu.

Aperto os olhos para enxergar melhor e acho que a pessoa realmente se parece com Antonio, só que um pouco mais corpulento que um dançarino e com o cabelo ralo mais comprido.

— Alguém deixou que ele entrasse no prédio pela escada lateral, mas só vejo um braço segurando a porta aberta. Isso quer dizer que a equipe de segurança ou alguém que mora no prédio está ajudando o nosso suspeito — acrescenta Scooter.

Olho de relance para Chase e vejo que ele está com os olhos semicerrados e os músculos laterais do maxilar latejando. Gillian segura na mão dele para apoiá-lo de seu jeito silencioso.

— Quero que o traidor seja encontrado. Eu prometo um ambiente seguro aos meus inquilinos, que pagam por segurança extra. Jack...

— Vou cuidar disso depois desta reunião — ele diz, com zero de emoção. Me pergunto até se ele tem um coração.

— Mas isso não é tudo. — A voz de Scooter soa meio abafada, como se ele tivesse acabado de comer uma embalagem gigante de M&M, engolindo tudo com Red Bull. Ele digita com uma rapidez incrível, os dedos parecem voar sobre o teclado, tão rápido que não os vejo se mover. — Olhem para os monitores dois, três e quatro.

— O que eu devo procurar? — pergunta Eli, contraindo o cenho ao se aproximar das telas.

Scooter aponta para uma imagem embaçada em preto e branco. Parece um galpão com caixotes e estrados. Volta e meia, uma empilhadeira transportando carga passa pelo vídeo.

— Pelas gravações das câmeras que nós instalamos no local de trabalho do Antonio, vocês podem ver que no dia e horário do ataque ele *não* estava lá, ao contrário do que afirmaram os colegas de trabalho dele. Estas imagens em vários ângulos comprovam isso.

— Espere um instante. Você disse "as câmeras que nós instalamos"? — pergunto, sentindo um ligeiro arrepio de apreensão.

Eli não desvia o olhar das imagens.

— Quando eu fui visitá-lo naquela primeira vez, pedi para um membro da minha equipe instalar câmeras. Elas não gravam sons, mas eu queria ficar de olho nele.

— Mas então isso prova que os álibis deles são falsos! Nós só precisamos levar isso para a polícia e ele vai voltar para a cadeia por ter violado a condicional, certo? — Mal consigo conter a animação. Quase começo com minha dancinha de costume, ou pelo menos uma rebolada festiva, mas o silêncio ao meu redor corta minha alegria.

Nenhum dos homens diz uma única palavra.

— Ei, pessoal, era disso que nós precisávamos! — exclamo.

Eli balança a cabeça.

— Baby, esses vídeos são ilegais. Mesmo que as imagens fossem de câmeras da empresa, ainda assim seria ilegal, porque as estamos usando sem autorização. Esses vídeos não valem como provas para a polícia, sem contar os problemas que eu e os meus rapazes teríamos por termos instalado as câmeras sem permissão do proprietário.

A tristeza me invade.

— Que droga... Então, basicamente nós não temos nada de novo.

Eu me viro, saio correndo da sala e desço as escadas para a cozinha. Gigi vem atrás de mim e Austin atrás dela, claro.

— Amiga, eles estão fazendo o que podem — diz Gillian, entrando na cozinha logo depois de mim. — As gravações provam que o álibi dele é falso. Nós só precisamos de mais provas válidas para acusá-lo de invasão. Mesmo assim, o Chase vai avisar a polícia de San Francisco e pedir que fique atenta. Vai avisar que os colegas de trabalho do Antonio mentiram sobre o álibi dele. Ele vai pedir aos detetives para intimá-los de novo para prestar depoimento e tentar fazê-los cair em contradição, talvez os separando e jogando um contra o outro. Ainda há esperança, está bem?

Mesmo depois de tanta merda, ela ainda consegue ser otimista.

Abro uma cerveja gelada e tomo um gole antes de bater com a lata na bancada de azulejo.

— Estou tão cansada de tudo dar errado! Faz poucos meses que nós passamos pelo inferno criado pelo Danny, e agora o Antonio... A Kat ainda não teve alta do hospital e não pode ir para casa, e eu não posso nem pegar o meu próprio carro para ir visitá-la. Ainda estamos vivendo nas trevas, nas sombras do medo. Estou tão cansada! — exclamo, com a voz trêmula e estridente.

Gigi se joga num banco e apoia a cabeça na mão.

— Eu sei, amiga, e lamento tanto! Passamos alguns anos tranquilos, as coisas eram normais... Tem sido bem diferente nos últimos tempos.

— *Sí*, o que houve com aquele tempo? Tenho saudade. — Franzo o nariz, desejando voltar a uma época mais simples.

— E volto a dizer que sem todo esse conflito eu não teria encontrado o Chase, a Bree poderia nunca ter ficado com o Phil e você não teria conhecido o Tommy nem o Eli.

— Nessa linha de raciocínio, você nunca teria sido raptada, toda aquela gente ainda estaria viva e a Kat não teria se queimado.

— Ah, Ria, as coisas não são assim tão preto no branco! O Danny teria vindo atrás de mim de um jeito ou de outro. Eu sou grata pelo Chase ter me ajudado a sair dessa, e, apesar das perdas que tivemos, ganhamos muitas coisas também. — Ela passa a mão no ventre onde estão dois bebezinhos. — A nossa família está crescendo. A Bree e eu juntas vamos ter três crianças para serem amadas por todos nós, e elas precisam da tia que vai ensiná-las a dançar, falar espanhol e a ser a pessoa mais incrível do mundo.

Apoio os braços na bancada e tento controlar minha respiração e acalmar a raiva que me aperta o peito. Mas ela tem razão... Nossa família está crescendo.

— Você está certa como sempre, *cara bonita. Gracias.* Às vezes acho que eu preciso ver uma luz no fim do túnel.

Gigi se levanta do banco, se aproxima de mim e coloca a mão delicada no meu ombro.

— Eu sempre vou te oferecer essa luz e vou te animar quando você estiver deprimida. Nós temos umas às outras, somos irmãs por opção e não de sangue. Essa ligação é especial e nunca vai ser quebrada pelos altos e baixos que a vida apresenta. Lembre-se disso quando estiver se sentindo desanimada.

Eu me viro e a abraço.

— *Dios mio, te quiero.*

— Eu te amo mais. E agora vamos nos unir para descobrir uma maneira de fazer esse verme sair do esconderijo para ser esmagado como o inseto asqueroso que é.

Eli fecha a porta e volta com a comida chinesa que havia pedido e mais dois envelopes brancos grandes.

— O que é isso? — pergunto.

— Não sei.

Ele se senta, coloca a comida sobre a mesinha de centro e olha de relance para os envelopes.

— Um mensageiro da firma de advocacia que está cuidando do inventário do meu irmão chegou com o entregador da comida e me deu isso.

Falar em Tommy, em qualquer situação, sempre me faz suar frio. Eli me estende um dos envelopes.

— Esse está no seu nome, e o outro no meu.

Engulo em seco e seguro o envelope contra a luz. Conforme disse Eli, meu nome está escrito com a caligrafia irregular de Tommy.

— Achei que você já tivesse conversado com o advogado.

Ele meneia a cabeça.

— Falei sim, sobre o testamento. Como você sabe, ele não tinha muita coisa, era jovem demais ainda, mas me deixou como beneficiário do pouco que tinha. Não havia nenhuma cláusula determinando que eu deveria dar qualquer coisa para esta ou aquela pessoa.

— O Tommy era casado com o trabalho, com certeza — admito.

Pensando bem, nós dois não passamos muito tempo juntos. Às vezes ele ficava dias e dias trabalhando e eu nem o via. Tenho visto Eli nestas últimas três semanas com muito mais frequência do que via Tommy, sendo namorada dele.

— O mensageiro que trouxe os envelopes disse que a ordem era para nos entregar algumas semanas depois do enterro de Tommy. Não sei a razão. Acho que só há uma maneira de descobrir.

— Você vai abrir o seu? — Não consigo esconder o tremor que percorre meu corpo. Gesticulo na direção do envelope dele e falo: — Você primeiro.

Eli respira fundo, rasga a ponta do envelope e se encosta no sofá. Observo o rosto dele durante a leitura e vejo seus olhos ficarem marejados. A respiração fica irregular, e os lindos lábios que há poucos instantes estavam sorridentes estão agora apertados e esbranquiçados, expressando uma emoção diferente.

Eu me aproximo e me sento ao lado dele no sofá.

— *Cazador* — digo suavemente, usando o apelido de que ele parece gostar, provavelmente porque sabe que é destinado a ele e apenas a ele. Eu pelo menos passei a gostar de ser chamada de Pimentinha.

Ele contrai o braço quando encosto nele. A pele está quente e suada. O que quer que ele esteja lendo, deve tê-lo afetado bastante.

— Eli...

— Cacete... — Ele esfrega o rosto com a mão. — Thomas, por que você tinha de ser um cara tão legal? Caramba, me faz sentir um traste... — Ele joga a carta na mesa e passa os dedos pelo cabelo, em seguida se inclina para a frente, apoia os cotovelos nos joelhos e a cabeça nas mãos, trêmulo. — Merda... — Ele se levanta de repente. — Preciso de uma chuveirada — exclama, num tom de voz gutural de abalar a terra.

— Quer que eu vá com você?

Ele balança a cabeça.

— Não, baby. Desculpe, mas eu preciso ficar sozinho.

São as últimas palavras que ouço antes de ele subir a escada pisando duro.

Eu me deixo cair no sofá de novo, ainda segurando meu envelope sem abrir, mas não é este que eu quero ver primeiro. Ainda não. Olho de relance para o papel dobrado em cima da mesinha. Mal dá para ler as letras no topo. "EJ." Balanço a perna uma centena de vezes, como se tivesse sido energizada pelo coelhinho da Duracell. Alterno o olhar entre a carta e a escada. Se ele não quisesse que eu visse, não teria deixado a carta jogada ali.

A vontade de ler está me consumindo aos poucos. Minha resistência vai minando até eu não conseguir mais controlar a necessidade de saber quais foram as últimas palavras de Tommy para o irmão. Meu coração bate tão alto no peito que parece retumbar nos ouvidos.

Fecho os olhos, flexiono as mãos em punhos, depois abro para olhar a carta de novo, desejando que essa folha de papel pudesse desaparecer como em um passe de mágica.

— *Lo siento,* Eli. Desculpe — sussurro.

EJ.

Se você recebeu esta carta, significa que a merda que eu estava investigando acabou me atingindo. Tomara que eu tenha matado o desgraçado. E, como costumo dizer, eu poderia ter morrido em um acidente de carro. Independentemente do que tenha acontecido, tem algumas coisas entre nós que ficaram por dizer e.... bem, que deveriam ter sido esclarecidas.

Não te culpo pelo que aconteceu naquela noite. Se eu estivesse nas mesmas circunstâncias, não sei se teria feito outra escolha. Certo ou errado, lamento por ter criado esse dilema entre nós. Desculpe por não ter te apoiado como um irmão deveria, um irmão gêmeo ainda por cima. Eu sei que nós dois lidamos com o assunto de maneira errada. Aquela noite não apenas pôs fim a uma vida, mas terminou com os nossos laços familiares.

Ficar tantos anos sem o meu irmão me ensinou uma lição valiosa.

Família é tudo.

É uma pena não termos tido oportunidade de resolver o nosso relacionamento antes disso, mas saiba que eu teria gostado muito se isso tivesse acontecido. Sinto muita saudade de você, Ef.

Ao contrário de anos atrás, quando você merecidamente conquistou a Shelly Ann, apesar de eu ter ficado puto por ela ter preferido você a mim, vou fazer algo que nunca pensei que faria...

Maria De La Torre é a minha namorada. Cara, ela é linda por dentro e por fora. Mas a mulher tem um fogo que eu não consigo dominar. Deus sabe quanto eu tentei. Por mais que eu a queira ao meu lado, sei que nós estamos juntos porque eu a salvei de uma situação ruim e ela me vê como um porto seguro.

Maria comeu o pão que o diabo amassou. Nenhuma mulher merece sofrer o que ela passou, mas essa minha garota é uma sobrevivente.

Eu quero que você tome conta dela. Sério, cara, se você conseguir amá-la assim como eu amei, eu vou descansar em paz. Não há no planeta outro homem além de você em quem eu confiaria mais para cuidar da mulher dos meus sonhos.

Estou te dando a minha bênção, irmão. E, como te conheço, e você sabe que é verdade, nós temos o mesmo gosto para mulheres, sempre tivemos... Ela vai te levar à loucura. Por favor, procure por ela. Talvez ela te ame de um jeito que não consegui me amar.

Como irmãos, nós temos um pacto de sangue, e você me deve esse último pedido. Fique grudado nela, mantenha Maria em segurança. Ela é temperamental, mas você pode fazê-la te amar com a mesma intensidade com que ela ama as amigas a quem considera como irmãs. Você vai ser um homem mais adequado para ela do que eu. Aos meus olhos, você sempre foi um homem bom. Dê o mundo para ela, pois é o que ela merece.

Deixo para você tudo o que eu tenho. Seja feliz, irmão.

Thomas

16

Dormi sozinha esta noite. Foi a primeira vez em três dias. Virei de um lado para o outro a noite inteira, de certa forma esperando que Eli me procurasse. A carta do irmão mexeu com ele, é claro. Como poderia ser diferente? Aquela carta abriu um buraco tão grande no meu coração que não sei se qualquer remédio feito pelo homem poderia curar a ferida. Mesmo assim eu queria estar perto dele. Então, quando chegou a hora de ir para a cama, tirei a calça e dormi de calcinha e regata, na esperança de ele aparecer.

Sei que ele ficou lá embaixo ouvindo música suave. Eu queria muito descer para confortá-lo, mas também sabia que ele precisava de um tempo sozinho. E na verdade eu também precisava... A carta me deixou com várias perguntas sem resposta.

Não te culpo pelo que aconteceu naquela noite.

O que aconteceu entre eles, e por que Eli não dividiu isso comigo? Eu deixei claro que estava disponível se ele quisesse se abrir, mas ele sempre mudava de assunto. Contei tudo o que tinha acontecido entre mim e Antonio na pior noite da minha vida inteira, e ainda assim ele se retrai? Por quê?

Aquela noite não apenas pôs fim a uma vida, mas terminou com os nossos laços familiares.

Não consigo imaginar o que poderia ter acontecido de tão horrível que fizesse Thomas, o meu Tommy, dar as costas a alguém do mesmo sangue. Ele era comprometido com a família, muito mais do que comigo. Adorava a *madre y padre* dele. Alguma coisa muito grave deve ter acontecido. Fico imaginando se o fato teve alguma coisa a ver com Eli ter deixado de ser policial. Uma vez ele admitiu ter sido detetive e que trabalhava com o irmão, mas disse que tinha abandonado a carreira havia alguns anos e se tornado caçador de recompensas.

Ao contrário de anos atrás, quando você merecidamente conquistou a Shelly Ann... Quem diabos é Shelly Ann? E por que ela foi tão importante para ser lembrada nas últimas palavras que um irmão escreveu ao outro? Pelo tom da carta, parece se tratar de uma garota que os dois estavam tentando conquistar e que acabou ficando com Eli. Mas onde está ela agora? Será que fez parte da noite da discórdia da qual Eli não fala? A ironia não me escapa, pois aqui estou eu, transando com o irmão gêmeo de Tommy. Se bem que comigo foi diferente; Eli não me conquistou de repente, foi me dobrando pouco a pouco, me encantando até eu me render. É então que o que Tommy escreveu sobre mim fica pipocando na minha cabeça, como uma máquina de pingue-pongue, destruindo minha mente.

Quero que você tome conta dela.

O último pedido de Tommy, as palavras que ele deixou para o único homem em quem podia confiar, foram para me manter em segurança. Fecho os olhos e permito que as lágrimas rolem; não adianta tentar escondê-las. Seria uma vergonha para Tommy.

As últimas palavras e a eloquência com a qual ele fez os pedidos me levam a me ajoelhar do lado da cama.

Se você conseguir amá-la assim como eu amei, eu vou descansar em paz.

Não há no planeta outro homem além de você em quem eu confiaria mais para cuidar da mulher dos meus sonhos.

Talvez ela te ame de um jeito que não conseguiu me amar.

Estou te dando a minha bênção, irmão.

Acabo sucumbindo e choro sobre o edredom branco e macio da cama do quarto de hóspedes. As lágrimas escorrem pelo meu rosto como rios de tristeza e pesar.

— Por que você, Tommy? Por que você teve que ir atrás do Danny? — grito, e meu corpo pesa e se contrai a cada lembrança dolorosa; gostaria muito de poder apagar tudo o que aconteceu. — Eu gostava de você. Cheguei a te amar do meu jeito, você devia saber disso.

Olho para o teto, na esperança de que Tommy esteja ouvindo meu lamento.

— Você era o homem com quem eu sempre sonhei e era tudo o que eu precisava naquele momento. Obrigada por ter ficado ao meu lado, me fazendo me sentir amada. — Inspiro o ar e seguro o lençol. — Desculpe eu não ter dito que te amava. Talvez o nosso relacionamento não fosse um mar de rosas, mas a gente se gostava. A gente era feliz, não era?

Apoio os ombros e a cabeça no edredom.

— Sinto muito por não ter conseguido me entregar a você por inteiro. Lamento pelo nosso amor não ter sido eterno. Eu queria voltar no tempo e me sentir diferente, saber retribuir todo o sentimento que você tinha por mim. Eu tentaria... por você, eu tentaria... Meu Deus, o que eu estou dizendo? Estou mentindo até nas minhas preces. Estou ficando hipócrita — resmungo e assoo o nariz com o lenço amassado que estava segurando na mão como se fosse um talismã.

Respiro fundo algumas vezes, tentando elaborar o que preciso dizer.

— Para falar a verdade, eu não queria ficar com você para sempre. Eu iria desejar que você encontrasse uma mulher que perdesse o fôlego toda vez que você olhasse para ela... alguém que quisesse ter dois ou três filhos e a casa com cerca branca com a qual você sonhava. Eu nunca seria esse tipo de mulher. Obrigada, Tommy, por ter me mantido a salvo durante tantos anos. Tenho certeza de que nunca te agradeci o suficiente. Se não fosse por você, eu não estaria aqui... nem a minha irmã de alma, Gigi. A Bree me diz para honrar o seu sacrifício e eu vou encontrar uma maneira de fazer isso. Eu juro.

— Você vai fazer isso agora, Pimentinha. — A voz de Eli soa como um estrondo.

Olho para cima, sabendo que estou com o rosto marcado pelas lágrimas. Ele está numa de suas posições típicas, encostado no batente da porta, usando jeans e uma camiseta justa no peito largo. O cabelo está todo emaranhado, com mechas em todas as direções, indicando que ele deve ter passado os dedos por ali várias vezes. Está abatido, os olhos tristes e cheios de pesar, refletindo os meus.

— Como você acha que eu vou conseguir?

— Aproveitando a vida. Você leu a carta. Ele sempre quis o melhor para você.

As lágrimas voltam a se represar nos meus olhos, ameaçando escorrer pelo rosto.

— Eu nunca disse a ele que o amava — admito, num sussurro apressado.

Eli inclina a cabeça e prende o olhar no meu.

— Por quê?

— Porque eu não o amava com a mesma intensidade com que ele me amava, e eu jamais mentiria para ele. Eu gostava dele. Sim, era um sentimento profundo, mas não era aquela paixão avassaladora de tirar o fôlego, entende?

Do jeito que precisa ser para um casal perpetuar seu amor. Acredito que o amor verdadeiro dure para sempre.

— Você acha que o amor dele por você era assim?

Passo a língua nos lábios, me levanto e me sento na cama.

— Acho que ele acreditava que sim, mas não era real. Não do jeito que é com vo... — Viro a cabeça rapidamente e afasto o cabelo dos olhos, enxugando as lágrimas. — Há... quer dizer...

— Sem mentiras — ele diz, com veemência. — Termine o que você ia falar. — Eli entra no quarto, fica em pé na minha frente e se ajoelha de maneira que sou forçada a olhá-la nos olhos. — Diga.

— Não posso... É cedo demais. — Minha voz se desfaz num suspiro.

Ele balança a cabeça rapidamente.

— Meu Deus, Maria... me dê uma chance... Pela primeira vez na vida se arrisque por alguém. Aposte em mim.

Engulo em seco e tento falar, mas o medo, o atordoamento e o desespero me forçam a ser mais covarde.

Eli segura meu rosto com as duas mãos.

— Termine o que você ia dizer. Não era real... Não como é com...?

Olho dentro dos olhos de Eli e tudo o que vejo é encantamento, compreensão e esperança. Ele está se revelando para mim, está me permitindo enxergar sua alma e me convidando para fazer parte de sua vida.

— Eu quero — sussurro, sentindo o coração ansioso e o corpo trêmulo. — Quero muito.

— Então vá em frente. Não se reprima. Me dê uma chance, baby, por favor... — Eli beija rapidamente meus lábios, e é o suficiente para provar que ele está ali para mim, por mim, comigo. E neste momento ele está pronto para dar esse passo se eu o acompanhar.

— Você daria esse salto comigo? — pergunto, tão baixinho que não tenho certeza se ele escutou.

Então Eli encosta a testa na minha.

— Maria, eu me apaixonei por você no instante em que te vi pela primeira vez. Portanto a resposta é não, baby, não vou dar o salto com você, sabe por quê? Porque eu já pulei desse penhasco. Mas era assim que tinha que ser, porque, se eu não tivesse ido primeiro, não estaria lá para te segurar nos meus braços quando você caísse.

— Eu te amo, Eli — digo e suspiro, me surpreendendo com a declaração. — Não sei como aconteceu tão rápido. Ainda estou morrendo de medo e assustada com tudo o que houve, mas você, eu... nós somos uma realidade. Somos tão reais que chega a doer.

Levo a mão ao peito para acalmar a pressão latejante.

— Eu também te amo, Pimentinha. Demais, pode crer. Sua beleza me enlouquece. Essa sua boca é uma tentação da qual eu não canso nunca. — Ele examina minhas curvas com o olhar. — O seu corpo desperta meus instintos mais primitivos. E o seu coração, então? O seu coração é meu e sempre vai ser.

Nunca vou esquecer a sinceridade no olhar dele sempre que me lembrar desse momento no futuro.

— Nunca mais vou devolver — ele continua. — Não me importo com as suas tentativas de sabotagem. O seu coração já é meu.

— Sabotar, eu? — Eu me afasto do nosso aconchego. — Se existe alguém que vai aprontar, é você! — exclamo.

Ele sorri com intenções escusas que já conheço muito bem.

— Pode ter certeza de que neste momento eu vou aprontar mesmo — ele diz, me levantando pela cintura e me fazendo deitar, antes de encaixar o corpo forte entre minhas pernas.

— Não se eu não quiser. Não vai, não, senhor! — Solto o ar com força, afastando o cabelo do meu rosto novamente.

— Baby, você não vai negar.

Ele sorri de lado, e sinto o pau duro na posição certa entre minhas coxas. Deixo escapar um gemido e enlaço a cintura dele com as pernas.

— Mas eu bem que poderia negar...

— Poderia nada. Você não consegue resistir ao meu charme.

Dou uma risadinha zombeteira.

— Imagine... Eu conseguiria, se quisesse.

Eli sorri e traça uma linha de beijos no meu pescoço, depois ergue minha coxa mais alto para ter acesso ao ponto exato onde quero que ele me toque.

— Conseguiria? — Ele levanta minha camiseta e expõe meus seios.

No mesmo instante envolve o mamilo com os lábios e o circula com a língua.

— Eu resistiria... se quisesse — insisto, segurando a cabeça dele com as duas mãos e arqueando as costas para trás.

Eli mordisca meu mamilo, enviando uma corrente de tesão para a região entre minhas coxas. Movo os quadris, pressionando-os contra ele e gemendo de desejo.

— Hum... sei — ele murmura com sarcasmo e suga meu mamilo com força.

Olho para baixo, e a visão dele me sugando me leva às alturas.

— Foi você quem começou! — Aperto a coxa de Eli com o pé, incentivando-o a aumentar o ritmo, e ele para de repente e olha para mim.

— Mulher, pode ficar quieta enquanto fazemos amor? — Ele se ajoelha, desabotoa a calça e abre o zíper. O pau duro aparece, com a ponta já umedecida. Ele o desliza sobre meu peito, e eu sinto a boca salivar de desejo. — Se você não parar de falar eu vou ter que colocar alguma coisa na sua boca.

— Ah, *cazador*, faça isso, por favor... Me ensine a me comportar... — Umedeço os lábios e mordo o inferior, esperando o próximo movimento dele.

Ele balança a cabeça.

— Ardida como pimenta, mas eu amo essa garota...

Então o meu homem começa a me ensinar suas lições, até que por fim eu fico em silêncio e deixo que ele me ame. A noite inteira.

Mais uma semana se passou sem que ouvíssemos falar de Antonio. Canalha paciente. Ele sempre teve a paciência de um santo; pena que não tenha a mesma natureza bondosa.

No fim das contas, essa história toda está me deixando estranha. Na verdade, mais do que isso. Eli diz que estou chata. Não que ele tenha do que reclamar, pois estou exatamente onde ele me quer. Na cama dele, dia e noite. Repito: isso nunca foi problema para mim. Eli é o amante perfeito, generoso, dedicado, até me satisfazer. Depois disso, quando é a vez dele, fica ávido e ansioso. Eu também não posso reclamar disso. Em relação ao sexo, adoro dar tanto quanto recebo. Somos um par perfeito no sentido físico, os dois ávidos e sempre querendo mais.

O problema é que eu quero reassumir minha vida. Dar aulas, talvez dançar no palco. Visitar Kat quando me der vontade. Aliás, ela deve ir para casa hoje, e tive de fazer o Batman me prometer que me levaria até lá nos próximos dois dias. Deus me perdoe se eu for sozinha. Ele diz que não quer arriscar quando se trata da minha segurança. E, por mais que eu esteja aprendendo a amá-lo, ao mesmo tempo estou ficando com uma vontade enorme de dar uma voadora nessa TV gigante. Por quê? Porque é tudo que eu vejo, dia após dia, noite após noite... as paredes da casa dele.

Mas agora chega. Justamente quando pego meu celular e começo a planejar uma escapulida, Eli desce as escadas correndo.

— Ei... tenho que te perguntar uma coisa importante. Sente-se. — Ele aponta para o sofá.

Eu obedeço no mesmo instante.

— O quê? *Por favor, dime que has encontrado algo.*

Ele se acomoda na mesinha na minha frente em vez de se sentar ao meu lado. Depois de algumas semanas de convivência, aprendi que esse comportamento não é prenúncio de uma conversa boa. Eu aprendi rápido a linguagem do corpo dele. Eli costuma ficar a certa distância quando sabe que o assunto vai me irritar. Sou conhecida por atirar celulares, controles remotos, travesseiros... essas coisas. Claro que por um bom motivo.

Essa posição... sentado de frente para mim e segurando minhas mãos... significa que ele vai revelar alguma coisa e quer estar perto o suficiente para olhar nos meus olhos e avaliar minha reação ao que quer que seja que ele vai me dizer.

— Não, não achamos nada. O seu ex ainda está se fingindo de coroinha. — Ele aperta minhas mãos. — Eu preciso ir à casa do Thomas e começar a arrumar as coisas, decidir o que vai ficar e o que eu vou doar. Os meus pais estão insistindo para eu ir até lá. Na verdade, eles querem nos encontrar lá hoje.

Tenho a sensação de estar engolindo uma pedra enorme, que desce raspando pela minha garganta.

— *Nos* encontrar?

Ele assente com um sinal de cabeça.

— Isso mesmo, baby. Eu contei aos dois sobre nós e também falei sobre a carta em que o Thomas me pede para cuidar de você. Pelo visto eles também receberam uma. Parece que ele pediu para eles te receberem com todo o amor.

Seguro as mãos dele com tanta força que as juntas dos dedos ficam esbranquiçadas.

— E se eles acharem que eu não presto? Quer dizer, mal fez um mês que o filho deles morreu, meu namorado, e eu já estou saindo com você. Se eu não me sinto à vontade com isso, imagine o que eles vão achar...

Eli acaricia meu rosto com as costas da mão.

— Não é possível saber se não enfrentarmos a situação, né? Dia por dia, uma coisa de cada vez. Não podemos controlar o que as outras pessoas pensam ou fazem, e também não dá para monitorar a reação deles e até que ponto vamos permitir que isso nos afete. Pelo menos eu estou preparado para lutar por nós dois. E você?

Fecho os olhos e aceno com a cabeça.

— Sim, mas imagino que para eles seja muito difícil. Eles me acolheram tão bem, como se eu fosse da família. E agora...

— Agora o quê? Nada mudou. Sua posição continua a mesma, a mulher que está com um dos filhos deles. A futura nora. Se pensarmos de maneira mais generalizada, não faz diferença se você está comigo ou com o Thomas.

— Nora? *Dios mio*, não... — Tento me afastar, mas Eli continua me segurando.

— Relaxa, Pimentinha. Você está parecendo uma dinamite prestes a explodir a qualquer momento. Fique fria. Não se preocupe, não estou falando em casamento agora. E também não vamos nos estressar com essa visita. Vai dar tudo certo.

Faço que sim com a cabeça.

— Se você está dizendo...

— Isso mesmo. Existe algum outro motivo para você não querer ir à casa do Tommy?

Mierda. De repente me dou conta de que os pais dele vão estar presentes e que eu vou ter que entrar na casa de Tommy sem ele lá. Ele nunca mais vai voltar. Sem contar que tenho algumas roupas e cosméticos espalhados por lá. Não é muita coisa, mas o suficiente para evidenciar a presença de uma mulher ali com certa frequência.

— Não, vamos nessa. — Dou a mão para Eli e o sigo até o carro.

No instante em que coloco o pé na varanda da casa de Tommy, a porta da frente se abre e uma mulher de uns cinquenta e poucos anos sai correndo. Antes que eu diga alguma coisa, Marion Redding me abraça e seu perfume floral me envolve.

— Maria, querida, que bom que você veio! — Ela me abraça forte, me balançando ligeiramente de um lado para o outro.

Eu a seguro com a mesma energia. Essa senhora tem sido uma rocha para mim desde que comecei a namorar Tommy. Ela abriu os braços e o coração várias vezes para nós nos primeiros meses do nosso relacionamento. Como eu não tenho mãe, sempre gostei da companhia dela. Eu ainda não tinha percebido, desde que perdi Tommy, quanto me fazia bem a presença da mãe dele em minha vida.

— Querida, você emagreceu ainda mais... Já estava tão magrinha! — Ela estala a língua do jeito que uma mãe faz quando está preocupada com a filha.

Dou uma risadinha.

— Você sempre fala comigo com muito carinho, Mama Redding.

— Pergunte para o meu filho. Eu só falo a verdade.

Quando ela finalmente me solta, preciso limpar algumas lágrimas que escaparam dos meus olhos. Sim, senti muita saudade dela.

— E o Papa Redding? Venha aqui, minha linda. — Jeremy Redding me puxa para um breve abraço de urso e me beija na testa. — Como vai você?

— Como um gato, sempre caindo de pé.

— É isso aí. — Ele sorri.

Marion dá um tapinha no braço do marido.

— Vamos entrar. Tem uma lasanha esquentando no forno. Temos muito o que conversar — ela diz, direta, mas sem deixar de ser delicada.

— É verdade — Eli concorda e passa o braço sobre meus ombros.

Os pais de Eli percebem o gesto e reagem exatamente ao contrário do que eu esperava. Marion sorri e respira fundo, olhando para o céu aberto. Jeremy pisca para mim e abre a porta. É isso. A única pessoa que está se sentindo estranha e deslocada sou eu mesma. Estas pessoas aceitaram a situação entre mim e Eli sem nenhuma restrição ou acusação, nem mesmo insinuada. Eu entenderia perfeitamente se eles me recriminassem pela minha decisão, por ter lhes causado algum sofrimento, mas para eles não parece ser um problema.

Acho até um pouco difícil entender, mas não vou tocar no assunto agora.

Eli me conduz para dentro. Estive mais vezes nesta casa no último ano do que posso contar nos dedos. Ainda sinto o cheiro fresco do creme de barbear de Tommy.

O sentimento de culpa me atinge como uma bola atirada com força, tanto que chego a dar um passo para trás e o meu peito dói até para respirar. Eli coloca as mãos sobre meus ombros, me segurando por trás e se inclinando para mim.

— Você vai ficar bem? Não precisa fazer isso se não quiser. Posso chamar o Davis ou algum dos rapazes para te buscar.

Balanço a cabeça.

— Não, eu preciso fazer isso... Faz parte do processo. Se não fizer, vou ficar de luto pelo Tommy o resto da vida. Pelo menos eu tenho você para me dar apoio. — Levo a mão ao rosto de Eli e faço uma carícia.

Marion se aproxima e me enlaça pela cintura.

— Por que não começamos pelo quarto? Você pode pegar as suas coisas, o que quiser levar — ela diz, me conduzindo pela sala.

Fiz esse mesmo caminho uma porção de vezes, geralmente abraçada a Tommy, ou sozinha, quando o esperava voltar do trabalho. Nessas noites era comum que eu acabasse dormindo sozinha e só nos encontrássemos de manhã, quando eu estava saindo para ensaiar e ele finalmente chegando em casa.

Quando entro no quarto, vejo que está exatamente como eu me lembrava, apesar de não vir aqui há quase dois meses. Tem poucas coisas minhas no quarto, então pego uma das caixas de papelão de tamanho médio abertas sobre a cama e vou para o closet. Recolho algumas peças de roupa, dobro e coloco na caixa.

— Maria, querida, posso fazer uma pergunta? — A voz de Marion está trêmula.

Fecho as mãos em punhos e finco as unhas na pele, me preparando para o sofrimento emocional que essa mulher pode facilmente me causar, mesmo que sem intenção.

— Eu ficaria surpresa se você não tivesse perguntas para me fazer — digo, juntando minha lingerie da gaveta que Tommy tinha reservado para mim.

Através do espelho, vejo Marion andando de um lado para o outro no quarto, com uma das mãos no pescoço, exatamente como Eli faz. Ele deve ter pegado o trejeito dela.

— Bem, é que... sabe, isso que está acontecendo entre você e o Elijah...

Engolindo minha culpa, eu me viro para ela.

— Mama Redding... Marion... olhe, o Eli e eu não esperávamos que isso fosse acontecer. Nem em um milhão de anos eu teria me apaixonado pelo irmão do Tommy de propósito, mas não deu para evitar. Não que eu quisesse, mas...

— Isso quer dizer que você não está com ele em respeito ao último desejo do Thomas? — A pergunta vem carregada de emoção.

Eu me retraio e pisco algumas vezes.

— Do que você está falando?

— O Thomas deixou claro na carta o desejo de que você conhecesse o Elijah, e queria que o Jeremy e eu ajudássemos nisso.

Eu reviro os olhos.

— *Jesucristo*, Tommy... sempre tentando deixar todo mundo feliz. — Eu me deixo cair sentada na cama e passo a mão na testa. — Não, juro por Deus, não estou com o Eli por causa do último pedido do Tommy.

Marion abre um sorriso enorme ao mesmo tempo que as lágrimas escorrem de seus olhos.

— Assim nós não perdemos você também. E por sua causa nós ganhamos de volta o nosso outro filho. — Ela me puxa e me dá mais um abraço caloroso.

Dessa vez eu também choro.

— Eu sinto tanto pelo Tommy! Eu não queria que nada daquilo tivesse acontecido e estava muito preocupada que você pensasse que eu sou leviana por ter ficado tão próxima do Eli depois da morte do Tommy. — As palavras saem tão rápido da minha boca que mal consigo acompanhá-las.

Marion segura meu rosto entre as mãos.

— Ah, querida... pobrezinha... Nós não escolhemos a quem amar. O tempo não importa quando a gente gosta de alguém. Eu via você e o Thomas e sabia que não tinham sido feitos um para o outro. Ele certamente achava que eram, o que é uma pena. Mas o Elijah... esse meu menino é imprevisível. Ele vive cada segundo como se o cabelo dele estivesse pegando fogo. — Ela solta um risinho. — Já o meu Thomas não tinha um fio de cabelo na cabeça. Nunca deixou o cabelo crescer. Dava muito trabalho. Bem, a vida é trabalhosa, e você, minha querida, também é imprevisível.

— Quer dizer que você não está brava por eu estar com o Eli agora... depois de tudo?

Ela segura minhas mãos nas dela.

— Não, querida. Isso significa que as chances de você continuar na minha família duplicaram, e eu aposto nessa possibilidade.

Fecho os olhos marejados de alegria por ter essa mulher, essa *família*, essa dupla de homens na minha vida. É uma sensação indescritível.

— Eu gostava do Tommy. Gostava mesmo, você sabe disso.

— Sim, querida. Eu sei, mas você ama o meu Elijah. Os seus olhos brilham toda vez que eu falo o nome dele. Você conheceu o homem errado primeiro. Fico feliz de não termos perdido você também. Além do mais, você estando com o Elijah significa que eu vou vê-lo com mais frequência. E, agora que nós perdemos o Thomas, é muito mais importante permanecermos todos juntos.

— Concordo plenamente — eu sussurro e a abraço de novo. — *Gracias*, Mama Redding. Obrigada por ser quem você é.

17

A segunda taça desce suavemente, espalhando um sabor delicioso de cereja e ameixa pela minha boca. Passo a língua nos lábios, saboreando meu vinho predileto antes de colocar a taça na mesa de cabeceira.

— Lamento que você não possa tomar vinho, *gatita*. — Faço beicinho e acaricio o tornozelo de Kathleen enquanto ela se recupera na cama de sua própria casa.

Nos próximos meses ela vai esperar que os enxertos cicatrizem para depois talvez se submeter a mais procedimentos. Tudo indica que ela terá de passar por uma série de cirurgias para suavizar a pele queimada do braço direito e do pescoço. Ela ainda está enfaixada até o pescoço e a orelha, e para baixo da camisola, onde não consigo ver.

— Você é a única que está bebendo, sua esponja — diz Bree, irônica.

Não poder beber é um sacrifício para minha irmãzinha de alma.

— Eu não ligo — Gillian intervém, passando a mão na barriga ainda pequena. — Segundo os médicos, estou oficialmente no segundo trimestre. Os dois bebês estão com o tamanho perfeito, os batimentos cardíacos são fortes e eu estou saudável. Finalmente sinto que tenho alguma coisa importante para esperar.

Kat abre um sorriso largo e apoia a cabeça no travesseiro. Ela parece cansada, mas está se esforçando bastante para aproveitar a tarde. Faz um tempo considerável que nós quatro não nos encontramos fora de um hospital.

— Como você está, Kat? Sério. Você está me ouvindo reclamar dos desconfortos da gravidez e a Gigi tripudiar sobre a dela, e não falou nada sobre o seu estado — Bree arrisca.

Kat se levanta, se ajeitando para se sentar numa posição melhor. Nós três estamos ao redor dela na cama, comendo pizza, e eu tomando vinho. A música acústica e suave tocando no fundo ajuda a criar um clima confortável.

— Estou bem. De vez em quando sinto contrações no meio da noite. Parece que o braço todo está no fogo de novo. — Ela balança a cabeça e os cachos loiros emolduram seu rosto. — Falando sério, estou de saco cheio de lidar com médicos e com as especulações sobre o meu estado. Preciso pensar no fato de que não vou mais conseguir fazer o que estava acostumada. Quero entender como isso vai me afetar no futuro.

Eu meneio a cabeça, mas Gigi vai direto ao ponto:

— Segundo o meu marido, você vai estar garantida financeiramente nos próximos anos, enquanto se recupera para voltar à ativa. Não precisa ter pressa.

Kat resmunga e responde:

— Amiga, eu não posso deixar o Chase pagar as minhas despesas nos próximos anos, enquanto eu fico sentada sem fazer nada.

— Vai ser um favor que você me faz — diz Gigi, colocando a mão no joelho de Kat. — O Chase acredita que nós somos responsáveis por tudo isso, de certa forma. O Danny nos atingiu de muitas maneiras, e o Chase assumiu como missão de vida fazer tudo voltar a ser como antes. Ele é um provedor, é isso, e não vai descansar enquanto cada uma de nós... — Gigi aponta o dedo para mim, depois para Bree e finalmente para Kat — ... não estiver vivendo feliz, com saúde e conforto. Vocês vão estar me fazendo um favor enorme se deixarem rolar.

— É muita coisa, Gigi. Eu nunca vou poder retribuir, e não quero ser ingrata — Kat responde, sem nenhuma sutileza.

— Você acha que eu sou uma *vagara*? — pergunto.

— Não, claro que não! — Gigi arqueia tanto as sobrancelhas que as rugas quase desaparecem atrás da linha do cabelo.

— Já faz quase um ano que o Chase está pagando pelo meu apartamento, desde que o Danny destruiu tudo e a Gillian se mudou para a cobertura. Estou sempre economizando, pensando que um dia ele vai me permitir pagar de volta, mas ainda não é o caso — admito, com uma frustração que não consigo disfarçar.

— Eu também não pago aluguel do meu espaço no Grupo Davis — Bree intervém. — Ganho vinte vezes o que conseguia no outro estúdio, porque o Chase paga as aulas para os funcionários como bônus dos benefícios de saúde que a empresa proporciona. Além do mais, nós não precisamos mais arcar com as despesas da creche da Anabelle e não vamos gastar nada com esta pequena aqui, já que o Chase investiu numa creche. — Bree passa a mão na barriga carinhosamente.

Gillian se levanta e anda pelo quarto de um lado para outro, o longo rabo de cavalo ruivo balançando a cada passo.

— Meninas, o meu marido cuida do que ele considera dele. Vocês são a nossa família. Esse é um compromisso sério. — Ela para e olha para cada uma de nós com as mãos na cintura. — Muita gente quer tirar vantagem e prejudicar o meu marido por causa do dinheiro que ele tem e dos negócios que faz. Ele vive em função de vocês três e das suas famílias. Eu preciso mesmo que vocês aceitem e deixem rolar. Para ele essas despesas são apenas gastos com alfinetes. Uma gota num mar de bilhões. O dinheiro pode causar preocupação para vocês, mas para ele significa um meio para chegar a um fim qualquer. Ele só quer o dinheiro para cuidar do que ele ama, ou seja, nós. Vocês conseguem entender?

— Eu sou a favor. O Phillip e eu nunca estivemos tão felizes, e ter dinheiro extra vai nos ajudar com os estudos das meninas. Estamos até pensando em comprar uma casa maior fora da cidade. O Chase sugeriu uma que tenha portão.

— Claro que ele iria sugerir uma coisa dessas. — Gillian ri. — Não deixem ele acompanhar vocês quando forem visitar as casas para comprar! Vocês vão acabar com uma coisa colossal e com uma guarita de segurança no portão. Não estou brincando. Para manter vocês bem protegidas, era capaz de ele embrulhar todas em plástico bolha e lenços de papel.

— Por que tudo isso? — pergunta Kat, suspirando. — Quer dizer, eu entendo que nós somos parte da família, mas acho que ele está exagerando um pouco.

Gigi meneia a cabeça.

— Pode ser, mas ele sabe que vocês representam tudo o que eu tenho, e a falta de qualquer uma seria muito triste. Ele sabe que a segurança de cada um dos meus amigos me deixa feliz. Se eu deixasse, todos vocês teriam um guarda-costas particular.

— *Dios*, não... — Solto um gemido. — O Eli não aguentaria.

As três mulheres param de falar e olham para mim.

Kat é a primeira a romper o silêncio.

— Você se importa de falar um pouco mais sobre esse Eli? A única coisa que eu sei é que ele é irmão gêmeo do Tommy, segundo a Gigi e a Bree me contaram. Comece do princípio, porque eu estou por fora de tudo. — Ela pressiona os lábios.

— Não foi de propósito... É que, com a volta do Antonio, tudo virou um *infierno en una cesta de mano*.

Kat revira os olhos e volta a contrair os lábios numa linha fina.

— O Antonio voltou? Como assim? — pergunta ela, levando a mão trêmula ao peito.

Eu afasto uma mecha de cabelo para trás dos ombros.

— Foi logo depois do funeral do Tommy. Ele saiu em liberdade condicional e tem me mandado recados ameaçadores, além de ter invadido e destruído o meu apartamento. Estou hospedada na casa do Eli desde então.

Então eu as atualizo com tudo o que sabemos até o momento, incluindo o fato de que sabemos que o álibi dele é falso mas que não podemos provar porque não foi exatamente dentro da lei que Eli e seus homens conseguiram essa prova.

— E onde ele está agora? — pergunta Bree.

— Não sei. — Dou de ombros. — O Eli tomou o meu celular antigo para eu não receber mais mensagens assustadoras.

Gillian coloca um dedo sobre os lábios e fica tamborilando com a unha.

— Pelo que você me contou, ele é persistente. Será que um grandalhão como o Elijah não o assustaria para sempre? — pergunta ela, com uma ponta de receio.

— Não, acho que não. Ele está ganhando tempo. Eu não o conheço mais, mas o que eu sei não é bom. O cara tentou me matar. O Antonio me culpa por estar preso e por ter arruinado a carreira dele. Essas duas coisas o deixam com raiva. Se ele ficou maquinando sobre isso nos últimos cinco anos na cadeia, é bem provável que odeie o chão que eu piso. Não dá para saber do que ele é capaz.

Ah, como é bom admitir todos os meus medos e receios nessa situação! Com Eli eu evito me abrir, porque não quero que ele pense que sou fraca. Ele já percebeu que sou chorona, em todas as vezes que desabei neste último mês. Quero que ele me ache forte. Preciso que ele pense assim.

As três mulheres estão horrorizadas, seus rostos transformados em máscaras de medo e ansiedade.

— Meninas, vai ficar tudo bem. O Eli prometeu que não vai deixar que nada aconteça comigo. — Abro um sorriso, pensando na conversa que tivemos quando ele se comprometeu a me proteger.

Gigi inclina a cabeça para o lado e me encara. Eu olho rapidamente para ela, depois para Bree e Kat, que também parecem pensativas.

— ¿Qué? ¿Qué es?

As três continuam a me encarar sem dizer nada. É como se estivessem chafurdando minha psique, buscando informações através da telepatia das superBFFS.

Finalmente Gigi desvia o olhar.

— Puta merda... Você está apaixonada por ele!

— Há? Eu... hum... — Fico sem saber o que falar, coço a cabeça e desvio o olhar.

— Está sim! Você está perdidamente apaixonada pelo Eli, o irmão gêmeo do Tommy. Não acredito!

— Gillian... — eu sussurro.

— Gillian? Agora eu sou a Gillian. Você não me engana, irmã. Às vezes eu te conheço melhor do que a mim mesma. Deus do céu! Você está... — Ela suspira. Os olhos verde-esmeralda encontram os meus, pesarosos, e ela suaviza a expressão e vem para o meu lado segurar minha mão. — Pode contar para a gente, não vamos te julgar. Somos as únicas pessoas do mundo inteiro que te amam mais do que você mesma. Está na hora de se livrar desse fardo e admitir a verdade.

— Eu... eu...

— Fale, Ria. Está tudo bem. Nós estamos aqui para te apoiar. — A mão de Bree no meu ombro me aquece até os ossos.

A solidariedade delas acalma minha mente.

Kat estende as mãos trêmulas e coloca a que não está queimada sobre o meu joelho.

— Está tudo bem. Somos suas melhores amigas e vamos te apoiar sempre. Não se esqueça disso nunca.

Mordisco o lábio e olho de relance para cada uma delas. Gigi está com os cabelos amarrados em um rabo de cavalo, e seus olhos verdes transmitem amor e compreensão. Bree está com uma mão no meu ombro e a outra sobre o ventre protuberante, protegendo a bebê que está por nascer. Seus olhos são de um azul brilhante impressionante, da mesma cor de um céu limpo de primavera, e neste momento estão muito abertos e receptivos. E a minha *gatita*... minha Kathleen, com olhos cor de caramelo que parecem grandes demais no rosto pálido, os cachos dourados com menos vida do que de costume, mas ela está melhorando e feliz por estar em casa. Por enquanto, isso é tudo que podemos pedir.

Essas meninas significam tudo para mim. O sol, a lua, as estrelas... o universo inteiro! Sem elas eu nunca vou ser eu mesma. Elas merecem saber a verdade, e eu preciso vestir minha *niña grande bragas* e falar tudo logo de uma vez.

— *Cara bonita*, você tem razão. Não sei nem como ou quando aconteceu, mas em algum momento eu me apaixonei pelo Elijah. É tão *estúpido*, né? Quer dizer, nós mal nos conhecemos, mas é um sentimento mais forte do que já senti por qualquer outro homem. Quando estou com ele, eu me sinto em paz. Basta estar naqueles braços fortes pra ser feliz para sempre. Não é *loco*?

Ninguém diz nada. O silêncio coletivo é ensurdecedor.

— E aí? — pergunto, engasgada.

Gillian me puxa e me abraça com tanta força que é capaz de marcar os dedos nas minhas costas.

— Você merece se sentir assim. Eu posso dizer que foi do mesmo jeito com o Chase. Antes dele eu tive experiências boas, ótimas até. Eu achava que era feliz, mas com o Chase conheci um novo nível de plenitude, que nunca tive antes. Se o Eli te faz se sentir assim, pare de resistir. Era pra ser.

Bree e Gillian trocam de lugar. Bree se senta perto de mim e segura minha mão.

— Eu conheci vários homens antes do Phillip e gostei dos relacionamentos que tive. Alguns foram longos, outros mais curtos, e com alguns eu fiquei só mesmo pela diversão que representavam. Mas, a partir do momento em que o Phillip e eu começamos a nos relacionar fisicamente, eu soube que ficaria com ele para o resto da vida. Eu não queria mais ninguém. Ele só precisa estar do meu lado pra eu não pensar em mais nada. Ele é a minha metade perfeita.

Dou um beijo no rosto dela, coloco as mãos dos lados do seu ventre protuberante e dou outro beijo.

— Ah, eu também quero fazer parte disso! — Kat reclama atrás de Bree.

Bree dá sua habitual risadinha simpática e se levanta, abraçando Gillian.

— Venha cá. Eu não posso ir até aí — ela convida, batendo a mão na cama a seu lado.

Eu me aproximo e me sento de frente para ela. Kat segura minhas mãos na sua, pois o outro braço está imóvel sobre um travesseiro. Só consigo ver os dedos queimados para fora da bandagem. Sinto uma onda de pesar e tristeza. Tudo o que eu queria era ter chegado até ela mais cedo.

— Maria, me deixe perguntar uma coisa. O Elijah disse que te ama? — Kat pergunta, com toda a sinceridade.

Sinto bem no fundo do coração que isso significa muito para ela. Fecho os olhos e me lembro do momento exato em que ele confessou.

— *Sí.*

— E você acreditou nele? — Os olhos dela se enchem de lágrimas.

— *Sí. Con todo mi corazón.* — Aceno com a cabeça, confirmando.

— E você o ama?

Engulo em seco e aceno novamente com a cabeça.

— *Sí*, muito. Eu sei que não faz muito sentido, mas eu o amo — sussurro, levando a mão dela aos meus lábios, beijando os dedos e sabendo conscientemente que preciso dessa conexão física com minha melhor amiga.

— Então, amiga, você não precisa se preocupar com nada. Você se apaixonou. Ele te ama. Viva e aproveite a sua vida. Não existe nada mais importante do que o amor verdadeiro.

— Mas o Tommy... — murmuro, tentando ignorar o nó de culpa preso na minha garganta.

Bree dá uma tossidela, Kat suspira e Gillian arregala os olhos e coloca as mãos no pescoço.

Kat é a primeira a falar:

— É uma pena que o Tommy tenha partido do jeito que foi. Todos nós vamos sentir falta dele e reconhecemos o sacrifício que ele fez. Mas você e todas nós sabemos que você e ele não iam ficar juntos pra sempre. Amiga, você pode ter gostado dele, mas era evidente pra todas nós que você curtia a segurança de ser namorada de um policial. E isso faz todo o sentido, considerando o que você passou. Nós três apoiamos a sua decisão, mas acho que nenhuma de nós aqui ficou surpresa por você ter se apaixonado por outro homem, não é, meninas?

Olho para Bree e Gigi, que assentem com um movimento de cabeça.

— Isso quer dizer que vocês não estão chateadas? — pergunto para as três.

— Santo Deus, não!

— Claro que não!

— De jeito nenhum!

Todas respondem ao mesmo tempo, e com isso sinto como se o peso de uma âncora tivesse sido tirado dos meus ombros.

— Eu ainda preciso assimilar isso, mas ter o apoio de vocês significa mais do que qualquer coisa. Vocês nem imaginam quanto. *Amo vosotras, damas.*

— Eu te amo mais — diz Gigi.

— Eu também, baby — Bree completa.

— Sempre — finaliza Kat.

Quando Deus decidiu que eu teria em meu caminho anos de dificuldades, luta e sobrevivência contra todas as probabilidades, pelo menos Ele me agraciou com três presentes: Gillian, Bree e Kathleen. Sempre vou ser grata por isso. Consigo enfrentar qualquer coisa enquanto elas estiverem na minha vida.

❋

— Foi muito bom! — Gigi entrelaça o braço ao meu quando saímos do elevador.

O pequeno hall de entrada do prédio de Kat está deserto.

— Foi mesmo... Estou muito feliz pela Kathleen estar em casa, e foi bom o Chase ter contratado uma enfermeira pra vir sempre, principalmente porque ela não permitiu que nenhuma de nós ficasse aqui. Teimosa, *la mocosa* — resmungo, chamando minha amiga de mimada.

Gigi acha graça.

— Ah, dessa eu lembro!

— Provavelmente sim. Eu usei muito com você estes anos todos. — Dou um sorriso e abro a porta para a rua para que Gigi passe na minha frente.

O sol já se pôs, mas ainda está claro. Acho estranho não encontrar o segurança de Gillian e o carro nos aguardando no meio-fio. Geralmente Jack nos espera na porta do elevador. Eu deveria ter percebido logo que ele não estava lá.

— Onde está o Jack? E a limusine? — Estou parada sob o toldo do prédio, olhando para um lado e para outro da rua. O vento faz meu cabelo esvoaçar e esfria meu rosto.

— Droga, esqueci de ligar e avisar que estávamos saindo — diz Gillian, franzindo a testa e olhando também para a esquerda e para a direita. — Ah, mas não tem problema. A limusine está parada a um quarteirão daqui. Vamos até lá.

Logo fico de sobreaviso, sentindo a penugem do pescoço eriçar.

— Talvez seja melhor voltarmos pra dentro do prédio e ligar.

Olho para os edifícios ao redor, a rua movimentada e a calçada lotada de gente. As pessoas correm de um lado para outro, entram em táxis, entram e saem de prédios e estabelecimentos. Parece que está tudo bem, mas alguma coisa no fundo da minha mente me envia um alerta. Nada concreto. É mais uma impressão.

— Ah, por favor... Eu estou vendo o Jack encostado no carro ali na frente. — Ela aponta para o fim do quarteirão e cutuca meu braço.

Não me resta alternativa a não ser segui-la, mas minha ansiedade aumenta e eu caminho com mais cuidado. Seguro a bolsa de lado e coloco um braço na cintura de Gillian para que ela continue andando. Olho de um lado para o outro, tentando notar os detalhes das pessoas ao redor.

Uma mulher e um homem entrando num táxi.
Um mendigo sentado na calçada balançando uma latinha cheia de moedas.
Duas pessoas diante de um caixa eletrônico.
Os carros passando em velocidade normal.
O sinal de pedestres mudando para o verde.

Estamos chegando perto do carro, mas ainda falta meio quarteirão, e chego a sentir náuseas de tanta apreensão. Isso não é nada bom. Errado. Ruim. Perigo.

Jack nos vê de longe e a figura dele vai se assomando diante dos meus olhos. Começo a andar mais rápido, querendo correr a toda velocidade, mas me controlo.

Relaxa, Maria. Você não está sendo racional. Calma, chica.

— Ria, não consigo acompanhar essas suas pernas de dançarina. Vá mais devagar — Gigi reclama e me puxa para o lado... — Ah, não... O Jack nos viu e está vindo com tudo... Espere um minuto... O que ele está segurando? — Gillian franze a testa e aperta os olhos.

Prendo minha atenção no que está na mão de Jack quando ele começa a correr na nossa direção. É uma arma. Que diabos está acontecendo?

Uma arma?

— Se abaixem! Para baixo! — Jack grita, apontando a arma para nós.

Quando viro a cabeça para olhar por cima do ombro, Gigi e eu somos atingidas por alguma coisa pesada... um homem, que se aproxima correndo e colide conosco. Nós duas seguimos tropeçando para a frente, prestes a cair com o rosto no concreto, quando ouço um tiro. Sinto uma dor excruciante nas costas, perto do ombro, e caio no chão, batendo as mãos e os joelhos primeiro.

A última coisa que escuto antes de apagar é o grito de Gillian.

— Acorde, Maria. Agora! Que merda, acorde! — Jack está gritando, sacudindo meu corpo e batendo no meu rosto meio forte demais para o meu gosto.

Balanço a cabeça e coloco a mão no meu ombro esquerdo. O sangue está escorrendo pelas minhas costas. Sinto como se estivesse sendo rasgada por lâminas de agonia enquanto volto a mim.

— Gillian!

— Ela está bem e dentro da limusine. Venha, agora!

Jack me levanta pelo meu outro braço, me joga sobre os ombros como se eu fosse uma toalha e sai correndo na direção do carro como se nossas vidas dependessem disso. Ele abre a porta de trás e me joga para dentro como se eu fosse um saco de batatas. Depois bate a porta e some.

— Maria... Meu Deus do céu! Achei que você tivesse levado um tiro. Estou tão feliz por você estar bem! — Gigi grita, as lágrimas escorrendo pelo seu rosto.

O cabelo dela está todo bagunçado, cheio de fiozinhos soltos, a blusa de seda está manchada de sujeira e do que parecem ser gotas de sangue. Os joelhos dela estão ensanguentados e parecem bastante esfolados. Eu tentei amparar a queda dela, mas a dor aguda no meu ombro me fez virar e cair sobre o lado direito.

— Eu estou bem, estou bem... — Eu a abraço apertado e percebo que ela está tremendo. — Não fui atingida.

— Mas você está sangrando... De onde vem todo esse sangue? — Ela me vira, me segurando pelo ombro, para olhar minhas costas. — Alguém te cortou fundo! — Ela coloca a toalha do minibar nas minhas costas e faz pressão no ferimento.

— Ahhh, *joderme*! — eu grito, sem conseguir controlar a dor lancinante que parte do corte e desce queimando pelo meu braço.

Gigi aperta um botão acima das nossas cabeças e a janela interna de privacidade se abaixa. Jack grita esbaforido ao celular, respondendo a perguntas:

— Sim, senhor, estou levando as duas para o Centro Médico St. Mary agora... É o mais próximo... Não, ela está atordoada, mas está bem... Está sangrando, sra. Davis?

— Hum... um pouco, nos joelhos. — Ela olha de relance para baixo e depois para as mãos.

— No meio das pernas?

A pergunta e o tom de voz dele me soam a princípio como vulgares, como nunca o ouvi falar antes. Tenho vontade de mandá-lo à merda, mas então percebo quem é que está do outro lado da linha.

Que situação complicada...

Gillian fica pensativa um instante.

— Acho que não. Não estou sentindo dor na barriga, só nos joelhos e nas mãos — ela diz. — Mas a Maria está com um corte imenso no ombro. Ela precisa de cuidados médicos imediatamente.

Pisco algumas vezes para afastar os pontinhos pretos que embaçam minha visão. Gillian me oferece uma garrafa de água, mas quando tento abrir sinto como se estivesse rasgando mais a pele do meu ombro. Tenho a sensação de que vou desmaiar de novo quando chegamos ao hospital.

A porta da limusine se abre de repente eu dou de cara com Eli. Lindo, alto, forte, com suas tatuagens charmosas e os lábios sedutores... Não, espere... Não, o rosto atraente está contraído numa expressão de raiva.

— Você não aceita ordens nunca? Eu disse pra você não se meter em confusão e pra se divertir com as suas amigas, Pimentinha, não pra ser apunhalada nas costas e quase raptada em plena luz do dia.

— Apunhalada?

— Isso mesmo, baby. O Porter disse que o cara de capuz e óculos escuros que vinha atrás de vocês estava segurando uma faca. Ele acha que o acertou no braço, mas não podia sair correndo atrás dele e deixar você e a Gillian. O que deu em vocês pra saírem do prédio sozinhas? Caramba, você quase me mata de susto! Merece bem umas palmadas, mas antes precisa levar uns pontos... Seja o que Deus quiser. — Ele segura a toalha sobre o corte e me leva nos braços para dentro do hospital.

Ouço o som de pneus freando e dou uma olhada por cima do ombro. Me seguro em Eli, que me protege com o corpo forte. Chase chega em seu Aston Martin prateado, abre a porta e sai com o carro ainda em movimento.

— Gillian! — ele grita, disparando na direção da limusine.

Ela pula para fora do carro com os braços estendidos.

— Chase, eu estou bem!

Ele inspeciona o corpo dela de cima a baixo e fixa o olhar nos joelhos ensanguentados e nas mãos raladas. Em seguida a abraça e beija com sofreguidão.

Reviro os olhos para Eli.

— Está vendo? É assim que se recebe uma mulher, e não ameaçando dar uma surra nela.

— Mas não é ela que está sendo perseguida por um maníaco.

Fecho os olhos. Estou ficando tão cansada que eles se fecham sozinhos, como se tivessem vontade própria, desconectados do meu cérebro.

— É verdade. Mas será que você pode me beijar assim mesmo? — murmuro e sinto a pressão divina da boca dele sobre a minha.

Por um segundo eu toco os lábios de Eli com a língua para sentir o sabor másculo.

— Humm... *Te amo, cazador*.

Então a dor vence a batalha e tudo fica escuro novamente.

18

Um burburinho me traz de volta á realidade. Antes de abrir os olhos, experimento como estou, mexendo os dedos das mãos e dos pés. Eu me viro e sinto como se um punhal tivesse rasgado a pele do meu ombro esquerdo, espetando meu braço e descendo até os dedos. Fecho a mão em punho e sinto o calor de mão de Eli.

— Como você está, Pimentinha?

Pisco os olhos ao ouvir a voz familiar, a lassidão do sono e o atordoamento pesando nas minhas pálpebras. Levo a mão às costelas e faço uma careta ao sentir a boca seca. Eli me passa um copo cor-de-rosa e eu bebo a água abençoada, fria e refrescante, exatamente o que eu preciso.

— *Gracias*.

— O médico disse que o corte não foi profundo o suficiente para atingir alguma coisa importante. É um ferimento superficial. Mesmo assim você precisa tomar cuidado com esse braço. Você levou vinte pontos no total. — Ele comprime os lábios com tanta força que os transforma numa linha branca. — Você foi apunhalada, baby. O que você estava pensando?

Respiro fundo, fecho os olhos e, quando torno a abri-los, sinto o brilho do olhar preocupado de Eli atingir até o meu coração.

— Foi bobeira minha. Eu sabia que precisava chamar o Jack. A Gillian esqueceu de ligar pra ele, mas nós o estávamos vendo no quarteirão de cima. Nós não... — Dou um suspiro e balanço a cabeça. — Não pensamos que haveria problema, mas eu sabia que sim... Parecia que eu estava sentindo a respiração do diabo na minha nuca a cada passo. Eu devia ter seguido a minha intuição. Da próxima vez vou fazer isso.

Eli leva minhas mãos aos lábios para beijá-las.

— Não vai ter próxima vez. Você vai ficar trancada a sete chaves até nós descobrirmos o que aconteceu.

— *Cazador*, você não pode me tornar uma prisioneira.

— Se for pra te manter em segurança, eu posso sim.

Seguro a mão dele com força e a trago até meu peito.

— Eu te amo, mas isso não vai dar certo comigo. Preciso viver. Se eu permitir que o Antonio me tire esse direito, ele vai ter vencido.

Derrotado, Eli baixa a cabeça, encosta o queixo no peito e deixa os ombros pesarem.

— Eu não estava lá na hora. Ele poderia ter matado você no meio da rua.

Eu passo os dedos pelo cabelo escuro de Eli.

— Mas ele não conseguiu e eu ainda estou aqui, lutando e sobrevivendo como sempre. Só que desta vez eu tenho você por perto.

— É isso aí. — Ele leva minha mão ao peito dele. — Não gosto nada disso. Ele atacou você em plena luz do dia e no meio da rua? E como é que ele sabia onde você estava?

Encolho os ombros e contraio o rosto com a dor, sem conter um chiado.

— Calma, garota, calma — ele sussurra, afagando minha cabeça até a dor passar.

— Talvez ele... ah... — Eu me encolho, tentando administrar a dor que agora pulsa na parte inferior do braço. — Será que ele sabe onde a Kat mora?

— É bem provável. Se ele estiver te vigiando, deve saber que você a visitou no hospital.

— Hospital? Será que alguém com a descrição dele não deu entrada em algum dos hospitais locais com um ferimento a bala?

— Ainda não — ele responde, balançando a cabeça. — A polícia de San Francisco está procurando. O Chase avisou o chefe de polícia, que mandou duas viaturas até a casa do Antonio para verificar.

— Eu o conheço muito bem. Ele não vai estar lá. O Antonio só vai ser encontrado se quiser. Até lá, ele vai sumir com o vento.

— Pela quantidade de sangue que ficou no lugar onde vocês foram atacadas, é possível que ele tenha sido baleado mesmo, mas não temos certeza se ficou muito machucado, e também não sabemos onde foi o ferimento. O Jack acha que a bala pegou de raspão no braço que segurava a faca, por isso o ferimento não foi fatal. Ele estava mirando no lado do seu coração.

— E o Jack não viu pra onde ele foi, se entrou em algum carro?

Eli nega com a cabeça.

— Não. Ele tinha ordens pra proteger a Gillian a todo custo. Ele a colocou na limusine antes mesmo de saber se você estava viva ou não. — Eli contraiu o rosto de raiva. — Filho da puta...

— É o trabalho dele, Eli — digo, passando a mão no braço dele.

— Sim, mas você foi o alvo. Você foi atacada. Ele devia ter tirado você dali primeiro.

— E depois enfrentar a fúria do Chase? Você não o conhece... Ele pode parecer só um empresário cheio de poder, mas a mulher e os bebês que ela está esperando são o mundo dele. Ele não permitiria que os três corressem risco. Eu não estou chateada... Também teria dado prioridade à segurança da Gigi. Ela é muito importante pra mim.

— Pra mim você é mais! — ele fala, tentando fazer graça, mas com os dentes cerrados.

— E é por isso que você é *mi hombre*. — Dou um sorriso de lado e a raiva dele desaparece visivelmente. — Quando eu vou sair daqui?

— O médico disse que vai liberar você daqui a algumas horas. Agora que você já levou os pontos, ele quer ter certeza de que você não teve nenhuma concussão por causa da queda...

— Não tive não. Eu saberia se tivesse batido a cabeça. Como está a Gigi?

— Não sei. — Ele encolhe os ombros.

— Que droga, você só pode estar de brincadeira, né? Faça o favor de levantar e descobrir onde está a minha melhor amiga e se ela e os bebês estão bem. E não volte aqui sem essa informação. — Eu o empurro pelo peito musculoso e começo a balbuciar, irritada: — *Dios mio. No puedo creer en este hombre. Un dolor en el culo.*

Eli se levanta com as mãos para cima, se rendendo.

— Está bem... tudo bem. Vou procurar a sua amiga, mas você... — ele aponta para mim — ... também torra a minha paciência! Que coisa, mulher! — Começa a sair, grunhindo. — Ardida feito pimenta... Droga, agora fiquei com vontade de transar.

Pego a caixa de lenços de papel na mesa de cabeceira e atiro na direção dele.

— Vai logo!

Alguns dias depois, estou apertando a bolinha de borracha que o médico me deu para exercitar o músculo ao redor do ferimento e acelerar a recuperação. Gillian e os bebês estão bem, mas Chase está acabado. Por um bom tempo, num futuro próximo, ele não vai querer perder a mulher de vista nem por um segundo. Gillian se culpa por eu ter me machucado e por isso suporta a proteção do marido, mas me liga três vezes por dia para saber se estou bem. Isso é um pouco chato, mas nem tanto, porque, já que não posso dançar e nem sair de casa por causa de um caça-recompensas do tamanho do Hulk, pelo menos as conversas com ela quebram a monotonia.

— Eu preciso sair desta casa — reclamo ao telefone.

— Eu sei. Sinto muito — ela diz, pela milionésima vez.

Ignorando as desculpas, eu prossigo:

— Ele precisa me liberar neste fim de semana para o chá de bebê da Bree.

— É verdade! Vai ser muito divertido. Nós vamos fazer a festa no jardim da cobertura. Vamos personalizar alguns bodies para a bebê, soltar balões desejando felicidades e fazer algumas brincadeiras.

— Vai ter bebida? — pergunto.

Ela resmunga.

— Ria, você vai gostar! Vai ser uma festa alegre e divertida. Eu sei que você não gosta muito dessas coisas de mulherzinha, mas afinal a festa é para a sua irmã de alma, e ela já planejou tudo na vibe Buda Zen. Além do mais, vai ser uma festa mista. Os homens vão vir também.

— Mista? Desde quando?

— Desde que o meu marido decidiu que iria participar de qualquer acontecimento em que eu estivesse. E o Phillip aprovou. Achou que seria uma boa ideia os caras ficarem juntos enquanto as meninas fazem a parte delas. A maior parte do tempo eles vão ficar na sala de jogos. Tecnicamente o Chase me prometeu um pouco de espaço, mas por enquanto não está funcionando. Juro que ele fica colado em mim o tempo inteiro, sempre me cercando e preocupado com os bebês. Tem horas que cansa.

Dou risada com vontade, pela primeira vez depois de muito tempo. Imagino o inferno a que Chase está submetendo minha amiga.

— Não tem graça... Ele está me deixando louca — ela diz, com um gemido.

— Ah, não duvido... O Eli também não me deixa fazer nada, não posso nem sair de carro sozinha. Essa festinha na sua casa vai ser ótima.

Examino minhas unhas e penso em como seria bom poder sair para ir à manicure. Estou prestes a sugerir a Gigi um day spa depois que tudo isso terminar, quando Eli desce a escada com a sutileza de um rebanho de búfalos.

— Ei, *cara bonita,* eu preciso desligar. Falamos depois?
— Claro. Fique bem.
— Pode deixar. Estou cada dia melhor. Eu ligo depois. *Besos.*
— *Besos.*

Eli entra na sala com um sorriso largo no rosto.
— Tenho novidades!
— Excelente. *¿Qué es?* — pergunto, me endireitando na cadeira.
— Nós temos provas de que o Antonio atacou você.
— Jura?! Como? — pergunto, levantando as sobrancelhas.

Ele sorri.
— A polícia de San Francisco conseguiu os vídeos das câmeras de segurança do lado de fora do prédio de Kat e de um banco do outro lado da rua. As imagens provam que foi o Antonio e também mostram o ataque inteiro. Ele ficou observando da esquina do prédio até vocês saírem. Quando teve certeza de que vocês estavam sozinhas, ele atacou. Não contava com a interferência do Jack.
— Dá para ver se ele foi baleado? — pergunto, animada.
— Sim, mas foi um ferimento superficial. Duas viaturas encontraram a bala incrustrada num latão de lixo um pouco adiante de onde vocês estavam. Como ninguém tinha visto a princípio, a polícia achou que ele tivesse sido atingido, mas as imagens mostram claramente que a bala só pegou de raspão.
— Droga...
— Sim, mas isso é bom, baby. Se bem que eu tenho notícias ruins também.
— O quê?

Ele se sentou na mesinha bem perto de mim e segurou minhas mãos. Mau sinal.
— A polícia foi ao endereço onde ele deveria estar. O lugar foi desocupado. Não havia nada lá.
— E o trabalho dele? E o agente da condicional?

Eli balança a cabeça e franze o cenho.
— O agente da condicional não o vê há duas semanas. E o chefe dele disse que faz alguns dias que ele não aparece pra trabalhar.
— Foi bem isso que eu pensei. Ele sumiu com o vento.

Eli me segura pela cintura para me levantar, depois se vira de lado e me coloca no colo de frente para ele.

— Nós vamos pegar esse cara. É questão de tempo.

— Já faz dois meses... Eu não posso mais viver com medo e sem conseguir voltar pra casa.

Eli desliza as mãos da minha cintura até as nádegas e as segura com firmeza.

— Pimentinha, você não vai pra sua casa.

Eu me encolho e inclino a cabeça para trás. Sinto uma pontada no ombro e me contraio de dor.

— O que... Por quê?

— Porque você já está na sua casa. Aqui vai ser a sua casa de agora em diante, não um apartamento gelado qualquer.

— Eli, esta não é a minha casa... — falo suavemente, tentando ser delicada.

— Baby... — ele murmura, como se uma única palavra respondesse a todos os questionamentos que eu pudesse ter.

— Não, Eli, eu não moro aqui. Só estou hospedada — insisto, séria.

— Suas roupas não estão penduradas no meu closet e guardadas nas minhas gavetas? — ele continua, inabalável.

A pergunta me atinge na *cabeza* como um taco de golfe.

— *Sí*, porque você disse que não queria malas no chão.

Ele consente com um aceno de cabeça.

— Exatamente. As suas coisas não estão no armário do banheiro? O seu xampu perfumado e o seu condicionador não estão no boxe?

Ele segura meu rabo de cavalo, puxa minha cabeça para trás e roça o nariz no meu pescoço. Sinto arrepios pelo corpo inteiro, descendo em onda direto para o centro das minhas coxas.

— *Sí*.

Ele traça uma trilha de beijos ardentes no meu pescoço antes de puxar minha regata para baixo e desabotoar o sutiã pela frente. Meus seios ficam realçados pela camiseta enrolada abaixo do sutiã. Eli os segura com as mãos em concha e toca os mamilos com a mesma delicadeza com que tocaria as cordas de um violão. Cada movimento dispara fagulhas de desejo por todo o meu corpo. Solto um gemido, aproveitando cada segundo de atenção.

— Sua escova de dentes não está do lado da minha no suporte, baby? — ele pergunta, antes de abocanhar um mamilo intumescido.

Seguro os cabelos de Eli e fricciono o quadril, sentindo a ereção dele.

— Está — respondo, mais para que ele continue concentrado em meus seios do que para levar adiante aquele questionamento.

— Onde você dorme? — ele pergunta e mordisca o outro mamilo, acariciando-o com os lábios, língua e dentes.

— *Dios mio...* — Seguro a cabeça dele, forçando-o a abocanhar mais o meu seio, ignorando a pergunta.

— Fique de pé — ele ordena, com a voz grave, e eu estou tão cheia de tesão que obedeço imediatamente, me desvencilhando das pernas dele.

Ele desabotoa meu short e o puxa para baixo com a calcinha. Eu tiro a regata e o sutiã por cima da cabeça. Eli percorre languidamente o olhar por cada centímetro do meu corpo nu, mas suas mãos estão ocupadas em baixar o zíper da calça e tirar o pau para fora, sem se preocupar em se despir. Só de ver, me dá vontade de beijar e sugar.

Que coisa...

— Está com vontade de pôr na boca, Pimentinha?

Respondo que sim com a cabeça, umedecendo os lábios com a ponta da língua.

— Garota gulosa... É uma pena — ele diz, deslizando a mão pelo membro.

Fico hipnotizada pela ponta levemente úmida.

— *Por favor* — eu imploro. — Você vai gostar.

— Eu sempre gosto. Por isso você é a minha garota. Mas antes venha aqui...

Ele me puxa pelos quadris, coloca a boca entre minhas pernas e passa a me explorar com a língua ávida até me deixar trêmula.

— Erga o joelho. — O tom de voz dele é de comando, e eu obedeço, apoiando o pé no sofá. — Quem é o dono deste corpo? — ele pergunta, me abrindo com os polegares e me penetrando com a língua.

A sensação da boca de Eli em mim é maravilhosa. Seguro o cabelo dele e pressiono o quadril contra seu rosto.

— Você...

Ele me suga com mais intensidade, alternando entre me penetrar com a língua e chupar meu clitóris.

— E o que você vai me dar?

Uma onda de prazer atravessa meu corpo, até que eu me curvo para trás, tentando aumentar a pressão da boca de Eli.

— Isso... — sussurro, já sentindo o orgasmo se aproximar.

— Isso... Goze na minha cara, baby. Bem aqui, na *nossa* sala, enquanto eu te chupo até o fim.

Ele me mordisca com os dentes, e meu corpo inteiro se contorce, com um prazer que se alastra do centro das minhas pernas pelo peito, braços e pernas. Eli me segura, continuando a sugar e lamber como se fizesse semanas que não transássemos, sendo que ontem mesmo chupamos um ao outro embaixo do chuveiro.

Quando os derradeiros tremores do orgasmo cessam, Eli me puxa para cima dele, me fazendo deslizar sobre seu membro.

— Quero você sentada no meu pau, baby — ele diz, passando a língua no meu pescoço.

Eu me sento em cima dele e tento direcionar a ereção poderosa para o meu centro, mas ele assume o comando, segura meu quadril e me penetra de uma vez até o fundo. Deixo escapar um grito involuntário quando o prazer se mistura à dor mais deliciosa que existe.

— Quem é que te come tão gostoso que você não consegue parar de gozar? — ele pergunta em tom veemente, enquanto me faz cavalgar sobre ele, para cima e para baixo.

Eli adora esse movimento de tirar e meter, me erguendo até a extremidade do pau e me puxando para baixo com firmeza. A cada estocada parece que ele me penetra mais fundo que na anterior.

Então ele desliza as mãos entre nossos corpos. Eu me inclino para trás, sabendo exatamente o que ele quer. Ele umedece os polegares com a língua e me abre mais ainda com a ponta dos dedos, para que o pau entre por completo no meu corpo, sem sobrar um centímetro sequer para fora.

Estou completamente aberta e penetrada, montada no pau de Eli, incapaz de me mover ou de fazer qualquer coisa além de receber o que este homem me oferece. Seria quase humilhante, se eu não tivesse a consciência de que estou me entregando de corpo e alma. Mas Eli quer sempre mais.

— Você, *cazador*... você — finalmente respondo à pergunta dele.

— Preciso ir mais fundo... ver você! — ele exclama, entregue à própria necessidade.

Eli afasta mais ainda minha pernas para obter um ângulo que lhe possibilite ter uma visão ampla de seu pau grosso entrando e saindo de mim. É primitivo, obsceno, e ao mesmo tempo a coisa mais erótica do mundo. É como se nós dois estivéssemos unidos em um só, fundidos a tal ponto que é impossível definir onde um termina e o outro começa, mesmo com os movimentos que ele faz.

Meus músculos internos se contraem e se distendem ao grau máximo, e a sensação decorrente desses espasmos é uma experiência indescritível, uma conexão com outro ser humano que vai além do plano físico e que me transforma cada vez que nos amamos.

A base do pau dele é tão larga que eu sinto meu corpo queimar por dentro cada vez que ele me penetra fundo.

— Onde eu te como, Maria? — ele pergunta, enquanto meu próximo orgasmo começa a se formar.

— Aqui, baby... aqui.

Eli segura meu ombro são e envolve o outro braço ao redor do meu quadril, me movendo para cima e para baixo, usando as pernas para dar impulso a cada estocada. Estrelas cintilam numa explosão de cores diante dos meus olhos, e meus músculos internos apertam o pau dele com tanta força que ele solta uma espécie de rugido. Em seguida ele toca meu clitóris com a ponta do polegar e eu me sinto decolar para a órbita de um orgasmo avassalador. Eli não interrompe os movimentos por toda a duração do gozo, até por fim empurrar o pau e ficar ali por alguns segundos, pressionando e me abraçando, para então me erguer e me fazer deitar sobre seu corpo. Ele me beija na boca e se afasta por um instante para jorrar seu líquido dentro de mim.

— Você... está... na sua... casa. — Ele contrai o maxilar, fecha os olhos e expele um último jato quente.

Eu me contraio por dentro para prolongar o prazer, apertando e relaxando ao redor do pau dentro de mim, até Eli se aquietar por completo. Ele reclina a parte superior do corpo no sofá, e eu vou junto, me deitando sobre ele. Então eu o beijo demoradamente, mergulhando a língua em sua boca, entrelaçando-a com a dele, até sentir o pau começar a enrijecer outra vez.

— Eu vou te foder até você reconhecer onde é a sua casa. — Ele me beija com volúpia e eu recomeço a contorcer o quadril, incitando-o a iniciar o segundo round imediatamente.

— Eu sei onde é a minha casa.

— Sabe? — Ele move o quadril também e segura meus seios, apertando os mamilos e arrancando de mim um gemido.

— Onde você estiver... é onde eu quero estar.

Seguro os cabelos dele enquanto ele desliza a boca para os meus seios. Eli ri baixinho e captura um mamilo na boca, sugando-o.

— Sei... Você só me quer por causa do meu pau, não é?

— E a sua boca, as suas mãos... — Beijo o pescoço dele e vou subindo até o rosto, que me pinica com a barba por fazer. — E a sua bunda... — Levo as mãos para baixo e as enfio dentro da calça jeans para segurar as nádegas firmes. Depois volto para cima, acariciando as costas musculosas e voltando a beijá-lo longamente na boca. — Onde você dorme, *cazador*? — faço a mesma pergunta que ele me fez antes, que propositalmente me esquivei de responder.

Eli suga meu lábio superior, depois o inferior, se afastando e me olhando nos olhos.

— Onde você deitar esta sua linda cabecinha, é onde eu vou estar... sempre. — As palavras dele contêm uma promessa que acalenta meu coração e derruba todas as barreiras que eu ergui para não me comprometer com este homem.

— Eu durmo onde você dorme. Então, sim... acho que você tem razão. É aqui que eu moro. Aqui é a minha casa.

Ele abre um sorriso encantador.

— Baby... — ele murmura uma única palavra, como se não houvesse necessidade de dizer mais nada. E na verdade há muito mais por trás dessa simples palavrinha do que eu antes poderia imaginar.

— Ah, fique quieto e vamos transar...

— Ardida como pimenta e ardente como o fogo. Estou fodido...

O pau dele já está duro e inteiro dentro de mim.

— Ah, se está... e como! Vou te mostrar já, já!

Eu me apoio nos joelhos e me sento com força em cima dele, fazendo-o me penetrar com uma única estocada.

— Caralho! — ele exclama, inclinando a cabeça para trás.

— Como eu disse, cala a boca e me come.

Em vez de continuar discutindo comigo, Eli segura meu quadril e o ombro são e me faz deitar de costas. Depois levanta minha perna com agilidade, dobra meu joelho contra a axila e começa a estocar o pau dentro de mim.

— *Dios mio*, é aqui mesmo que eu moro...

Entrelaço as pernas ao redor da cintura de Eli e me seguro a ele como se a minha vida dependesse disso.

19

— *Maria, venha até aqui e pinte um body pra sua sobrinha!* — Bree dá uma tossidela, com uma das mãos na cintura e uma ruguinha charmosa no rosto.

O vestido coral que ela está usando cai com perfeição sobre o busto avantajado e o ventre protuberante. O decote em V profundo permite que ela exiba os seios lindamente aumentados. Ela diz que essa é a única vantagem da gravidez: ter os seios dois números acima do normal. Eu sempre tive o busto maior do que todas elas juntas, por isso nem quero pensar como vai ser quando eu ficar grávida.

Com um leve estremecimento, sigo até a mesa que elas montaram, sobre a qual está disposta uma fileira longa de minúsculos bodies para recém-nascidos.

— Você sabe que, se eu me arriscar a pintar um desses, a sua bebê vai usar um borrão abstrato inspirado em Picasso, não é? — digo, com toda a sinceridade.

Ela crava os olhos azuis profundos em mim:

— Não tem importância. Quero que a Dannica tenha uma lembrança especial de cada uma das tias.

— Ah, mas ela vai ter. Eu vou ensiná-la a dançar. É um presente que ela vai ter sempre — digo, na tentativa de amenizar a gestante enlouquecida e suas mudanças de humor insanas.

Agora ela está com as duas mãos na cintura. Parece uma super-heroína grávida, e eu me seguro para não rir, sabendo que vou arrumar uma confusão séria se der risada.

— Sente aí e pinte. Agora — Bree ordena, apontando para o body à minha frente. — Sem reclamar — completa entredentes.

— *Bien, bien. Mantenga sus bragas...* Não precisa querer arrancar a calça de raiva — falo, com um sorriso, e me acomodo numa cadeira.

— Eu ia querer, se estivesse usando uma... Já que não estou, não tenho como arrancar. — Bree dá uma piscadela e alarga o sorriso.

O sorriso dela é tão lindo que me remete ao sol abrindo caminho por entre as nuvens num dia nublado.

— Pode pintar. Eu vou ver como está a Kat.

Eu me viro e olho por cima do ombro para ver Kat acomodada numa chaise longue, usando um chapelão de sol e sorrindo. Graças a Deus ela está se recuperando! Ali perto está Carson, com uma garrafa de cerveja na mão e a atenção cem por cento em Kathleen. Seja o que for que esteja rolando entre os dois, não é boa coisa. Preciso conversar em particular com Kat de novo e pedir para ela parar de tentar afastar Carson. O coitado parece estar solitário e triste.

— Ei, Pimentinha, o que houve? — Eli se senta a meu lado. — Pra quem você está olhando?

Aponto o queixo na direção de Carson.

— Aquele é o Carson Davis.

— Eu sei, primo do Chase. Ele parece ser um cara legal.

Faço que sim com a cabeça.

— É sim, muito legal. É o namorado da Kat, mas desde o incêndio e do tratamento ela o está rejeitando.

Eli dá um gole na cerveja e abaixa a cabeça.

— Você pretende se meter no problema dos outros? — ele pergunta, em tom conspiratório.

— Ela é uma das minhas melhores amigas. Estou vendo que ela vai cometer o maior erro da vida dela. — Franzo o cenho. — Eu tenho obrigação de ajudar a Kat a enxergar com clareza.

Eli dá um tapinha no joelho e ri.

— Não, baby, não tem. A sua obrigação é estar por perto se ela errar. Confie em mim. Não se envolva.

— Engraçado. Você me conhece há tão pouco tempo e já acha que pode decidir como eu devo agir com as minhas irmãs de alma? É melhor recuar, *cazador* — digo num tom imperativo, para cortar qualquer contra-argumento.

Ele dá risada, passa o braço sobre meus ombros e aproxima a testa da minha.

— Tudo bem. Você decide se quer se meter na vida das suas amigas, mas eu vou falar mesmo assim. Os casais precisam resolver os seus problemas sozinhos.

— É verdade, mas as mulheres precisam estudar todos os cenários possíveis com aqueles em quem confiam. Eu sou uma pessoa da confiança dela. — Endireito o corpo na cadeira.

— Tenho certeza disso, mas não deixe que os problemas dela te aborreçam. Hoje é um dia ótimo. Você finalmente saiu de casa; eu sei que não é fácil um espírito livre ficar preso. Então tente aproveitar, está bem?

Eu o enlaço pelo pescoço e dou um beijo nele. Sinto gosto de cerveja e limão.

— Humm... que gosto bom.

— Quer que eu busque uma cerveja pra você?

— *Por favor. Gracias.* Depois volte aqui pra me ajudar a pintar a roupinha de bebê. — Bato os cílios e faço biquinho.

Eli não morde a isca.

— A cerveja tudo bem, mas eu não vou pintar. Você vai ter que se virar.

Torço o nariz e faço uma careta, mas começo a pintar o tal body para que a supergestante não grite comigo de novo. Em algum momento, uma garrafa de cerveja com um limão preso no gargalo aparece na minha frente, mas o homem que a trouxe desaparece. Canalha liso.

Balanço a cabeça e continuo com o que em princípio era um oceano, mas estou transformando em um céu noturno cheio de estrelas (ou seja, colocando bolinhas gordas de tinta amarela e cor de laranja).

— O que é isso? — Gigi pergunta, olhando por cima do meu ombro.

— Não dá pra saber?

— Hum... não. Você vai pintar tudo pra que pareça um macacão? — ela tenta adivinhar.

Olho para o pedaço de tecido pintado e o viro de um lado e de outro.

— Humm... Eu não tinha pensado nisso, mas agora que você falou faz mais sentido. Vou adaptar.

Ela dá uma risadinha e se senta ao meu lado.

— Então... eu estava pensando... O que você acha que está acontecendo com a Kat e o Carson?

Pois é, a desconfiança não era só minha. Olho ao redor procurando por Eli, mas ele está em algum lugar conversando com Chase. Bree está sentada no sofá perto de Kat, fazendo-a rir.

— Infelizmente, não vejo um futuro bom para eles — respondo.

— Mas é um absurdo! Eles se amam... Não deveria ser tão difícil assim.

— Não mesmo. Mas não existe um livro sobre o amor onde a gente encontra todas as respostas certas. Ele pode gostar dela, mas, se ele não se abrir, ela não vai entender. As atitudes dele neste caso não são tão eloquentes quanto as palavras que ela quer ouvir.

— O Eli sempre fala que te ama?

— Fala, principalmente quando estamos transando. — Dou um sorrisinho de lado.

Ela engasga com a água, mas responde:

— Fofa. Muito fofa.

— Estou falando sério. — Imito uma voz grave e continuo: — Maria, eu amo transar com você. Amo tocar em você. Amo meter o meu...

Gillian ergue as duas mãos para cobrir o rosto vermelho.

— Chega! Já entendi.

Dou risada e continuo a pintar.

— Pra ser sincera, ele diz que me ama toda hora. Por isso eu imagino como a *gatita* fica magoada pelo Carson não se declarar.

— Eu também preciso ouvir. O Chase só fala quando estamos sozinhos, mas preciso confessar que ele fala sempre. Cochicha no meu ouvido quando passa por mim numa sala cheia. É a primeira frase que me diz quando acordamos e a última quando vamos dormir. Eu acredito que ele deve achar que, se não disser muitas vezes, eu não vou entender quanto significo pra ele. Acho que ele está se redimindo por não ter dito a mesma coisa para a mãe. Mesmo ela tendo sido uma vaca comigo, o Chase a amava muito, e a perda dela está doendo.

— Eu lamento pela fase difícil, mas com os bebês está melhorando, não é?

Ela olha para mim com o canto dos olhos.

— Pela felicidade, sim. Mas não pelo lado superprotetor do meu marido. Ele é pior do que aquelas mães que ficam com os filhos embaixo das asas, sabe? Prevejo que os nossos filhos vão ter um segurança pra cada um, a postos no corredor da escolinha.

— Você acha que ele vai querer que eles estudem em casa, com professores particulares? — Disfarço o riso.

Gigi arregala os olhos e coloca a mão na barriga.

— Ah, meu Deus, não! Ele vai fazer isso mesmo! Nem repita uma coisa dessas em voz alta pra não colocar ideias na cabeça dele. Eu tenho esperança de que as coisas se normalizem assim que nós conseguirmos afastar o Antonio e voltar pra nossa vida normal.

Eu balanço a cabeça.

— Eu já nem sei mais o que é normal. Eu praticamente me mudei para a casa do Eli, mas ele também não aceitaria outra solução, e, para ser sincera, eu não quero estar em nenhum outro lugar. Você poderia dizer ao Chase que eu não vou precisar de mobília nova e nem do apartamento?

Gillian retorce os lábios.

— Claro. Vai ser ótimo, porque ele já está planejando trazer a Kathleen para morar mais perto. Ele não gosta que eu vá até um bairro suspeito pra visitá-la.

— *Una pieza de trabajo.* — Dou risada.

— É isso aí, minha irmã. Ele é definitivamente uma peça. Mas eu o amo, e as intenções dele são boas. Vou pedir pra ele conversar com a Kat. O Chase sempre dá um jeitinho de conseguir tudo o que quer. — Ela força um sorriso.

Coloco a mão na barriga dela.

— Bem, ele precisa se preocupar com você e com essas *criaturas*. Não dê muito trabalho a ele.

Phillip me oferece uma taça de champanhe do minibar da limusine de Chase.

— Vamos aproveitar o passeio, já que ele nos força a andar sob proteção — diz ele, rindo.

Eu me inclino ao lado de Eli e tomo um gole.

— Não posso reclamar — retruco, com um sorrisinho nos lábios.

Phil sorri e segura a mão de Bree.

— Linda festa, amor... E pensar que você estava preocupada por não termos tudo o que vamos precisar. Contando com os presentes da Gillian e das meninas, das suas amigas da ioga e dos funcionários, além da minha família, nós ganhamos toda a parafernália que a Dannica vai usar.

— Dannica. Eu já ouvi você falar nesse nome, Bree. Vai ser esse mesmo? — pergunto.

Bree abre um sorriso largo.

— Nós escolhemos na semana passada. O que você acha? Significa "estrela da manhã". Ela vai iluminar os nossos dias e noites com amor e luz.

— *Es perfecto. Me encanta.*

— Viu só? Até a Maria acha que é perfeito. Assim... como... você. — Phil beija o rosto dela, em seguida o nariz, e coloca a mão sobre o ventre de Bree.

— É verdade — ela responde, passando a mão na barriga enorme. — E daqui a pouco mais de um mês nós vamos estar com a nossa estrela da manhã no colo. Não vejo a hora!

— E mais alguns dias vamos estar trocando os nossos votos — Phillip fala, com indiferença.

Eu suspiro, me aninho ao lado de Eli, procurando uma posição confortável, quando me dou conta do que Phillip acabou de revelar.

— Espere um pouco... O quê? *¿Te vas a casar?*

— Fale em inglês, Maria. Essa eu não sei traduzir. — Bree franze a testa.

— Você vai se casar? — repito.

Bree consente com a cabeça e coloca a mão no peito, animada.

— Vou, e você é a primeira a saber!

— Por que você não contou pra todas no chá de bebê? Onde está a aliança? — Olho para a mão dela e não vejo nada.

Ela relaxa o corpo para trás e faz bico.

— Não serve. Estou muito inchada.

— Amiga, você está linda, reluzente e... noiva! Parabéns... As meninas vão enlouquecer por eu saber antes delas. — Faço minha dancinha, balançando e me achando.

Phillip nos serve mais uma taça de champanhe. Na mão gigante de Eli, parece um copinho de dose única.

— À minha noiva, mãe da minha filha... Você, a nossa filha e a Anabelle são tudo pra mim. Não vejo a hora de ver a família crescer. Obrigado por me tornar o homem mais feliz do mundo. — Ele se inclina e beija Bree.

— Vamos brindar a isso! — Eli ergue o copo e vira o champanhe num gole só.

— Saúde! — Eu o imito e tomo tudo num gole só também.

Assim que estendo minha taça para ser servida de novo, um par de faróis altos me cega, vindo da janela lateral da limusine do lado onde Bree e Phillip estão sentados. Levanto o braço para bloquear a luz, tentando descobrir o que está acontecendo, quando percebo que as luzes estão se aproximando cada vez mais, até estarem em cima de nós.

— Não! Não! Se abaixem! — eu grito, mas é tarde demais.

O som de metais se chocando me ensurdece. Os vidros se estilhaçam, Bree e Phillip são jogados de um lado para o outro conforme o carro derrapa. Os gritos se confundem com o som dos pneus freando. O lado direito do meu corpo se choca com o de Eli. Ao mesmo tempo, ele bate a cabeça e quebra o vidro, deixando um buraco ensanguentado enquanto somos jogados para o outro lado.

Tudo acontece muito rápido, mas parece em câmera lenta. A limusine balança para a frente e para trás até parar totalmente ao bater num muro de concreto. Meus braços e mãos foram cortados pelo vidro e meu lado direito está latejando. Pisco para evitar a escuridão, tentando não desmaiar. Vejo Bree na minha frente, caída no chão do veículo. Ela está sangrando pelo nariz, ouvido e... ah, meu Deus, não!

— Bree! — grito, mas ela não se mexe.

Vejo o sangue se empoçando entre as pernas dela, manchando toda a parte de baixo do vestido coral.

— O bebê... o bebê! — Tento me arrastar até ela. — Phillip! — grito, empurrando-o para o lado. — Phil!

Ele geme e pisca os olhos.

— Por favor, Phil... acorde! Nós precisamos de ajuda! — Dou um tapa no rosto dele. Phil está sangrando na testa. Meus dedos ficam encharcados de sangue quando seguro a cabeça dele.

— Eli, me ajude! Precisamos ajudar a Bree! — eu chamo, mas não há resposta.

Ao me virar, vejo que ele está caído no lado batido do carro, a cabeça encostada no vidro quebrado. Chego até ele.

— Baby... — Seguro a cabeça dele e viro para o lado, com cuidado. Ele está sangrando demais e cheio de estilhaços de vidro presos no cabelo. — Não, não... ¡Cazador! Por favor, acorde!

Passo a mão na testa dele e grito:

— Socorro! Alguém me ajude!

É então que a porta do carro se abre, deixando o ar frio da noite entrar. O clarão me cega, mas consigo ver uma figura solitária ali.

— Está tudo bem, senhora. Nós vamos ajudá-la — diz uma voz feminina.

Enxergo num vislumbre o símbolo médico da ambulância e sinto como se fosse um bálsamo na pele queimada. Paramédicos. Graças a Deus.

— Por favor, ajude os meus amigos. Ela está grávida e sangrando. Estão todos inconscientes.

— Saia do carro, senhora, para nós podermos alcançar os seus amigos.

— Está certo. — Beijo a testa de Eli. — O socorro chegou. Por favor, aguente firme... A ambulância está aqui.

Vejo um braço passar pela porta e seguro a mão estendida para mim. Minha visão está embaçada e flutua com cada movimento. Saio aos tropeços do carro e sou escorada por um par de braços fortes e pressionada contra o peito de um homem. Levanto a cabeça e pisco, procurando me livrar da tontura a todo custo, e acabo fitando diretamente os olhos pretos do diabo em pessoa.

Antonio!

— Eu avisei, *mi reina*. Eu sou o seu dono... Você me pertence.

A voz demoníaca dele atravessa minha mente e eu fico entorpecida. Não sinto mais dor na cabeça nem do lado direito. Nem mesmo consigo dobrar os dedos.

— *No, no. Por favor. Dios mio.*

— Ninguém pode ajudar você agora, nem mesmo Deus! — ele exclama, em tom de desprezo.

— Vamos, meu irmão. É melhor a gente ir antes que a polícia chegue. Coloque ela na ambulância — diz uma voz de mulher que não reconheço.

— Venha, *mi reina*. É hora de você pagar por todos os seus erros. Acho que tirar a luz dos seus olhos vai ser um bom começo — ele acrescenta, com evidente ódio na voz.

— Boa noite, sua vaca — diz a voz feminina desconhecida quando uma agulha é fincada no meu pescoço.

Eu apago.

※

Acordo com os tornozelos e os pés presos. Meus braços estão esticados para trás e amarrados com a mesma corda que está ao redor dos tornozelos.

Sinto uma agonia incontrolável em todas as terminações nervosas do meu corpo, e minha cabeça está latejando. Estou com a boca seca como o deserto. Um cheiro de peixe cru infesta o ambiente.

Um chiado e o ruído das ondas do mar pulsam na minha cabeça. Estou perto da baía, em algum lugar onde há muitas gaivotas. Pode ser um armazém, uma doca... Não sinto nenhum movimento debaixo de mim, mas posso estar num barco também.

A dor excruciante que percorre meu braço ferido e minha clavícula ameaça me tirar os sentidos de novo. Inspiro pelo nariz e expiro pela boca bem devagar. Para sair viva desta situação, preciso estar acordada e prestar atenção nos arredores, para encontrar uma maneira de escapar.

Ao me virar de lado, contraio o corpo por causa de uma pontada de dor no ombro. Respiro para me controlar, pensando em Eli, Bree e Phillip. Eles precisam de mim.

O acidente.

Fecho os olhos e tento me lembrar do que aconteceu. Eli bateu com a cabeça na janela. O machucado foi feio, mas ele estava com o pulso forte. Phillip acordou, mas desmaiou de novo quando cheguei perto. Ele provavelmente está bem. Mas Bree... Deus do céu, Bree! Meus olhos se enchem de lágrimas. Eu segurei seu corpo inerte, havia muito sangue no meio das pernas dela, manchando o vestido...

Ah, meu Deus, não leve Bree nem a bebê! Não por minha causa, ou do meu passado. Por favor, não. Permita que as duas vivam. Poupe a mãe e a filha e leve a mim. Faça o que precisar comigo, mas salve as duas.

— Salve as duas e me leve — sussurro, com os olhos bem fechados e a esperança de que Deus ouça minhas preces.

— Ah, o meu plano é levar você mesmo, e não vai ter salvação pra sua alma. — Antonio sussurra as palavras ferinas no meu ouvido.

Eu estremeço e afasto a cabeça para trás o máximo que posso, e acabo gritando por causa da dor na clavícula e no ombro.

Antonio fica em pé na minha frente, os braços cruzados sobre o peito.

— Você não foi uma boa menina, não é, Maria? E a partir de hoje você vai pagar caro e longamente pelo que fez comigo.

— Com você? E quanto a mim, Tony? — pergunto, olhando para ele com desprezo. — Você ia me matar naquela noite. Por quê? Por te trair? Eu nunca te traí!

Ele faz uma careta e seus olhos ficam mais escuros.

— Você permitiu que outros homens tocassem o que é meu. Tudo meu! Eu não era suficiente pra você. Você precisou pegar os outros dançarinos. O corpo que você ofereceu a mim, jurando que era só meu, acabou dando para outros, muitas vezes. Você não acha que precisa pagar por isso?

— Me solta, Tony... Tudo o que aconteceu entre nós é passado. Deixe continuar assim... que desapareça.

Ele dá uma risadinha zombeteira e se inclina para perto de mim. Sinto a saliva bater no meu rosto conforme ele segura meu cabelo e puxa minha cabeça para trás. Alguma coisa penetrando na minha pele perto do pescoço me faz gritar de dor.

— Você não me assusta. O seu novo namorado e aquela vaca rica da sua amiga nunca vão te encontrar! Mesmo que isso aconteça, vão achar só os pedaços que eu deixei para trás. — Ele bate minha cabeça no concreto, e eu chego a ver luzes.

— Tony, *por favor. Mi rey...* nós ainda podemos ser felizes juntos. — Tento a psicologia reversa. Agora eu percebo que ele é desequilibrado e cruel demais para me deixar. Ele nunca vai ser racional comigo. Minha única chance agora é ganhar tempo. Com sorte, alguém viu o acidente e deve ter nos seguido.

— Seu rei? É assim que você chama aquele seu namorado caçador de recompensas? — As palavras deslizam como serpentes saindo da boca dele. Em seguida, ele balança a cabeça. — Eu não vou cair nas suas mentiras. O seu tempo acabou e eu quero sangue. Mas antes preciso reapresentar uma velha conhecida sua.

Ele segura minha cabeça e me força a olhar ao redor da sala. Vejo uma mulher alta, exótica, de cabelos e olhos pretos, parada ao lado de uma banheira antiga com pés de metal. Ele vai me torturar! Não coloco o pé numa banheira até hoje por causa de toda a tortura que sofri nas mãos dele.

— Tony, não... — eu suplico.

— *Sí, mi reina...* a sua banheira te aguarda. — Ele me levanta por baixo dos braços e aproxima bem o rosto da minha orelha. O perfume cítrico com cravo me deixa nauseada, a boca aguada e pronta para vomitar. — A temperatura está perfeita pra você... Aliás, eu faço tudo por você.

20

Antonio me solta na banheira de água gelada, que esparrama para fora, molhando o piso de concreto. Minha cabeça fica para fora da água por pouco. Não consigo mexer os braços, e minhas mãos estão espremidas sob o meu peso. Eu me balanço o máximo possível, mas a corda nos meus tornozelos está tão apertada que chega a cortar minha pele. A água inunda minha boca, e eu me mexo da melhor maneira que consigo para manter a cabeça para fora da banheira transbordante.

A mulher de cabelos escuros ri feito louca.

— Olhe só pra você, cadela imunda... se achando o máximo. Como é se sentir rejeitada? Ameaçada, sem ninguém pra te ajudar... do mesmo jeito que você fez com o meu irmão. — Ela intercala palavras em português e inglês.

— Seu irmão? — Eu suspiro e engulo um pouco de água.

Uso os dedos do pé para me segurar na borda da banheira e manter a cabeça fora da água. Mesmo assim a água espirra na minha boca, mas consigo respirar pelo nariz a maior parte do tempo.

Os olhos pretos como carvão refletem desprezo, assim como os do irmão dela.

— Sim, o meu único irmão — ela confirma. — E você o levou por cinco longos anos. Nada do que você sofrer vai compensar isso, nem a sua vida miserável é suficiente! — Ela dá um tapinha no meu nariz e me empurra para baixo da água.

Balanço a cabeça para a frente e para trás, tentando me soltar. Meus pulmões ardem conforme seguro o ar pelo máximo tempo que posso. Quando estou prestes a aspirar água, ela puxa minha cabeça pelo cabelo para fora da água. Sinto meu couro cabeludo formigar com a violência.

— Você acha que uma vez só é suficiente? Ah, querida, você vai ter que pagar por todos os seus pecados antes de deixarmos você morrer. Certo, Antonio? — ela pergunta, em tom cruel, e bate minha cabeça na beirada da banheira, acertando o galo imenso já existente por causa da batida do carro e no concreto.

Estou prestes a perder a consciência, o quarto está girando como se eu estivesse no meio de um rodamoinho.

Escuto um ruído que não consigo identificar e então a voz de Antonio.

— Não, não, não... — Ele estala a língua. — Nós queremos que você fique acordada o tempo todo — diz, sarcástico.

Quando consigo distinguir o que vejo, os lábios dele se curvam num sorriso sinistro e ele afunda minha cabeça na água.

Ele e a irmã repetem a tortura até que meus pulmões queimem como se estivessem sob fogo alto, espalhando dor para o restante do corpo. Não sinto mais meus pés nem as mãos, uma vez que a corda interrompeu a circulação.

As risadas de Tony e da irmã soam como sirenes nos meus ouvidos conforme eles empurram minha cabeça para baixo de novo. Mas desta vez não luto mais. Seguro a respiração o máximo que é possível para um ser humano e fecho os olhos. Minha mente está repleta de visões que levam embora o medo de morrer. Os momentos bonitos que já tive me confortam e aliviam a tensão nesta hora estranha. É isso... Deve ser isso que as pessoas relatam quando dizem ter visto a vida passar em flashes diante de seus olhos.

Os cabelos de minha mãe, escuros e macios como os meus, enquanto escovo os fios sedosos, quando tenho quatro anos de idade.

Minha professora de ginástica me aplaudindo na minha apresentação final quando entro para a companhia de dança de elite.

O momento decisivo na dança, quando sou escolhida para representar uma peça famosa de Martha Graham, Herectic. *Eu sou a dançarina vestida de branco no meio de um mar de dançarinos vestidos de preto.*

Tommy me salvando, anos atrás.

Gillian e eu morando juntas na cidade, no nosso primeiro apartamento.

Kathleen ganhando o prêmio de melhor figurino.

Phillip me apresentando para Anabelle.

Nós quatro fazendo a tatuagem da trindade, solidificando o desejo de que nosso passado, presente e futuro estejam sempre interligados.

Bree contando para nós, suas amigas, que está grávida.

*Chase abraçando Gillian e os dois anunciando a gravidez e o casamento.
Elijah dizendo que me ama.
Elijah fazendo amor comigo.
Elijah prometendo me proteger...*

Eu me sinto leve, flutuando, tudo ao meu redor está sereno e suave. Vozes cantando, música tocando. Uma luz brilhante. Ando na direção da luz e paro. Olho para as minhas mãos. Graças a Deus estão livres, assim como meus tornozelos. Tudo está escuro ao meu redor, com exceção da luz lá na frente.

Sim, é para lá que tenho de ir.

— Volte...

Ouço o sussurro e balanço a cabeça, dando mais um passo na direção da luz.

— Volte pra mim...

Ouço novamente a voz, um pouco mais alta.

Meu peito dói. Olho para baixo e vejo meu peito afundar e levantar. A água é forçada a sair pela minha boca, se derramando em meus pés descalços. A escuridão aos poucos se arrasta pelas minhas pernas, começando pelos pés, depois os tornozelos...

Não! Olho para a luz e tento alcançá-la. A ponta dos meus dedos mal toca o calor.

Tão calmo...

— Maria! Eu te amo... Não me abandone!

Ouço o pedido aflito. O som está ao meu redor, se infiltrando na minha mente, no meu coração e na minha alma. É Elijah. A voz dele. Ele está me chamando.

Olho rapidamente para trás e só vejo sombras. É assustador, e a luz na frente é tão quente e acolhedora.

— Baby, por favor. Por favor. Respire! — ele grita.

Parece que meu peito está quebrando, se partindo ao meio. Mais água sai num jato da minha boca. Olho mais uma vez para a luz, que está diminuindo a cada segundo.

— Respire! Droga, respire!

A voz de Eli está por toda parte. Ao meu redor, me segurando bem perto.

Mais uma golfada de água sai da minha boca e do nariz. Meu peito queima, é muita pressão. Eu tusso e vomito mais água.

— Isso, minha linda. Ponha tudo pra fora. — A voz de Eli é enérgica, exigente.

As mãos fortes dele massageiam e esfregam minhas costas enquanto eu tusso repetidamente.

— Que bom, baby. Você está bem — Eli diz e me vira, me segurando no colo.

Pisco várias vezes, as pálpebras pesam, meu corpo inteiro está escaldante, mas ao mesmo tempo gelado. Meus dentes estão batendo, enquanto Eli massageia minha cabeça e meu rosto.

— Você vai ficar bem. — Ele beija minha testa. O calor dele se espalha pelo meu corpo, afastando os calafrios.

Lágrimas escorrem pelas minhas faces como trilhas ardentes de desespero. Estendo o braço na direção do rosto dele.

— Você estava lá — balbucio, com uma voz que nem parece minha, de tão rouca.

Mas ele me ouviu. Claro que ouviu.

— Eu estava onde, baby?

— Quando o fim estava chegando, foi em você que eu me segurei... no nosso amor. Foi o que me ajudou a aguentar...

Os olhos dele se enchem de lágrimas, e duas delas escorrem pelo rosto.

— Eu prometi te manter em segurança. Não cumpri minha promessa.

Faço um carinho no rosto dele.

— Ah, você cumpriu, sim. Você me salvou.

Ele engole em seco e beija meus lábios delicadamente.

— Você é a minha vida agora.

— E você a minha.

Quando eu acordo, o quarto do hospital está iluminado por uma luz fraca. Gillian está dormindo com a cabeça apoiada na minha mão, os cabelos ruivos esparramados no lençol branco como se fossem fios lustrosos de cobre. Ao expirar o ar pela boca, os lábios dela fazem um ruído engraçadinho.

Passo a mão pelo cabelo dela, entremeando os dedos por todo o comprimento, como eu costumava fazer há anos, quando ela estava numa fase ruim, tentando superar o que Justin a fazia passar. Ela se mexe e pisca os olhos verde-esmeralda. Nenhuma outra mulher tem olhos tão bonitos. Parecem duas pedras preciosas.

— *Cara bonita,* o que o seu marido vai dizer quando descobrir que dormimos juntas? — Minha voz soa rouca e fraca através da máscara de oxigênio que cobre minha boca e nariz.

Ela abre um sorriso radiante e seus olhos se enchem de lágrimas.

— Ele vai dizer que dormir com duas mulheres foi uma experiência extraordinária.

Claro que minha amiga se lembraria da brincadeira que fiz na noite em que a encontrei dormindo ao meu lado depois do incêndio. Olho para o outro lado do quarto e vejo Chase adormecido numa cadeira pequena demais para seu corpo grande.

— Esse homem nunca vai sair do seu lado.

— Nem do seu.

— On-onde está o Eli? — pergunto, com uma apreensão que logo se transforma em medo.

— Ele está levando alguns pontos — Gigi responde, afagando minha mão. — Quando a verdadeira ambulância chegou depois do acidente, ele não quis ser tratado. Só pediu para o paramédico colar o ferimento e enfaixar para ele sair logo.

— Ele não quis? — Levo a mão à boca, numa tentativa de tirar a máscara do rosto, mas sinto uma dor lancinante com o movimento, e Gillian assobia baixinho.

— Amiga, você está ligada a uma porção de fios. É melhor não mexer. O dr. Dutera disse que você quebrou a clavícula, algumas costelas, e o ferimento no seu ombro reabriu. Você precisou levar pontos em cortes feitos pelos estilhaços de vidro, que foram retirados das suas mãos e braços, sem falar nas tentativas de afogamento. Os seus pulmões ficaram tão danificados que você vai ter que usar a máscara de oxigênio por um tempo. Então, respire pra se curar. Vou procurar o médico e dizer que você acordou.

Eu aceno com a cabeça, respiro o ar abençoado e relembro o acidente de carro antes de ter sido levada por Antonio e a irmã dele.

— Como está a Bree? E a bebê? E o Phillip? — Faço uma tentativa de me sentar, e Gigi me empurra gentilmente para trás.

Ela abre um sorriso largo, que consegue tirar o peso que estava me esmagando o peito.

— Ela fez uma cesárea de emergência. O Phillip está todo machucado e cheio de hematomas, levou pontos no corte da cabeça e teve uma concussão.

Faz algumas horas que o bebê nasceu. Dannica Brielle Parks. Cinquenta centímetros, três quilos e duzentos. Se ela tivesse nascido na época certa, seria enorme. — Gillian ri baixinho.

Agradeço ao nosso Pai do Céu pelo milagre que Ele trouxe à nossa vida. Dannica Brielle, nosso novo e pequeno anjinho.

Gillian se aproxima de Chase e sacode de leve o ombro dele.

— Baby, a Maria acordou. Faça companhia a ela enquanto eu vou ver como está o Eli.

Chase fica em pé de repente.

— Você não vai a lugar nenhum sem mim.

Ele olha para ela e depois para mim, e eu vejo a dúvida na expressão do rosto dele, entre ir com Gillian ou ficar comigo.

— O Antonio está morto. A irmã está detida e vai ser presa por rapto e conspiração com intenção de assassinato. Nós estamos bem agora. Fique com a Maria — Gillian o tranquiliza.

Antonio está morto? Quem o matou? Como eles me encontraram? Tenho tantas perguntas, mas minha cabeça está retumbando alto e implacavelmente, me impedindo de absorver qualquer informação neste momento.

Chase franze a testa e vai até a porta com o andar não muito convicto. Estala o dedo e Austin aparece.

— Acompanhe a sra. Davis. Não a perca de vista. — A voz dele é firme e direta.

— Sim, senhor.

Austin ergue o queixo, e Gillian balança a cabeça.

— Vamos conversar sobre essa superproteção mais tarde. Isso não vai colar mais, meu senhor. — Ela aponta o dedo para o peito dele.

Ai. Eu sei quanto a espetada daquele dedinho ossudo dói. Já aconteceu comigo uma ou duas vezes.

Chase segura Gillian pela cintura e a comprime contra o peito.

— Meu dever é manter minha mulher e meus filhos em segurança. Ponto-final. Sem negociação.

— Nós vamos *mesmo* conversar sobre isso. — Gillian estreita os olhos.

— Sem negociação. — Ele sorri e a beija rapidamente, mas com fervor.

Gillian corresponde e se derrete nos braços dele. Quando se separam, ela está com o olhar sonhador e apaixonado, mas logo se refaz. Depois, aperta os lábios numa linha.

— Ai! Que homem irritante!
Ele se vira para mim.
— Pode ser, mas você me ama.
Gillian sai do quarto feito um furacão, e Austin vai atrás dela.
— *Hey, loca. ¿Cómo te va?* — Chase finalmente fala comigo.
— Louca? Está me chamando de louca? Eu fui atacada... Não tive culpa. Mas estou bem. Sério, como estão todos?
— Bem. — Ele coloca a mão sobre a minha. São raras as vezes em que Chase recorre ao contato físico, mas quando acontece a intenção reconfortante é clara. — A Bree, o Phillip e o bebê vão ficar bem. Claro que ele estão abalados, mas vai dar tudo certo. Poderia ter sido pior se o Jack estivesse correndo mais. Teria sido mais fácil se ele não tivesse desmaiado com o choque da batida e do airbag.
— Eu sinto muito.
— Não se sinta mal por isso. — Chase franze a testa. — A culpa pelo que aconteceu com você, a minha mulher e a nossa família foi de pessoas desequilibradas. Nós somos fortes e vamos superar isso juntos. Descanse.
— Obrigada.
Ele se inclina para a frente e me beija na testa.
— Fique boa logo. É preciso uma aldeia inteira pra criar uma criança, e eu vou ter duas de uma vez, por isso vamos precisar de toda a ajuda do mundo. — Ele pisca.
Não consigo segurar o riso, mesmo sabendo que vai doer.
— Você já acabou de beijar a minha mulher, ou eu preciso dar mais um tempo lá fora? — uma voz grave que conheço tão bem vem da porta atrás de Chase. Não consigo ver Eli, mas sinto a presença dele pela mudança de energia no quarto.
— Essa é a minha deixa. — Chase se afasta da cama.
— Chase...
Ele se vira e dá um tapinha no meu pé.
— Sim?
— Eu te amo, meu irmão.
Ele me presenteia com um raro sorriso desinibido.
— Eu também te amo, *hermana*.
Antes de sair, Chase e Eli se despedem tocando os ombros um do outro.
— Pelo visto foi um momento intenso entre vocês dois, não? Devo me preocupar? — Eli sorri e se senta ao meu lado, segurando minha mão.

— Foi uma declaração de amor fraternal. Não precisa se preocupar, *cazador*.

Eli beija minha mão, depois cada um dos dedos e finalmente a palma.

— Pensei que tivesse te perdido. O Scooter puxou imagens de todas as câmeras de segurança. Foi o que nos permitiu seguir a ambulância até onde eles tinham levado você. Quando entramos no abrigo para barcos perto das docas, você ainda estava embaixo d'água. Então o Dice dominou a irmã e eu derrubei o Antonio no chão. Quebrei o pescoço dele e a morte foi instantânea. O Dice tirou você da banheira, mas você não estava se mexendo nem respirando.

A voz de Eli está trêmula. Ele afaga minha mão entre as dele, e as lágrimas inundam seus olhos; os lábios se contraem e o maxilar também fica tenso.

— Eu só conseguia pensar que num único segundo poderia perder a melhor coisa que tive na vida. Nós não tínhamos tido tempo suficiente juntos, eu queria ficar mais com você. Então comecei a massagear o seu peito, baby. Eu queria que você respirasse. Soprei ar nos seus pulmões. O Dice chegou a dizer que não adiantava mais, mas eu continuei tentando.

— Tire a minha máscara, por favor — peço, com a voz rouca e irreconhecível.

Eli faz uma careta, pensando se deve me atender ou não.

— Tudo bem, só por um instante. Sua saturação de oxigênio precisa voltar a subir — ele diz, antes de baixar a máscara até meu pescoço.

— Obrigada por não ter desistido de mim — eu sussurro.

— Eu nunca vou desistir de você, nem de nós dois. Eu te amo tanto que chega a doer.

— Eu também — digo, com a voz embargada.

— Eu sei. — O olhar dele se torna suave e doce.

— Não, você está esmagando a minha mão com essa sua mão enorme. — Exalo o ar ruidosamente com a dor de quebrar ossos.

Ele aperta mais ainda e abre um sorriso largo. Depois se inclina sobre mim, com uma mão de cada lado do meu corpo, e me beija na boca.

— Ardida feito pimenta.

Dou um sorriso.

— Mas você me ama — sussurro contra os lábios dele.

— Sim, eu te amo.

Alguns dias depois, estou descansando confortavelmente, aninhada na nossa cama king size. A pessoa que inventou essa cama gigante é um gênio, principalmente porque para acomodar um homem do tamanho do meu noivo não poderia ser menor.

Sou totalmente a favor.

Eli está tomando banho e a porta do banheiro está aberta. Vejo de relance o corpo nu enquanto ele se lava. Minha libido está saciada depois de ele ter passado os últimos trinta minutos no centro das minhas coxas, me presenteando com três orgasmos, com a boca e os dedos. Depois ele se ajeitou numa posição melhor para que eu pudesse chupá-lo sem machucar minha clavícula. Só de vê-lo tomar banho me dá vontade de começar tudo de novo.

Jesucristo, meu homem é muito sexy! A água desliza pelo corpo bronzeado, enquanto ele move a mão grande e talentosa com o sabonete. Passo a língua pelo lábio inferior.

— Daqui estou sentindo o seu olhar de quem quer trepar comigo, Pimentinha. Pare com isso antes que eu te coma de novo — ele me provoca.

— Pode vir, *cazador*! Você não me assusta! — eu grito em resposta.

Ele ri, mas continua embaixo do chuveiro. *Ótimo. Fique à vontade.*

Abro a gaveta do criado-mudo em busca de um livro que comecei a ler e meus dedos tocam alguma coisa pontuda. Movimento os dedos de forma a pegar o objeto desconhecido e puxo um envelope branco com meu nome escrito com a letra de Tommy.

Eu me assusto e deixo o envelope cair em meu colo. Tinha me esquecido dessa carta. Agora ela está aqui, aguardando para ser aberta. Com as mãos trêmulas, passo um dedo por dentro do envelope para rasgá-lo. Respiro fundo e desdobro a folha de papel.

Minha querida Maria,

Se você recebeu esta carta, é porque já não estou vivo. Para começar, quero dizer que sinto muito ter partido. Eu nunca teria deixado você por vontade própria, nem em um milhão de anos.

Você foi a estrela que iluminou minha vida desde o dia em que te conheci. A vida de um policial nunca foi fácil de compreender. Eu sei que passei mais tempo longe do nosso relacionamento do que fiquei em casa, mas saber que você estava ali, à distância de um telefonema apenas, me impulsionava a trabalhar mais para poder voltar para você.

Agora você já deve ter descoberto que eu tenho um irmão gêmeo. Eu nunca contei sobre o Eli por causa da nossa briga. Eu não queria que isso atrapalhasse qualquer relacionamento futuro quando tivesse a chance de apresentar vocês. Ele é o melhor irmão do mundo, e um homem admirável.

Maria, eu sei que você gosta de mim. Talvez até me ame do seu jeito particular. Pelo menos eu me convenci disso. Mas quero que você procure o amor da sua vida. Por mais que eu te ame, acho que você precisa de um homem que tenha o mesmo fogo que você. Essa sua sede insaciável pela vida não deve ser reprimida.

Pode parecer bobagem, mas eu vejo no meu irmão o tipo certo para você. Ele é tudo o que eu não sou e tudo o que você precisa para ser feliz. Por favor, não coloque nenhuma barreira diante da pessoa certa. Ele está por aí e talvez até mais perto do que você imagina.

Acima de tudo, cuide-se e saiba que os meus últimos pensamentos nesta terra foram para você.

Todo o meu amor,
Tommy

Uma lágrima solitária cai sobre a carta. O colchão ao meu lado afunda. Olho para Eli e vejo que ele está com o semblante triste. Provavelmente reconheceu a caligrafia do irmão. Sem dizer nada, passo a carta para ele e enxugo os olhos. Ele se acomoda e lê durante uns dois minutos, depois dobra o papel, se recosta na cama e suspira.

— Nós tínhamos vinte e cinco anos quando a merda toda aconteceu — ele fala em voz baixa, demonstrando muita dor. — Shelly Ann era minha namorada. Uma moça que tanto eu quanto o Thomas queríamos. Nós sempre tivemos o mesmo gosto para mulheres. Exatamente o mesmo gosto. — Ele dá um sorriso triste e olha para a janela. — Eu estava no chuveiro, depois de voltar pra casa e de ter patrulhado a noite inteira com o Thomas. Nós éramos parceiros. O delegado achou a ideia ótima, e nós concordamos. — Ele sorri de lado e suspira. — Nós éramos praticamente vizinhos. Éramos muito próximos.

— O que aconteceu? — pergunto e coloco a mão no braço dele.

— A Shelly Ann estava dormindo, e eu no chuveiro. Quando saí, havia um homem ajoelhado em cima dela, sufocando-a. Ele estava de máscara e eu não consegui ver. Claro que pulei em cima dele, mas ele não soltava o que quer que estivesse segurando para sufocá-la. Acho que era uma corda ou algo do tipo, que estava cortando o pescoço dela. O sangue já estava escorrendo.

— *Dios mio*. — Eu suspiro.

— Ele não soltava. Eu dei um soco, mas ele era imenso, muito maior do que eu. A Shelly Ann já tinha parado de se mexer, e mesmo assim ele não a soltou. Minha arma estava na mesa de cabeceira. Eu consegui alcançá-la na hora em que o Thomas invadiu o quarto, gritando para o invasor não se mover. Mas eu sabia que já era tarde demais. A Shelly Ann já estava morta.

— Baby...

— Então, mesmo depois de ele ter soltado a corda e levantado as mãos, apontei a arma e abri um buraco na cabeça dele. Os miolos voaram por todo o quarto, no espelho, nas paredes... Larguei a arma, mas meu irmão veio para cima de mim gritando, repetindo que o cara já havia levantado as mãos e que eu o matei assim mesmo. E ele tinha razão.

Eli segura minhas mãos e eu as prendo com força enquanto as lágrimas escorrem pelo meu rosto.

— E eu não me importei. Ele matou a mulher que eu amava. A mulher que nós amávamos.

— Por que ela?

— Foi por acidente. A garota errada no apartamento errado. A vizinha era muito parecida com a Shelly Ann, as duas poderiam até ser irmãs, de tão parecidas. Pelo que entendi, ela estava fugindo do ex-namorado drogado. Ele viu a Shelly Ann entrar, achou que fosse a vizinha e em sua mente doentia acreditava que, se não pudesse tê-la, então ela não seria de mais ninguém. Por isso ele atacou com tanta força e determinação para matar. E foi o que aconteceu. Ele a matou bem diante dos meus olhos. Eu perdi a cabeça.

Eu me aproximo o máximo que posso de Eli.

— E o Tommy?

— Ele não aceitou que eu tivesse cometido um crime que, para ele, foi a sangue-frio. O sujeito estava com as mãos para cima e eu o matei. O Thomas mentiu para o sargento e para a Divisão de Assuntos Internos a meu favor, para que eu não fosse acusado. Mas, depois que tudo foi resolvido, ele me disse que não se conformava com o que eu tinha feito e como ele mesmo tinha agido pra me salvar da prisão... Então eu fui embora.

Fecho os olhos e dou um beijo no ombro dele.

— Você fez o que achou que era certo.

— Eu nunca me arrependi da decisão que tomei naquela noite. Fiz pela Shelly Ann e faria tudo de novo. Meu único pesar foi ter perdido o meu irmão por causa disso.

Respiro fundo e devagar e seguro o queixo de Eli, virando seu rosto para que ele me olhe.

— Nas duas cartas, o Tommy se mostrou arrependido pela decisão que tomou. Ele amava você e acabou concluindo sozinho que você fez o que tinha de ser feito para garantir justiça pela morte da Shelly Ann.

— É, você tem razão, baby. O Thomas finalmente superou, mas foi tarde demais. — Ele fecha os olhos, e a tristeza transborda de seu semblante.

— Nunca é tarde para corrigir um erro.

Nesse dia visitamos o túmulo de Tommy. Eli diz o que tem que ser dito, e eu também. Ele até promete que vai dar o nome do irmão ao nosso primeiro filho. Não concordo, mas sei que vou mudar de ideia com o tempo. Faço tudo para manter o homem que eu amo sorrindo e feliz. Pelo menos o nome do meio...

Voltamos abraçados para o carro, e eu resolvo fazer a pergunta que está martelando em minha cabeça:

— Você faria tudo de novo? Passaria novamente por tudo o que aconteceu conosco nestes últimos dois meses?

Ele para do lado do carro e me gira pela cintura, de modo que ficamos de frente um para o outro.

— Eu faria qualquer coisa pra ter você na minha vida. Caçaria criminosos, escalaria montanhas e gastaria até o último dólar da minha conta... Tudo o que fosse preciso pra você ser minha.

Eli me dá um beijo longo e profundo que me faz arrepiar desde a raiz dos cabelos até os pés. Eu sempre acho que o último beijo que trocamos é melhor do que o anterior e o melhor que já tive.

Ele apoia a testa na minha e nós ficamos ali, dividindo o ar que respiramos. E então ele diz aquilo que por vinte e oito anos sonhei ouvir do homem da minha vida. A respiração dele roça no meu rosto e nos meus lábios úmidos, conforme ele fala:

— Sem você, Maria, o meu mundo não gira, o sol não nasce pela manhã e a lua não brilha à noite. Você é a minha vida.

EPÍLOGO

Três anos depois...

— *Cara bonita*, esse voo é longo demais. — Eu abraço Gillian. O cabelo ruivo comprido cobre meus ombros quando ela retribui o abraço. — Mas obrigada por trazer a gente em um do aviões do Chase. Eles nos tratam como a realeza, *mi amiga*.

Eli está ao meu lado e eu com o braço ao redor da cintura dele.

— Entrem. A sopa está servida — avisa Chase, dando um tapinha no ombro de Elijah.

Eu puxo Elijah para dentro. Geralmente faço sozinha essas viagens para Bantry, na Irlanda, para que ele possa trabalhar como caçador de recompensas em outro estado, mas finalmente consegui que ele concordasse em vir para a propriedade dos Davis. As meninas e eu temos vindo para cá desde que Gillian e Chase compraram a casa e se casaram nesta cidade minúscula à margem do lago.

Atravessamos a casa enorme e seguimos para a varanda, de onde ouço minhas sobrinhas e sobrinhos brincando. Quando chegamos do lado de fora, Eli suspira, surpreso.

— Uau... — ele sussurra.

Olho para a vista majestosa dos penhascos e do mar lá embaixo. As crianças correm umas atrás das outras no jardim cercado.

— Logo os nossos vão estar aqui também — diz Eli, apontando com o queixo para as crianças.

— Só depois do casamento. — Eu o cutuco com o cotovelo. — Não venha com ideias.

— E quando nós vamos casar? — ele pergunta ao meu ouvido e beija meu pescoço.

Eu encolho os ombros.

— Qualquer dia. Não vai ser nada grandioso. Só as pessoas que estão aqui.

— Vamos ficar aqui nas próximas duas semanas. Posso trazer os meus pais pra cá. Por que a gente não casa aqui?

Eu me viro para ele e o fito nos olhos. Os impressionantes olhos verdes parecem mais brilhantes hoje, e o sorriso sincero prova que ele está falando sério.

— Não brinque comigo, *cazador*.

Ele passa os braços ao me redor e me ergue do chão.

— Baby, você diz quando e onde, e eu compareço. Amanhã está ótimo pra mim. Estou um pouco cansado da viagem, por isso é melhor que não seja hoje. — Ele me faz um carinho, roçando o nariz no meu.

Dou um selinho nos lábios dele e o puxo pela mão para apresentá-lo a Rebecca e Colin, a outra parte da equipe de Davis que agora são quase como que da família.

— Vamos pensar nisso. Nós combinamos os detalhes depois que contarmos para as meninas.

— Você é quem sabe, Pimentinha. — Ele pisca e me segue pelos arredores até a hora de nos sentarmos à mesa para o banquete diante de nós.

Encontramos nossos lugares e esperamos pacientemente enquanto Chase faz uma encenação para servir o champanhe cor-de-rosa. Aquilo tem algum significado especial para ele e Gigi. Eu me apoio em Eli e aproveito a sensação gostosa de estar com minha família completa.

— Eu gostaria de começar as próximas duas semanas de celebração lembrando a minha esposa da promessa que lhe fiz há três anos — diz Chase, virando Gillian de frente para ele. — Gillian Grace Davis, eu prometo te amar, apreciar e adorar o chão que você pisa por todos os dias da minha vida. Eu vou lutar todos os dias para ser bom o bastante para uma mulher como você.

Ele continua a compartilhar os votos que nós, meninas, não conseguimos ouvir desde que eles fugiram. Quando Chase termina e coloca a mão sobre a barriga de Gillian, eu desmorono e enxugo as lágrimas no guardanapo. Eli me abraça por trás, afasta meu cabelo e beija meu pescoço várias vezes.

— Daqui a três anos nós vamos fazer a mesma coisa, baby. Você vai ver.

Gillian começa a falar, olhando no rosto do marido. O amor deles é tão claro e puro que enche meu coração de alegria.

— Eu me dou a você. Corpo. Mente. Alma — diz ela, antes de pular nos braços dele, cobrindo-o de beijos.

Nós três nos levantamos e abraçamos os dois.

— *Cara bonita*, você está grávida de novo? — pergunto, colocando a mão na barriga dela.

— Sim, descobrimos hoje! Eu nem sei de quanto tempo estou. — Ela enxuga as lágrimas.

— Estou tão feliz por você!

Quando estamos todos sentados à mesa e conversando, Eli se levanta.

— A Maria e eu também temos um anúncio a fazer. — Ele se vira para mim e estende a mão para eu me levantar.

Kat, Gillian e Bree estão com os olhares fixos em nós.

— Nós vamos nos casar! — eu exclamo e mostro o anel de noivado no meu dedo.

Todas nós gritamos, pulamos juntas e nos abraçamos.

— Esperem um minuto, meninas. Vocês ainda não ouviram a melhor parte. — Faço suspense antes de dar a notícia.

— Você está grávida? — Gillian pergunta, com um brilho tão esperançoso nos olhos que chego a desejar que fosse verdade. Quase.

— *Dios mio,* não!

— Bem que eu gostaria. — Eli dá risada.

As meninas me soltam do abraço e olham para Eli, em expectativa.

— Nós queremos nos casar enquanto estivermos aqui na Irlanda! — exclamo.

Gillian fica boquiaberta e começa a dar gritinhos de alegria.

— Nós podemos fazer a cerimônia aqui perto dos penhascos! — ela sugere.

— *¿Cazador?* — Olho para Eli, que admira a vista incrível do gramado verde impecável e do mar azul.

— Pra mim está perfeito.

— Pra mim, então...

Ele me inclina para trás e me beija na boca. O gosto dele é de sal, champanhe e brisa do mar. Alheios aos olhares em volta, nós aprofundamos o beijo. Ele segura minhas nádegas e roça o pau em mim.

— Ei, oi... Tem crianças aqui! Por que vocês não vão pro quarto? — pergunta Gillian, rindo.

Eli continua a me beijar e só se afasta quando ficamos sem ar.

— Quando eu penso que vou me casar com você e ser dono deste corpo, tenho vontade de te trancar pra sempre, Pimentinha.

— Eu é que vou te acorrentar pelo tornozelo — revido. — Sempre quero estar com as pernas livres pra dançar. — Abro um sorriso travesso para meu noivo.

— Por falar em dançar, como vai o trabalho de agente e coreógrafa? — pergunta Kat, tomando um golinho de champanhe.

Deve ser chato precisar usar blusa de manga comprida, mas ela não fica mais com os braços descobertos se as crianças ou outras pessoas além de nós estiverem presentes. Finalmente ela recuperou parte dos movimentos do braço, consegue pegar as coisas e segurá-las, mas a aparência da pele ainda não é das melhores.

— Está incrível! Além da companhia de dança e dos shows na Broadway, eu fui convidada pra coreografar o clipe de hip-hop de um amigo, Anton Santiago.

Bree arqueia as sobrancelhas.

— Anton Santiago! É o rapper mais sexy da atualidade. Que empolgante! Ele vai filmar aqui? Por favor, diga que sim! — Ela espalma as mãos uma contra a outra como se estivesse rezando.

Eu acho graça e balanço a cabeça.

— Não. Depois que voltarmos para casa eu vou viajar pra Miami, em julho. Existe agora uma musa chamada Mia Saunders que *baila como una mierda* — falo baixinho para que os ouvidos pequenos não me ouçam. — Dança pra caramba.

Bree tamborila os dedos sobre os lábios, pensativa.

— Já ouvi falar dela. Ela namorou alguns caras famosos no último ano. Tenho visto fotos dela em revistas de fofocas com Weston Channing, o diretor de cinema de Los Angeles. Aquele artista francês, Alec DuBois, fez algumas telas e retratos dela. A última notícia que ouvi é que ela está saindo com aquele jogador de beisebol... como é mesmo o nome dele?

Quando a conversa chega ao beisebol, Phil entra no assunto.

— Mason Murphy. Aquele cara sabe bater uma bola. Ele é o melhor desde o Babe Ruth.

— Hum, bem, tire uma foto e pegue um autógrafo do Anton para mim, ok? Eu adoro as músicas dele — diz Bree.

— Pode deixar.

— Mas, no geral, o trabalho está indo bem? — Gillian pergunta, andando à nossa volta, enchendo as taças e sendo a anfitriã eficiente de sempre.

— Está sim. A sugestão do Eli foi muito útil, e, claro, com o espaço que o Chase cedeu para mim no Grupo Davis, estou ganhando *mucho dinero*! Como você sabe, levou dois anos pra fazer sucesso, mas agora todo mundo quer uma peça original de Maria De La Torre. Depois que o clipe do Anton for lançado, eu vou ser procurada por outras pessoas da indústria da música. É um esquema ganha-ganha.

— Incrível, né? Parece que todos nós finalmente acertamos o passo. A nossa pequena família está crescendo. Eu não poderia estar mais feliz por vocês — diz Gigi, olhando para cada um de nós.

Quando ela chega em Kat, esta se levanta de repente, com a cabeça baixa.

— Eu... há... preciso ir me deitar. O álcool e o sol não me fizeram bem, e ainda estou sentindo o jet lag. — Ela se despede abraçando cada um de nós, beija as crianças e segue para o quarto que está ocupando.

— Droga. — Gigi desmorona na cadeira.

— Não fique assim, Gigi. Ela está sofrendo há muito tempo. Não sei o que mais nós podemos fazer por ela — diz Bree, a voz cheia de sentimento. Ela apoia a cabeça nas mãos e exala o ar com força.

— Precisamos estar presentes enquanto ela passa por isso.

— Alguém sabe do Carson? — Bree pergunta, olhando ao redor para se certificar de que Kat não está ouvindo.

Chase ergue a taça, toma um gole e a coloca de volta sobre a mesa.

— Ele está namorando. Faz uns dois meses, mais ou menos. Ele não fala muito sobre a moça, mas tenho a impressão de que é mais sério do que ele quer que pareça.

— Você perguntou a ele sobre a Kat? — Gillian franze a testa.

Ele comprime os lábios.

— Você sabe que sim, mas ele diz que ela o rejeitou várias vezes, e ele precisava seguir em frente. Diz que a moça gosta muito dele e que é bom se sentir querido. Não dá para condenar o Carson por isso, né?

O silêncio paira sobre a mesa. A resposta óbvia é que não podemos condená-lo. Três anos é tempo demais para esperar por alguém.

— Bem, espero que ele encontre o que está procurando. — Ergo minha taça. — Um brinde! — proponho. — Um brinde a Chase e Gillian, pelo bebê que vem aí e pelos três anos de casamento. A Bree e Phillip, que estão firmes há dois anos. A Kat, por ter retornado ao ramo de design de moda e estar indo muito bem, cada dia melhor! E a mim e ao Eli, que logo vamos chegar ao altar... Acho que estamos indo bem. Aos amigos, à família, ao amor e a uma vida incrível a todos. *Salud!*

Nós seis encostamos as taças.

— À vida, baby — Eli diz e me beija três vezes atrás da orelha, daquele jeito que dispara faíscas pelo meu corpo inteiro. — Um brinde a uma vida boa.

Isso é tudo o que podemos esperar.

AGRADECIMENTOS

Ao meu marido, Eric, obrigada por sempre me deixar ser eu mesma e por me amar incondicionalmente. Eu sempre vou te amar mais ainda.

Às minhas irmãs de alma, Dyani Gingerich, Nikki Chiverrell e Carolyn Beasley... a jornada continua. Aposto que vocês acharam que tinham visto o fim da trilogia, mas estão de voltaaaaaa! Adoro escrever sobre personagens vagamente baseadas em vocês, inspiradas em vocês. Acho que estes livros mostram o amor, a confiança e os laços que compartilhamos. Se meus leitores tiverem pelo menos um amigo com quem possam compartilhar o que nós compartilhamos, eles têm muita sorte! Eu tenho três, e isso faz meu coração explodir de gratidão e amor supremo. Vocês sempre vão ser uma parte do meu presente e do meu futuro, e com a série Trinity vão ser também sempre uma parte do meu passado. *Besos.*

À minha editora, Ekatarina Sayanova, da Red Quill Editing. Chego a sentir que devo pedir desculpas pelo tempo curtíssimo que lhe deixei para editar este romance. Portanto, me desculpe! Eu poderia dizer que isso não vai se repetir, mas nós duas saberíamos que não é verdade, e eu sou uma mentirosa contumaz. <risos> Suas edições sempre me fazem sorrir, e isso é uma coisa que nem todos os autores podem dizer. Obrigada por ser quem você é.

Roxie Sofia, você está rapidamente se tornando minha pedra preciosa oculta! Suas edições finais no manuscrito e os comentários divertidos que faz trazem paz de espírito e felicidade à minha alma. Adoro trabalhar com você!

À minha extraordinariamente talentosa conselheira Heather White (também conhecida como Deusa) e à minha assistente pessoal, Jeananna Goodall: não tenho palavras para expressar o que significa para mim ter as duas para ler previamente meus livros e compartilhar suas opiniões. Vocês me encorajam e me fazem seguir em frente. Obrigada por me apoiarem em tudo. Amo vocês.

Ginelle Blanch, Anita Shofner, Ceej Chargualaf, minhas fantásticas leitoras beta... eu adoro vocês. Obrigada pelo tempo que me dedicaram e pelo feedback sincero. Eu sinto que não seria capaz de mostrar minhas histórias ao mundo sem a aprovação de vocês. Recebam todo o meu amor e carinho, meninas!

Tenho de agradecer à superincrível e fantabulosa Waterhouse Press. Obrigada por ser a tradicional editora não tradicional!

À minha equipe de campo, as Audrey's Angels. Juntas, de livro em livro, nós podemos mudar o mundo. *Besos*, queridas.

Impresso no Brasil pelo Sistema Cameron da Divisão Gráfica da
DISTRIBUIDORA RECORD DE SERVIÇOS DE IMPRENSA S.A.